强军进行时报告文学丛书

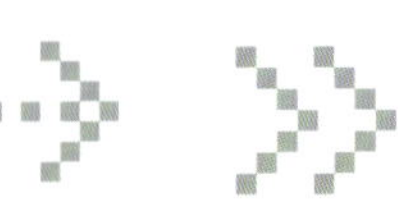

强军进行时报告文学丛书

解　放　军　出　版　社

大国行动

中国海军也门撤侨纪实

黄传会 著

黄传会

中国报告文学学会常务副会长，中国作家协会第七届全委会委员，原海军政治部创作室主任，享受国务院政府特殊津贴。著有长篇报告文学《托起明天的太阳——希望工程纪实》《中国山村教师》《中国贫困警示录》《发现青年》《中国海军三部曲》《中国婚姻调查》《我的课桌在哪里——农民工子女教育调查》《军徽与五环辉映》《中国新生代农民工》《潜航》《国家的儿子》《中国海军：1949—1955》等；中短篇报告文学集《站在辽宁舰的甲板上》。其报告文学作品有着广泛的社会影响。曾获庄重文文学奖，全军文艺新作品一等奖，中国报告文学奖，第十三届中国图书奖，新中国60年优秀中短篇报告文学奖，第一、三届徐迟报告文学奖，第六、九、十三届中宣部五个一工程奖，第六届鲁迅文学奖等。多部作品被翻译出版。

大国行动

——中国海军也门撤侨纪实

黄传会 著

解放军出版社

图书在版编目（CIP）数据
大国行动：中国海军也门撤侨纪实 / 黄传会著.
–北京：解放军出版社，2019.10
（强军进行时报告文学丛书）
ISBN 978-7-5065-7448-8
Ⅰ.①大… Ⅱ.①黄… Ⅲ.①报告文学–中国–当代
Ⅳ.①I25
中国版本图书馆CIP数据核字（2019）第175019号

书　　名：大国行动：中国海军也门撤侨纪实

作　　者：黄传会
责任编辑：闫　冰
封面设计：李　戎　马凤侠
出版发行：解放军出版社
社　　址：北京市地安门西大街40号　　邮编：100035
电　　话：66531659
E-mail：jfjcbs@126.com
经　　销：全国新华书店
印　　刷：东港股份有限公司
开　　本：1/16
字　　数：210千字
印　　张：16.5
版　　次：2019年10月第1版
印　　次：2020年6月北京第2次印刷
ISBN 978-7-5065-7448-8
定　　价：40.00元

目　录

引　子

一部《红海行动》引起街谈巷议，令国人热血贲张，竟让戊戌年这个春节意外地变成了“中国海军节”。

2015年3月26日至4月7日，中国海军导弹护卫舰临沂舰、潍坊舰和综合补给舰微山湖舰组成的第十九批赴亚丁湾、索马里海域护航编队，护航期间，编队奉中央军委命令，赶赴战乱陡然升级的也门共和国，撤离被困的中外公民897人（其中中国621人，其他15个国家276人）。10天内，中国海军编队转战3国4港1岛，遂行撤离任务5次，总航程5865海里。

《红海行动》号称电影版的也门撤侨。

《红海行动》讲述的是：中国海军护航编队派遣蛟龙突击队8人小组执行撤侨任务，历尽磨难，最终粉碎叛军首领惊天阴谋，成功营救被恐怖组织控为人质的一名中国女性的故事。

百度评分：8.5

豆瓣评分：8.3

观众热评：

我庆幸生在一个和平的国家，看不到战火，是因为有很多军人战斗在万里海疆，为我们挡住了战争的火苗。

——佚名网友

耽于歌舞升平、不能居安思危是最大的危险。一部看似与春节喜庆气氛不合拍的电影，观众如此称赞，也折射出中国民众对和平盛世的清醒。

“哪有什么岁月静好，只不过有人替你负重前行”，这是对英雄的礼赞和褒奖。

英雄是民族的脊梁，英雄主义是强国兴军的伟大力量。

——亲历撤侨海军干部 牛洪波

“我是中国海军，我们带你回家”。看《红海行动》时，我不断地处在被震撼之中。

《红海行动》一个突出的贡献在于，它没有把单打独斗式的个人英雄主义当作当代中国海军官兵的精神制高点，而是把镜头的焦点对准了全体的力量，以国家命运为担当的集体主义精神，才是我军战斗力最深厚、最强大的精神。

——著名评论家 李准

《红海行动》设置了一个非常有意思的命题：一个国家是否需要动用军力去拯救一个公民的生命？军人在拯救本国公民的同时，如何面对其他国家公民的生命？今天我们可以看到中国的观众已经完全对每个生命的理解和认同了。这种进步体现了电影创作与当代生活不断贴近。电影表达的内在感情是中国当代社会对公民权益的珍视。

——《人民日报》主任记者 刘阳

《红海行动》真实吗？《红海行动》播放后，也引起了网民和军迷的质疑：

“片名《红海行动》，怎么一直在陆上打了？”

“我们的撤侨行动从来没有动用过武器，电影讲的是哪一次撤侨？”

“中国海军舰队是参加撤侨了，但并没有发生战斗。影片很精彩，但看不惯‘根据真实故事改编’这种说法，顶多就是一背景故事。”

玄虚火爆的现代影视技术、好莱坞大片式的高科技声光电效，终究不能还原真实的现代战场。号称也门撤侨电影版的《红海行动》，毕竟只是一部100多分钟的商业片电影，它所讲述的，也并不是发生在也门的真实撤侨故事。

而人们最关注的，恰恰是发生在2015年春天的那次真实的也门撤侨行动。

接受“中国海军也门撤侨”的创作任务后，我采访的第一个对象是一位叫阿美的姑娘。也门撤侨前一周，她与闺蜜布蓝万里迢迢前往也门的索科特拉岛旅游。谁料，战争突然爆发，她们惊慌失措：“被扔在这么个岛子上，谁还会管咱们？”没有想到，两天内，3位大使给她们来电话，询问情况，安抚情绪。更让她们没有想到的是，3天后，正在亚丁湾、索马里海域护航的中国海军一艘两万吨级的综合远洋补给舰，紧急驰援，接她们和岛上的7名中国医疗队员回国。阿美对我说：“‘国家’‘公民’这两个原本司空见惯的名词，那时候听起来却感到特别的亲切，离自己很近很近。”回首那些焦急等待的日子，虽然经历了各种坎坷和波折，但她们相信祖国不会不管她们，这种坚信，源自于我们的祖国叫中国。

“国家”原来离我们很近很近……

阿美真切的感受，深深地感染了我。

采访时任也门大使田琦时，他感慨地说：“新中国有过十几次撤侨行动，也门撤侨是最扬眉吐气的一次。这次撤侨，我最大感受是我们国家强大了，我们的军队强大了。”

中国军队第一次武装撤侨，在战争背景下，海军官兵经历了什么惊涛骇浪？战胜了多少艰难困苦？或许这是人们最想知道的。

“2015也门大撤侨”——一段尚未成为历史的“历史”。那时远时近的爆炸声、中外公民那一双双焦虑的目光、挂在战舰舷梯旁的“祖国派军舰接同胞回家”大幅标语、舰岛上高高飘扬的五星红旗……所有这一切都去之未远。

这是一次“命题作文”，但我欣然接受了。我一次次登上执行也门撤侨任务的临沂舰、潍坊舰和微山湖舰，深入到亲历那次军事行动的将军和士兵之中。多次采访我国驻也门、吉布提大使馆和领事馆的外交官，以及从也门撤离的公民们……

于是，3年前的那场撤侨行动变得立体又鲜活起来，便有了这部报告文学——《大国行动——中国海军也门撤侨》。

第一章

来自索科特拉岛的呼救

因为一场电影，两位闺蜜萌生了去也门索科特拉岛旅游的念头。

《飞屋环游记》是一部充满着“诗与远方”的影片。气球销售员卡尔从小渴望成为一名探险家，后来，他遇到了有同样梦想的女孩艾丽，结婚并相伴到老。卡尔与艾丽曾经约定去遥远南美洲失落的“天堂瀑布”探险，却因为忙碌未能成行。老伴的去世让卡尔心灰意冷，直到政府要强拆他的老屋，才决定带着屋子飞向瀑布，实现他与妻子曾经的愿望。78岁的卡尔在路上结识了自称“荒野探险家”的8岁小男孩罗素，他们一起踏上惊险刺激的探险之旅……

两位闺蜜看得如醉如痴。

布蓝:“趁我们现在还没老，赶紧出去好好玩玩吧!”

阿美:“我说过多少次了，今天你总算明白了。想去哪儿？”

布蓝:“最好是找个世外小岛！”

她们的耳边，响起了那首流行一时的歌:“生活不只是眼前的苟且，还有诗和远方的田野，你赤手空拳来到人世间，为找到那片海不顾一切……”，自此“诗和远方”成为热搜词，这个热搜词恰恰与两个闺蜜灵魂深处的渴望一脉相承。一个普通人的生涯，能有过多少次沐浴在远方的晨曦中？我们能为自己创造多少这样的机会？高楼大厦夺走了地平线，尘霾，汽油味，即使你捂起耳朵，也挡不住车流的喇叭……

阿美，出生于内蒙赤峰市，父亲是画家，母亲为中学教师。2004年考取中央美院设计系，毕业后在一家报纸做美编，负责图片和插图。阿美酷爱旅游，曾经去过阿联酋、阿曼、伊朗、埃及等国。她说阿拉伯民风淳朴，人情味浓，在阿曼街头向大妈、大叔问路，他们不但告诉你怎么走，常常还要带你走一段。一次她和伙伴一起去伊朗旅游，住的是小公寓。她们想买点羊肉自己炖着吃，到了肉摊前，发现谁也没带钱。正在尴尬时，那位卖肉的大叔将大半只约70美元的羊腿包好，让她们先拿走。她们觉得双方不熟悉，这样不合适，可大叔执拗地坚持着，还说“‘秦’，朋友”。伊朗老百姓称呼中国游客为“秦”，简直让人又回到古丝绸之路年代。有专家认为，英文china，就是由“秦”（chin）演变而来的。

布蓝在天津一所大学当老师，事情多，便让阿美寻找一个目的地。

阿美在中东搜寻了一番，发现网站正在推介也门共和国索科特拉岛（简称索岛），在百度百科中，它的名字又被翻译为“极乐岛”。阿美觉得或许这正符合布蓝“世外小岛”的要求，便给布蓝发了一条微信：

索科特拉岛位于阿拉伯半岛以南，印度洋西部，阿拉伯海和亚丁湾的交汇处，是也门共和国一个省。该岛面积3650平方公里，由四个岛屿组成，堪称阿拉伯第一大岛。

悠悠1800万年之前，索科特拉岛便与大陆板块隔绝。久远的地理隔离生成了诸多特有动植物，岛上37%的植物、90%的爬行动物和95%的蜗牛都是独有的生物。2008年，该岛被联合国科教文组织列为世界自然遗产名录。

索科特拉岛与世隔绝，索科特拉岛旷古神奇，被誉为“地球上最像外星的海岛”，也使得它成为旅游者可望而不可即的旅游圣地。

阿美同时发去两张照片，照片上是岛上两种珍稀植物龙血树和沙漠玫瑰。龙血树树干挺拔，树冠像是一个盘旋飞行的飞碟；沙漠玫瑰树皮像橡胶一样闪闪发光，枝干顶端长着漂亮的粉红色花朵。

布蓝当即回复：“就它！”

最新发布的数据报告用12个字对年轻群体出境旅游行为特征做了总结：“爱自由、够洒脱、重体验、舍得花。”“爱自由”早已是年轻群体的标签，81%的年轻人选择自由行的方式出境旅行。他们的态度可以概括为“够洒脱”，近四成的80后会请假提前出发，超过三分之一的人到达目的地后才在当地预定游玩商品。“重体验”，超过三分之一的人会在境外玩8天以上。“舍得花”是对年轻群体的本质性总结，但消费水平却已与前一代人相当。

阿美和布蓝也归属这个群体。

不过，真决定去索科特拉岛，布蓝又有些犹豫了，万里迢迢去那么个海岛值得吗？万一有个三长两短怎么办？

阿美大包大揽，“正因为万里迢迢才有意义！我两次去中东旅游，没那么多三长两短。”

阿美开始联系当地旅行社。问题不像想象的那么简单。索岛离阿拉伯半岛350公里，每年的5—11月为季风期，飞机船只停驶。最好是二三月，正是沙漠玫瑰开花时节。去索岛必须在阿联酋的迪拜转机，那里每周有一次航班往返索岛。阿美最后敲定一家旅行社，3月下旬从北京出发，抵索岛后，按照7天6夜自由行计划，全包（含食宿、导游、交通）每日125美元。也门对华有电子签证，但我国边检必须有纸签才放行。

3月初，位于北京三里屯东街的也门共和国驻中国大使馆显得有些冷清。

阿美递上旅游签证申请。

一位中文秘书看完文件，说她们联系的旅行社太小，不是官方的，文件没有法律依据。

阿美辩解说："这个旅行社是挂在也门政府旅游网站上的。再说了，你们也没有规定多大的旅行社才算大啊？"

中文秘书解释："这是为了你们的安全。"

阿美想走，又有些不甘心，径直走进隔壁一位也门人的办公室。他约莫半百年龄，长得胖乎乎的，半秃顶，像是位邻居大叔。她不知道这位"邻居大叔"是干什么的，姓甚名谁，便将旅游签证申请递给他。

"邻居大叔"正在接电话，他将五个手指捏在一起，这是阿拉伯人表示等一等的意思，并指了指沙发。

"邻居大叔"接完电话，看了看阿美的申请表，有点惊讶地问："你们想去索科特拉岛旅游？"

阿美点了点头。

"怎么想起去那个遥远的地方？"

"网站上介绍那是个'极乐岛'！"

或许是"邻居大叔"听说她俩要去索岛旅游，觉得很给他们国家面子，很自豪，于是满脸笑容："没错，没错。几年前，我陪一位阿联酋的王子去那里，太美妙了，像是到了外星球一样！"

阿美心想，阿联酋王子去那里旅游跟我们有什么关系。不承想，后来她们在索岛的遭遇，还真跟阿联酋一位王子有些关联。

“邻居大叔”拿起笔签批了，还不无幽默地说：“也门人民都喜欢中国。要是你们喜欢索岛，欢迎你们就留在岛上，加入也门国籍。”

接过签证，阿美心中一喜，不过，她还是问：“索岛安全不？”

“邻居大叔”笑眯眯地说：“安全绝对没问题，我们的旅游部长说：索岛是世界上最安全的旅游胜地！”

送阿美出门时，“邻居大叔”不忘递来名片，阿美不免一乐：巧了，“邻居大叔”原来是大使馆的签证官。

经过两个月的期盼，终于等来了出发的日子。

3月21日凌晨，阿美和布蓝抵达迪拜，9时许，转乘也门航空公司班机飞往索岛。

一个半小时，班机降落在索岛省会哈迪布市机场。

走出机舱，阿美情不自禁地喊了起来：“天啊，这蓝天多蓝啊！”

布蓝也赞道：“空气太清新了！”

她俩忙不迭地相互一阵狂拍。

在阿美的旅行经历里，这或许是最小的一个机场，一座两层小楼就算是航站楼，远远看去像是一座小仓库。

一位又黑又瘦，头发有些发卷，上身衬衫下身长裙，约莫二十四五岁的小伙子，举着名牌，上面写着阿美和布蓝的名字，站在出口处接站。小伙子热情地说：“欢迎你们来索岛旅游！”自我介绍叫阿里，是旅行社的经理兼导游。

航站外停着辆越野车，司机叫阿麦德，兼顾厨师，很腼腆，一笑露出两排白牙。

正在这时，只见一支车队从旁边浩浩荡荡驶过，都是大奔和宝马。阿里说，阿联酋一个王子的专机刚刚落地，他也是来索岛旅游的。

从机场到市区二十几分钟车程，路面坑坑洼洼。进了市区，说是省会，还不如我们一个县城，甚至于一个城镇。中心大道也是一条土路，两旁是用石头垒成的平顶房子，见不着什么大商场和餐馆。男人们戴着脏兮兮的头巾，穿着各色长裙，走在烈日下。女人则蒙着面纱，披长袍。

车子停在路边一家小旅馆前，这是市区唯一的一座四层楼建筑，阿里说旅行社到了。十几个房间，既是小旅馆，又是旅行社。阿美心里嘀咕，看来真被大使馆那位中文秘书言中了，这个旅行社确是小了点儿。

在索岛的第一个夜晚，她俩坐在阳台，久久地仰望着星空。一颗颗、一片片亮晶晶的星儿，像是一颗颗、一片片蓝宝石，密密麻麻镶嵌在辽阔无垠的夜幕中。乳白色的银河，从西北天际出发，横贯中天，浩浩荡荡地泻向东南大地。

阿美说："多少年没见过这样的星空了，记得还是在孩童时代，有一次妈妈带我去草原玩，也是这样的星空……"

布蓝喃喃自语："我想起辛弃疾的词：东风夜放花千树，更吹落，星如雨……"

"现在大家都往城里挤，其实，大城市有什么好的，望不见星空，连空气都是脏的。"

第二天，她们早早就起来了。

阿里和阿麦德正在准备行装，按照协议，她们这次索岛之旅，除去第一夜和最后一夜住在旅馆，其他时间均在户外露营区夜宿。因此，阿里和阿麦德不仅带了两顶帐篷，还带了煤气灶、水及各种食品。

越野车先是在海边穿行，然后顺着一条简易柏油路，朝ARAHER沙山开去。山并不显高，有些像是半丘陵，一个多小时后，到达一块石灰岩平地上。

阿美和布蓝被眼前一片外观奇异的大树吸引住了：树高约六七米，枝干粗壮光滑，树皮灰白色，它的枝叶上翘，密集地形成一个长1米宽3米的倒伞形状树冠。

待阿美和布蓝狂拍了一阵后，阿里走到她们跟前，认真地说："下面，我要正式开始履行我的导游职责了。你们在电影里见过'千年树妖'吗？说的就是这种树，它像动物和人一样，被砍之后会'流血'，叫龙血树。龙血树是在巨龙与大象交战时，血洒大地而生出来的，这也是龙血树名称的由来。"

阿美故意问："龙血树砍了后，真会流血吗？"

阿里说："那是一种红色的分泌物，像血而不是血。索岛上的龙血树，最初是由不列颠东印度公司于1835年发现的，它们是上新世中期劳亚大陆亚热带森林的余种，这类森林由于北非的沙漠化而在非洲大陆消失了。龙血树是索岛上独有且最珍贵、最奇异、最有观赏价值的一种植物，但有专家预测，到2080年前后，它们的数量将会下降到45%，或许再过一两个世纪，这种珍贵的树木便会在岛上消失。你们不远万里来索岛看龙血树，还是非常值得的。"

"为什么它会消失呢？"

"由于独特的地理位置，索岛干旱缺雨，这种干旱延续了数百年，尽管龙血树已经适应了干旱缺雨的环境，但干旱依然是它生存的最大威胁。同时，它还要受人口增长、工业及旅游业发展的压力。还有一点就是过度的放牧，现在岛上已经找不到龙血树天然幼苗了，它在很幼小时，便被牧民放养的山羊啃了。"

这个仿佛来自另一个星球的岛屿，同样存在生态安全问题！

沙漠玫瑰，当地人叫瓶子树。为了抵挡岛上强烈的季风，它的枝干演化成像瓶子一样粗短，树皮闪闪发亮。特别是那些长在悬崖上的沙漠玫瑰，直接将根部嵌进石缝里，颠覆了人们脑海中正常花木的印象，令人匪夷所思。

沙漠玫瑰的花期一般在四五月，但有几棵性急的，花儿也早早地开了。

布蓝搂着一棵沙漠玫瑰，让阿美为她拍照。

阿美一边拍着，一边叮嘱："别搂得太紧哟，注意保护珍贵植物。"

下山后，她们决定在海边一个宿营地露营。

阿里和阿麦德开始搭建帐篷，埋锅起火。片刻，阿里又从停靠在海边的渔船上买来一些海鲜。阿麦德虽说是厨师，但烧海鲜没见使出什么厨艺，几乎是清水煮。也许是这些刚出水不久的海鲜太新鲜了，清水一煮，再用一种特别的蘸料一蘸，别有一番风味。

与阿里和阿麦德打了整整一天的交道，她俩发现这两个阿拉伯小伙子朴实、诚恳，话语不多，做事有条不紊。两个小伙子一天里做五次礼拜，每次做礼拜在地上铺好毛毯，面朝麦加方向跪下，两眼微闭，嘴里念念有词，严肃且又虔诚。

做完祈祷，阿里轻声为她们讲述了一个《北风和太阳》的寓言故事：北风和太阳比赛，比赛规则是看谁能让人们把大衣脱下来？ 谁会是赢家呢？当然是太阳。人们感觉到不再寒冷时，就会脱掉大衣；而风，刮的越来越大，人就只想将大衣裹得越来越紧。

两个姑娘沉思着。

躺在帐篷里，望着星空，枕着海滩，她俩谁也不说话，怕惊扰了这个寂静的世界。

忽而，阿美轻声说："太安静了，安静得一切都停滞了生命似的。"

布蓝应道："我像是第一次享受到安静的最高境界。"

接下来几天，她们在阿里的陪同下忘情地游玩——

在云雾缭绕的高山峡谷穿行；

在明净如镜般的潟湖里游泳；

在碧波荡漾的海上观赏海豚“跳舞”。

时间观念不经意间消失了，

地域观念不经意间消失了……

3月27日，是阿美、布蓝在索岛的最后一天。

上午，她们再次去观赏龙血树和沙漠玫瑰，或者说，她们是来向这两种珍稀植物告别。

下午回到旅馆，痛痛快快洗了个澡和一堆脏衣服。让她们觉得有些异常的是，从早上开始，阿里的电话特别多，打进打出。说的是当地的土语，也不知道他在说些什么。

傍晚，阿美在小院子里收拾晾晒的衣服，旅馆门厅里又传来阿里熟悉的声音，那声音显得十分焦躁。

阿美觉得一定有什么情况，这时，只见阿里急匆匆朝她走来。

阿里双眉紧锁，叹了口气，便在台阶上坐了下来。

阿美疑惑地望着他，坐在他身旁。

阿里双手环抱着双膝，埋着头，片刻，他神情严肃地说：“你们明天可能走不了了。”

阿美一楞，以为阿里在开玩笑。还没等阿美开口，阿里说：“昨天，沙特等多国联军对我国首都萨那进行轰炸，我是今天早晨刚刚听说的。”

“轰炸？”阿美问：“多国联军干嘛要轰炸你们首都？”

阿里说：“这个，一时半会跟你说不清楚。”

阿美又问：“多国联军轰炸萨那，我们为什么明天走不了？”

阿里叹了口气，说：“多国联军轰炸萨那，它意味着战争开始了。现在，联军控制了这片区域的领空，没有得到他们允许，任何民航飞机都不可以运营。你们明天的航班百分之百会被取消，明白吗？”

“问题这么严重啊！”阿美这才急了。

出发前，阿美从网上也搜寻过也门的局势，这个国家内乱已经好多年了，乱归乱，国家机器还在正常运转，也没说不让旅游了。做梦都没想到会出这档子事。

阿美毕竟是见过世面的，暗暗叮嘱自己不能乱了分寸。她对阿里说："再想想其他办法？"

阿里用双手掌抹了抹脸，好像想让自己清醒些，他说："我这一天不都在打电话联系嘛，现在还有一个办法，不知道你们还记得不记得，你们刚到那天，我们从机场出来，不是有一支豪华车队从我们车旁经过吗？阿联酋王子阿布扎比也来索岛旅游。明天王子的私人飞机会过来接他，如果得到他的允许，你们就可以搭乘飞机去阿联酋。"

阿美皱着眉心："谁知道王子会不会答应呢？"

阿里劝慰道："你先别急，岛上还有十来位外国游客，我们这些导游准备联合起来向省长请愿，让他去跟王子说明一下目前的状况，让他把你们带走。"

阿美理了理纷乱的头发。

阿里又交待道："晚上你们要准备好一切，明天我们一早就要出发。还有，这件事是不是先别告诉你的那位同伴。"说罢，阿里朝二楼小屋瞥了一眼。

阿美想，布蓝是第一次来中东世界，生性胆小，阿里说的对，此事先别告诉她，免得她一惊一乍。

夜里，两人一边在整理行装，一边有一搭没一搭地唠着。

布蓝说："阿美啊，还真应该感谢你，这回来索岛算是来值了，这个地方来一趟这么不容易，一辈子不可能再来了。"

阿美说："我相信缘份，人一辈子能去几个地方旅游，都是有缘分的。"

"是的是的，谁相信我们两个弱女子会跑到索岛来玩？"

"要是让你留下来怎么样？"

布蓝扭脸问："你什么意思？是留下来再玩几天吗？我就请了

十天假，超假了，你给我发工资？”

这时候，阿美忽然觉得应该跟布蓝先吹吹风，给她先打打预防针，以免到时候真发生什么不测，弄得她惊慌失措的。

阿美把布蓝拉到床边，对她说：“布蓝，我想告诉你一件事。”

布蓝见阿美满脸严肃，问：“别神经兮兮的，你想告诉我什么事？别吓着我啊！”

阿美把多国联军轰炸也门首都的事儿轻描淡写地说了说，没想到布蓝立即紧张起来，连说：“这可怎么办？怎么办？我只请了十天假！”

阿美又说了搭王子私人专机的事，布蓝说：“我们跟他不沾亲不带故，人家凭什么准许我们搭乘？”

阿美倒觉得很有把握，有省长出面，再加上十几个外国人都跑去机场恳求，王子肯定是不会拒绝的。

布蓝嘀嘀咕咕：“美好的想象吧，但愿不是美好的想象！”

这一夜两人都没休息好。

第二天早晨5点多就早早起来了。

东方一片朝霞，整个世界都被染红了。

“昨夜休息得怎样？”阿里也来得很早，一见面就问，看得出他心情不错。

阿里的心情感染了阿美和布蓝，上午8时不到就往机场开，一路上，阿里不断叮嘱：“再欣赏欣赏吧，这样的美景，离开以后到哪儿去找？”

阿麦德打开了车窗和天棚，清新的海风吹得人心旷神怡。

阿里笑着说：“真主会保佑你们！”

阿麦德也说：“祝你们好运，今天肯定会是心想事成！”

布蓝问：“你们那么有把握？”

阿里说：“过一会儿，我们所有的导游会聚集在一起，站在候机厅门口，王子驾到，我们会一起为你们恳求他帮助，然后我们会把头巾摘下来，当着他的面扔在地上。”

布蓝不解：“为什么要当面扔头巾？”

阿里解释：“在阿拉伯传统中，若男性摘下头巾扔在地上，表示他有求于人并希望得到帮助。一旦做出这个举动，说明人家真有困难，对方十有八九不能拒绝。”

哦，原来如此！

阿美和布蓝双眼贪婪地望着窗外，所有的景色，所有的可见物，都被水洗过般的鲜艳与亮泽。也许这就是远方的含义，在习惯的环境中，你会察觉不到婴儿醒来时的那种清新与好奇，即是大睁着眼睛。

越野车抵达机场后，陆陆续续有欧洲的游客到达。七八个欧洲人戴着统一的遮阳帽，阿里说他们是一个钓鱼爱好者团队。

候机厅里的旅客慢慢多了起来，阿联酋王子的车队也到了。阿美和布蓝站在候机厅门口，想看看那些导游怎样向王子扔头巾。这时，一位穿白袍的工作人员拿着纸笔走到游客中间，要求大家把自己的国籍、姓名和护照号码写在纸上。

一位欧洲游客问工作人员：“我们什么时间能够起飞？”

工作人员摇了摇头，说：“这可说不好，因为阿联酋空军基地要一个个核实你们的身份，而且你们来自不同的国家，人数又比较多。”

站在一旁的阿美和布蓝一听，两人的脸上都流露出焦虑的神色。

阿里满头大汗，抱着几瓶矿泉水跑来了，说：“王子得把游客的信息传真给阿联酋空军基地，得到允许后才能带你们走。不会那么快，先喝点水。”片刻，他又说：“实在对不起，给你们添麻烦了！”

望着眼前这位淳朴的阿拉伯小伙子，阿美说：“不，不，是我们给你添麻烦了。”

等待！

游客在等待，一个个心烦意乱！

王子也在等待，他的私人飞机原定上午10时起飞，为了等空军基地审核，他已经等了两个多小时。

又是难熬的一个多小时。

那位穿白袍的工作人员，这时候从办公室匆匆走出来，挥着手对游客们喊道："大家回去吧，走不了了，走不了了！"

窗外传来了飞机引擎的轰鸣声。

游客一阵混乱。

不知是谁把省长找来了，大家将他围在中间，七嘴八舌地责问他。阿美和布蓝被挡在人群外，听不清楚他们在吵些什么。这时只见阿里刺溜一个闪身穿到省长面前，用阿语与他对话。

待弄明白了情况，阿里对阿美她们说："王子已经做了最大的努力，只是想搭机的游客太多，阿联酋空军基地无法一一甄别每个人的身份，没有同意。"

阿美和布蓝一听，眼睛都瞪大了。

阿里一脸苦相，不过，他又安慰道："王子说了，他回去后会帮大家想办法的，你们先别着急。"

轰鸣声加剧，阿美抬头一看，王子的私人飞机已经腾空而去……

布蓝一脸苦相："被扔在这么个岛子上，谁还会想着咱们？管咱们？"

阿美故作镇静："别太悲观，天无绝人之路……"

第二章

万里迢迢亚丁湾

亚丁湾认识他

亚丁湾的风认识他！

亚丁湾的云认识他！

亚丁湾汹涌澎湃的波涛认识他！

中国人民解放军海军第十九批赴亚丁湾、索马里海域执行护航任务的微山湖舰液货班班长凌章权笑了，这是他第七次来亚丁湾护航了，要说不熟悉还真说不过去。

七赴亚丁湾，他已经在亚丁湾、索马里海域工作、战斗、生活了1000余天，总航程267万海里。也就是说，他在这片危机四伏、波诡云谲的海域度过了将近3年的时间。

至今，凌章权还在心中暗暗得意自己3个月前作出的那个重要决定。

四期士官服役期去年11月到期。他与妻子袁敬商量，回家后的第一件事是把婚礼给补办了；再把房子拾掇拾掇；然后，再去找工作……

临退伍前三天，汪科舰长找到他。

特别客气，让座，倒茶，让凌章权有些不自在。

“凌班长，都准备好了吗？”

“当兵的简单，一只拉杆箱，一张银行卡，齐活。”

舰长问：“这回，银行卡快爆满了吧？”

凌章权笑了：“舰长，我那点儿家底你还不知道？几次‘海补’加起来，刚够在县城买一套房子，不过，已经很知足了。”

汪科打量着他，欲言又止。

凌章权觉得有些纳闷。

汪科终于开口了，“凌班长，有件事想跟你商量一下……”

凌章权立即站了起来，“舰长，你说！”

汪科迟疑了几秒，“咱们舰下个月将要加入第十九批护航编队赴亚丁湾。”

凌章权说：“应该是下个月下旬走吧？”

汪科终于向他摊牌了：“这次的补给任务很重，我接手舰长时间不长，我们几位领导经过研究，想征求你的意见，能不能延期退伍，再去趟亚丁湾，帮助带带骨干，等执行完任务回来再走？”

“延期退伍？”凌章权一下子愣住了。

汪科赶忙又说：“当然，你的服役期即将满了，你已经为部队建设做了很大贡献了。去年你回家结婚，因为舰上临时有任务，连婚礼都来不及办，就把你叫回来，你那位新娘子可能还恨着我吧？现在又让你延期退伍，我们也是于心不忍。凌班长，这件事最终决定权在你，你跟家里好好商量以后再定！”

离开舰长室，凌章权的步子显得有些凌乱，连车票都预订了，没想到舰长会提出让他延期退伍，实在太突然了。

一般来说，每个人的生活在一定时间内，都处于一个相对稳定的状态，外部环境的稳定、内在心理的稳定、个人情感稳定、情绪的稳定、人际关系的稳定等，一旦平衡遭到破坏，身在其中的人，必然会跟着这种变化产生本能的反应，直到新的平衡重新建立起来。

此时的凌章权，正从打破的平衡状态，寻找着另一种平衡。

凌章权思考了一天一夜，中午，他敲开了舰长室。

还没待汪科开口，凌章权便说："舰长，我留下！"

汪科擂了他一拳，什么话都没说。

于是，便有了凌章权的七赴亚丁湾。

亚丁湾，位于印度洋在也门和索马里之间的一片海域。扼地中海东南出口和整个中东地区，是苏伊士运河的咽喉，其北面是阿拉伯半岛，南面是非洲之角，西侧有亚丁和吉布提两个世界驰名的海港。它通过曼德海峡与红海相联，是波斯湾石油输往欧洲和北美洲的重要水路。我国及周边各国与欧盟贸易90%以上依靠海运，"马六甲海峡——亚丁湾——红海——苏伊士运河——地中海"一线，成为商船最便利的海上航道。据统计，每年通过苏伊士运河的船只约有1.8万艘，2009年前11个月，我国有1265艘次商船通过这条航线。

近年来，日夜穿梭往来的商船，成为海盗袭击的主要目标。海盗团伙成员多为民兵出身，参加过索马里内战，他们胆大妄为，抢劫商船，绑架人质，向船东索要高额赎金，甚至竟敢劫持联合国救济署粮食运输船。亚丁湾、索马里海域已成为"世界上最危险的海域"，对世界海洋运输业构成重大威胁。

根据联合国安理会的决议，2008年下半年以来，20多个国家陆续派遣各型舰船赴亚丁湾、索马里海域开展反海盗护航行动。

中国政府决定派遣海军舰艇编队赴亚丁湾、索马里海域执行护航任务，它是我国首次使用军事力量赴海外维护国家战略利益，是我军首次组织海上作战力量赴海外履行国际人道主义义务，是我海军首次在远海保护重要运输线安全。

2008年12月26日，中国人民解放军海军武汉号导弹驱逐舰、海口号导弹驱逐舰、微山湖号综合补给舰和两架舰载直升机，组成的第一批赴亚丁湾、索马里海域护航编队，在三亚某军港码头解缆起锚。

12月27日，英国《泰晤士报》以《北京派出海军打击海盗结束500年传统》为题，发表评论说："中国军舰离开三亚军港驶向亚丁湾，对北京和其他一些关注全球的政府来说，是世界海军史上新纪元！这是5个多世纪以来中国海军首次驶出领海保护国家利益，是15世纪以来，中国军舰首次远航至非洲海域。这是中国政策的一次重大、历史性突破！"

法国《费加罗报》评述道："在3艘中国军舰从海南岛起航，前往亚丁湾去惩罚非洲海盗之际，让人想起15世纪初中国明朝的郑和，率领200多条船、27000多人下西洋的情景。"

出征，中国海军！

作为800多名将士中的一员，在微山湖舰舰舷旁站坡的液货班班长凌章权，眼含热泪，心潮涌动。

这一次，才称得上是真正意义的远航——自三亚出发，一路南下，西沙、南沙、新加坡海峡、马六甲海峡、安达曼海、印度洋……

在穿越马六甲海峡时，编队实施第一次海上补给。

受补舰武汉舰进入补给阵位，与微山湖舰保持同向同速航行。

"补给部署！准备右舷补给！"

"引缆！"

"收紧主钢缆！"

"架设输油软管！"

随着舰长口令声，片刻，钢索在两舰之间凌空架起一道索桥，盘缚在微山湖舰门型架顶端的输油软管顺着钢索俯冲直下，重达

130多公斤的加油探头，插入受补舰的注油口。

舰长一声“开阀补给”，微山湖舰开始向武汉舰输送燃油。

凌章权站在操纵台前，注视着每一盏指示灯的变化，每一种设备的运行情况。

一个多小时后，微山湖舰又为海口舰进行了同样的补给。

海上补给能力是考量一支海军持续作战能力的重要依据。现代化的海军舰艇离开母港后，主要有三种补给方式：一、建立海外基地，供舰艇补给、舰员休息；二、通过远洋综合补给舰，伴随战舰在海上补给；三、接受停靠港口的补给。我海军舰艇编队赴亚丁湾护航，主要采用第二种方式，微山湖舰将全程伴随武汉舰和海口舰，在海上适时补给。

2009年1月5日，经过连续11昼夜航行，总航程4400余海里，编队终于抵达亚丁湾、索马里海域任务海区。

亚丁湾东口的A点（北纬14度，东经52度）至亚丁湾西口B点（北纬11度，东经44度），这片东西横贯500多海里的海域，将是海军护航编队纵横驰骋的疆场。

“砰！”“砰！”“砰！”，随着3发信号弹升空，全体舰员仿佛一下子进入了战斗状态。

凌章权神色凝重，紧握右拳，和舰员们一起庄严宣誓：坚决服从指挥，战胜一切困难，不怕流血牺牲，圆满完成中国海军历史上的首次护航任务！

此时，向交通部提出申请护航的我国“河北翱翔”号、“晋河”号、“观音”号、“哈尼河”号四艘商船已在编队不远处集结。

1月6日，10时50分。

护航编队和4艘商船组成了混合编队正式出发。

经过44小时的奔波，混合编队安全通过海盗活动频繁的亚丁湾海域，抵达曼德海峡入口处，商船与军舰分航。

我海军舰艇编队顺利完成了首次护航任务。

站在舷旁，凌章权看见“河北翱翔”号的船员们用白油漆在集装箱上写出的“祖国万岁”四个大字，在阳光的照射下显得格外醒目。

1月14日夜。

编队完成第二次护航任务后，由东往西进行区域巡逻。

19时整，武汉舰听到了国际海事公共通讯频道急促的呼救声：“我是‘粤河’，现位于北纬XX度XX分，东经XX度XX分，正遭遇两艘不明快速小艇追击！”

武汉舰立即与其联系，获悉“粤河”号隶属我国中远公司，正前往苏伊士运河。片刻，“粤河”号告知：“我船关闭所有灯光，提高航速，已成功摆脱小艇。”

20时30分，又传来附近海域同属中远公司的“天河”号的呼救声：“我是‘天河’，在我船附近有两艘小艇追随，请求海军编队支援！”

编队指挥员立即下达命令：“一级战斗部署，抵近‘天河’号，特战队员加强对海警戒，直升飞机备便！”

武汉舰全速插向茫茫夜海，半个小时后，驶近“天河”号。

“发现两艘可疑小艇正尾随‘天河’号右后侧。”舰艏负责警戒的特战队员报告。

“快速向小艇逼近！”指挥员再次发出命令。

两艘小艇见突如其来的军舰，迅速关闭灯光，落荒而逃。

22时50分，在武汉舰护送下，“天河”号驶离危险海域。

“我是‘珍河’号，我船左后侧发现两艘不明小艇尾随，请求救援！”武汉舰驾驶室甚高频再次传来紧急呼叫声。

指挥员再次下达命令，调转航向向“珍河”号驶去。

“我船已摆脱小艇追踪，感谢海军官兵！”

半小时后，“珍河”号脱险。

这一夜，编队指战员在高度戒备中度过了一个不眠之夜。

亚丁湾的风浪无休无止，亚丁湾的海盗猖獗肆虐。

微山湖舰补给系统是一套进口设备，故障率比较高。护航以来，凌章权带领全班战友，精心保养，比照料婴儿还仔细，深怕它有个三长两短。

第一批护航编队结束护航任务，返航途中，微山湖舰最后一次为海口舰补给油料。

补给即将完成，就在补给长下达“收回主钢缆”口令时，正在操纵设备的凌章权，发现操作台上一盏小红灯亮了，他定睛一看，是电磁阀的故障报警灯。

还来不及等凌章权采取措施，系统自动卸载，液压压力减弱，只听得“嘭”的一声巨响，主钢缆和输油管一起掉入海中。

凌章权觉得自己的整个心都掉落海里。

主钢缆和输油管用吊车吊上来后，凌章权他们将电磁阀拆卸，因为没有备件，只能是做些弥补性的维护。好在即将回到母港，如果是在护航中途发生这种故障，后果不堪设想。

二赴亚丁湾，凌章权在海上工作了整整313天——2010年3月至2011年1月，微山湖舰参加完第五批护航，没有回国，紧接着又参加了第六批护航。

远航对于舰员来说，不是“面朝大海，春暖花开”，而是生理、心理和毅力面临更严峻的综合考验。

第五批护航，舰员在亚丁湾、索马里海域战斗、生活了差不多5个月，生理和心理压力几乎都达到了极限。谁也没有想到，这时候，突然下来一道命令，命令微山湖舰继续参加第六批护航。

“还要再坚守一百多天！”连凌章权这个老士官心里都咯噔了一下，怀疑自己能不能坚持得下去。

那天下午，第五批、第六批护航编队在海上举行分航仪式：即将返航的广州舰、巢湖舰组成单纵队，来接护的昆仑山舰、兰州舰、微山湖舰组成的单纵队，以横距3链、纵距5链航行在大洋上。

广州舰与第六批护航编队指挥舰昆仑山舰分别航行在编队最前方，昆仑山舰、兰州舰、微山湖舰悬挂出“LBU（祝同志们胜利到达目的地）！”和“LBS（祝你们一路顺风）！”的旗语相送；广州舰和巢湖舰悬挂出“LBT（祝你们圆满完成任务）！”和“LBM（感谢首长关怀，祝首长同志们身体健康）！”的旗语回应。

各舰舰员着装整齐，分别在前甲板、驾驶室、导弹平台、飞行甲板站坡。

随着第六批护航编队指挥员一声“分航”命令，3颗绿色信号弹腾空而起，呜——5艘战舰同时鸣笛30秒。舱面上的舰员相互挥手致意。

望着远去的广州舰和巢湖舰，凌章权发现几位战士神情复杂，噙着泪花。他们是一起离开祖国，一起劈风斩浪来到印度洋，共同在亚丁湾夜以继日地履行使命责任。如今，战友们将要离开，他们久久地注视着远去的战舰，挥动的手臂迟迟不肯放下。

一位新兵问凌章权：“班长，接下来的日子，该咋过啊？”

凌章权不紧不慢：“咋过？一天一天过呗！”

“又是从头开始？”

“战争年代，上级命令我们守个阵地，说好了坚守三天，我们浴血奋战了三天三夜，几乎弹尽粮绝，正准备撤离时，上级又突然命令我们再坚守一天。你说说：我们是继续坚守，还是临阵逃却？”

新兵拧着眉心，不言语了。

海上，凡是挡住视野的东西都去掉了，你会看到直射的阳光。你盯着它看，除了一览无余的海平面，风、太阳成了最大的活物，最大的动静。人就是有那么一些经历，它们是无法传达的，件件都是一次性的，不可交流，无法超越。

这个最大、也是最深的海洋，因为受到气流和季风的影响，常年波涛汹涌，几种海潮及逆潮、暖流、寒流、回旋往复。多数的时候，它因为大，所以平静。

“烽火连三月，家书抵万金。”在遥远的亚丁湾，收到家书自然是一种奢望。为了让官兵们能给亲友们报个平安，每逢周日，舰上的军用电话和基地的总机连线开通长途功能，免费供官兵使用。电话安装在餐厅里，无法直拨，只能是先拨通基地总机，告诉需要转地方的电话号码，再由总机帮助转地方电话。二百多人就一部电话，同时还要考虑与国内的时差，不得不在电话机旁放了只闹钟，规定每人每次不得超过五分钟，一般要排一两个小时才能轮上。因为信号不稳定，而且通话还有延迟，通常是说一句话后，停顿一会儿，等对方的回话后，再说下面的话。后面排队的着急啊，可又不能催促。若是给女朋友通话，身旁都是战友，欲说又休，别扭啊！

凌章权排了两次队，不知道是农村信号太弱，还是父亲的手机质量太差，都没有接通。第三次，好不容易接通了，父亲太激动，光在电话里喊：“娃儿，娃儿……”

已经一个多月没与家里通话了，凌章权怕父母牵挂，那天休更后，排了两小时队，拨通了父亲手机，接电话的是母亲，母亲一上来就问：“娃儿，你什么时候回家？”凌章权连忙说：“妈，还有几个月，快了！”母亲说：“快回家吧，都老大不小了，连个对象都没找，妈揪心啊！”

回到舱室，斜躺在铺上，凌章权望着天花板发愣……

快三十了，还是个单身汉。转二期士官前一年，回家休假时，同学介绍了一位女医生，见面聊了聊，双方感觉还不错，互相加了微信。回部队后便身不由己了，那时候微山湖舰任务特别重，三天两头要出海，一出海便是十天半个月。到了海上，音讯全无。有次对方联系不上他，急了，向他发出“寻人启事”。回家休假，女医生说：“当我最需要你的时候，你却跟我玩‘失联’。”凌章权苦笑，说：“我也不想‘失联’，可是到了海上，什么信号也没有，急得想跳海！”女医生渴望的是正常的家庭生活，当她需要你的时候你就在她的身旁，而这一切，作为军人的凌章权做不到，起码暂时还做不到，于是，友好分手。转了三期士官，朋友介绍了一位女教师，相处了两年，她总问“你什么时候转业”，这回出来护航前，他发了条短信：“又将开始一次新的远航，走的很远，时间很长。”女教师三天后回复：“原谅我的懦弱！”那是不言而喻的断交。

凌章权遥望着茫茫天际，时常念想起四川宜宾那个名叫黄金村的小山村。孩童时代，他觉得山村很大很大，足够他生活一辈子。上了初中、高中，才知道外面还有个更大的世界。1998年初冬，凌章权还在念高二，海军到县里征兵，给了村里一个指标。凌章权渴望当一名水兵，随着军舰远游四方。三个同学一起去报名，就他合格。17岁的凌章权走出了小山村。

广州沙角海军训练基地，当年是民族英雄林则徐焚烧鸦片的地方。3个月新兵训练，半年专业训练，凌章权完成了从一个农村娃儿到兵的转换，成了832船的一名枪帆兵。832船是艘客货两用船，一千多吨，附属海军某勤务船大队。吨位小，航速慢，三亚到西沙180多海里，要跑十几个小时。一个星期一个航次，但遇到五六级风就停航。那时候，西沙官兵觉得最苦的就是交通问题。好不容易轮到休假探亲，却刮起了大风，航班取消，干着急。有一年春节前，几位军嫂搭船上岛探亲，快到永兴岛，却忽然刮起大风，船无法靠码头，不得不返航三亚。风一刮就是半个多月，军嫂们眼看假期到了，只好泪别三亚。

2001年8月，凌章权考上蚌埠士官学校。毕业分配到微山湖舰。当时舰还在广州舾装，这艘我国自行设计建造的远洋综合补给舰，重23000吨，长179米，宽25米，高39米。凌章权第一眼看见停靠在码头的微山湖舰，禁不住浑身一震，它的体量有832船一二十个大，是一个庞然大物！

凌章权分到了液货班，成了一名电梯兵，专门负责两部电梯的运行、保养和维修。电梯主要是用来运送弹药的，凌章权须臾不敢疏忽。

2005年，老班长程祥胜转业，凌章权升任班长。

临别那天中午，老班长带着凌章权将液货班的一个个岗位又走了一遍。老班长走得很慢，神情严肃，他是在交班，同时又是在交付一种责任。

液货班负责油、水的补给，挑起了全舰补给的半壁江山。

亚丁湾，我又来了！

七赴亚丁湾——当兵16年，父母早盼着他回家，等着抱孙儿。当他将舰上准备让他延期退伍的情况告诉父母时，老人家说："娃儿，部队需要你，你就留下吧。"他征询妻子的意见，妻子沉吟了片刻，说："你还没脱军装，是部队的人。护航事大，有困难咱自己克服。"

凌章权意识到这是自己军旅生涯中最后一次来亚丁湾，最后一次为祖国来履行一名士兵的责任！

乘长风，
战恶浪，
钢铁编队横跨印度洋。
维护国家利益，
保障运输通畅，
勇敢水兵驰骋亚丁湾上。

士气高，
豪情壮，
军旗猎猎开辟新战场。
肩负大国责任，
凝聚世界目光，
中国海军书写历史辉煌。

《亚丁湾护航之歌》是首批护航编队集体创作的。至今，每天起床铃声响过之后，微山湖舰的广播里便会传来激昂雄壮的《亚丁湾护航之歌》。

“乘长风，战恶浪，钢铁编队横跨印度洋……”凌章权禁不住也跟着哼了起来……

2015年7月21日，微山湖舰圆满完成第十九批护航任务，回到母港。

微山湖舰决定为凌章权举行一场推迟了8个多月退伍的仪式——这是一次特别的“一个人的退伍仪式”。

海风停止了吹拂，波涛不再喧闹，它们都在等待着一个庄严时刻的到来。

全体舰员在前甲板集合，4位舰员拉着四角，展开一面鲜艳的八一军旗。

李思伟政委致辞，他说，现在我们在这里为一位有着17年军龄的老班长、我们的战友凌章权同志，举行一场简朴却又隆重的退伍仪式。尽管这个仪式迟到了半年多，但它却有着不同寻常的意义。在凌章权的身上，我们读懂了什么是使命，什么是责任，什么是一个普通战士的家国情怀。

凌章权从汪科舰长手中接过微山湖舰舰徽时，胸脯起伏，热泪盈眶。

凌章权像是有话要说，但咬了咬嘴唇，没说出来，他转过身，朝着军旗敬了最后一个军礼……

我是通过汪科舰长联系上凌章权的，此时，他已经复员一年多了。凌章权是意气风发回到家乡的，他想，凭着17年军旅生涯，难道还怕找不到一份理想的工作？然而，错了！他在舰上干的补给专业，在宜宾市里没有一家单位是对口的。一次次碰钉子，凌章权醒悟了，必须从零开始，从头再来。凭着军人的韧性，他开始了新专业学习，经过半年多的努力，终于考取了《二级建造师证》。来不及松口气，马不停蹄，他又在准备考《一级建造师证》。他知道，想从事建设工程项目管理工作，必须要具备这样的资质。

凌章权告诉我，经受过亚丁湾风浪的摔打，经历了也门撤侨的风险，什么困难都可以战胜！

草原女水兵

"左舵五！"

"五度左！"

"左舵十！"

"十度左！"

"把定！"

潍坊舰的驾驶室里，不断传来值更官与操舵兵的口令声。

晴空万里，连日来的浓雾，不经意间消失了，海面风平浪静，如同一块望不到边的蓝色绸缎。

蒙古族姑娘、操舵兵希林塔娜禁不住叹道："哇塞，今天的海面平静得像杭州西湖一样！"

值更官问："你去过西湖？"

希林塔娜摇了摇头。

"没去过，怎么知道西湖很平静？"

希林塔娜一下子被问住了，有些不好意思。

值更官说：“去年休假，我带着女朋友去逛西湖，在西湖里划船，忽然变天，风起浪涌，游船差点儿被掀了。”

希林塔娜脸红了。

站在一旁的车钟手说：“希林，遇上五六级风浪我就晕了，你怎么不晕船？”

希林塔娜笑了：“我从小在马背上晃荡惯了。”

“骑马？不晕船？风马牛不相及，夸张吧？”

“我觉得跟这个有关系，你不想想，在马背上那么晃都不晕，海上这么点风浪算什么？”

“倒也是，我们湖南老家只有牛，骑牛不防晕，怪不得我晕船这么厉害！”

挺腼腆的希林塔娜，今天显得有些兴奋，昨天在航渡中，舰上组织“我要当尖兵”比武，包括打绳结、穿防毒衣、包扎（战伤救护）等项目，希林塔娜以38秒获得穿防毒衣第一名。张在歌舰长在会上说：“看我们有些男兵，整天牛皮哄哄的，真比赛起来，还不如小希林塔娜，虚心向我们的‘草原女水兵’学习吧！”舰员们将目光都投向了她，平时就爱脸红的希林塔娜脸更红了。

车钟手说：“昨天得了第一名，自豪得睡不着觉吧？希林，那么多人参赛，怎么让你得了第一名？是不是你把裁判给收买了？”

希林塔娜两眼瞪大了，说：“天啊，三个裁判拿着秒表掐，我有本事把三个裁判都收买了？”

车钟手故意气她：“那谁知道啊！”

希林塔娜转脸向值更官“求救”。

值更官笑了，说：“吃不到葡萄说葡萄酸，阴暗心理！”

车钟手说：“开个玩笑嘛！不过，想请教一下：这里面有什么诀窍吗？穿防毒面具1分20秒及格，你怎么能够练到38秒？”

希林塔娜说：“多练呗！”

“我也每天都练，怎么就练不出来？看来光是苦练不行。”

希林塔娜认真了，说：“苦练还得加巧练，要会动脑子。穿防毒面具各个环节中，最容易出差错的是粘胸巾，这个环节一定要多练。还有，戴面具，一般需要五秒，我练到只需三秒。”

车钟手不由得佩服道：“还是我的功夫下得不够、用心不够啊！”

希林塔娜出生于镶黄旗新宝拉格镇都日本呼都嘎嘎渣乌日图诺定居点，父亲是牧民，希林塔娜是“草原明珠”的意思。童年时代印象最深的是父亲教她学骑马，先是父亲将她抱在怀里骑，慢慢的要她自己骑，最后是父亲一扬鞭，她骑着马飞奔。她的童年、少年时代都是在马背上度过的。

2009年，她考上呼和浩特市民族学院法律系。2012年毕业后，在一家法院实习。一天，上网时偶然发现海军到内蒙古招兵的消息。海军！希林塔娜两眼一亮，她在电视里见过海军女兵，一身海洋迷彩服，酷极了。当年来接兵的是北海舰队，希林塔娜有点嘀咕，去那么远的地方爸爸妈妈会答应吗？为了防止家里拖后腿，她自作主张去报了名，自作主张参加体检，等她拿到那张沉甸甸的《入伍通知书》后，才兴冲冲跑回大草原告诉爸爸妈妈。妈妈听说她要到那么远的地方去当兵，落泪了。爸爸很高兴，鼓励她要像草原上的雄鹰一样，飞得高高的远远的。她幸运地成为海军第一批25名蒙古族女兵之一。

到了青岛，希林塔娜第一次看见大海，哎呀，比草原还辽阔。海浪喧嚣，海风猎猎。尽管听说海水是咸的，但她依然有些不大相信，捧起一掬海水，尝了尝，果然是又苦又咸。

来到新兵连，墙上的那幅标语“流血流汗不流泪，掉皮掉肉不掉队”，让希林塔娜心里一阵紧张。走队列，怎么也走不好正步，踢腿无力，甩臂成不了90度，伤心得直落泪。为了矫正腿型，夜里睡觉时，她将双腿捆在一起。为了走出军人姿态，她走了整整三个月队列。整理内务，开始怎么也无法将被子叠得有棱有角，班长说她叠的被子像馒头，她自己也闹心。在班长一次次示范下，终于掌握了窍门。练习轻武器射击，扣板机的一刹那，食指总是发抖，后来找到了症结：长这么大连鸡都没杀过，是心里胆怯。一个人的胆量不是一朝一夕就可以练成的。还好，正式打靶，三发子弹打了个20环，及格了。三个月新兵训练，她基本上完成了从“老百姓”到“军人”的转变。

半年专业学习，第一道难关是语言关。希林塔娜高中开始才正式学习汉语，汉语底子薄。她说的蒙古族普通话，一多半别人听不懂；而课堂上教员说的，一多半她听不懂。第一次摸底考试，在学习航海专业的4名女兵中，她排在最后。怎样突破语言关，分队长告诉她一个最笨的方法：读报纸。刚开始一个人悄悄躲在墙角读，后来，每次队里开会，先让她读一段报纸。开班务会，班长点名要她第一个发言，她的普通话水平快速提高。她极少请假外出，几乎把所有的节假日都用在学习上。有时，夜里还悄悄用手电筒蒙在被窝里看教材。希林塔娜付出比别人更多的心血，门门功课优秀，成为潍坊舰一名操舵兵。

上舰那天，走进这艘现代化护卫舰的驾驶室，希林塔娜一眼便看见操纵台上的舵轮——圆形带着4只手柄的舵轮，闪闪发光。

希林塔娜手握舵轮，自言自语：“靠它就能把战舰给开走了？”

一旁的航海长开玩笑说：“操舵兵是把方向的，以后你就是潍坊舰的舵手了！”

希林塔娜的脸唰地红了：“哪敢，哪敢，我可不敢！”

第一次出海，遇上七八级大风，海面涌浪翻滚，舰艏忽而被顶起是浪峰，忽而又被摔进波谷，偌大的战舰瞬间宛若一只水瓢。

张在歌舰长铁塔般稳稳地站在操纵台前，下达一个个舵令和车令。

操车兵吐得一塌糊涂，几乎是每重复一遍口令都要扭头吐一次，不过，尽管异常痛苦，他依然坚守在岗位上。

舵信班长也晕船，脸色发青，但神色坚定。

奇怪的是，希林塔娜发觉自己不晕船，对于舰艇的晃荡，几乎没什么感觉。她下意识地摇了摇脑袋，不晕啊，胃里也没什么不舒服的感受。老天爷居然如此厚爱她！

中午开饭时，餐厅里空荡荡的，就餐舰员少多了，她打了一盆菜，吃得有滋有味。女兵班长惊奇地望着她，问："夸张吧！这个时候你怎么还有这么好的胃口？"希林塔娜反问她："你不觉得中午的菜挺好吃吗？"班长连说："服了，服了，希林！"

返航靠码头后，张在歌舰长喊住了她："不晕船，好福气啊！"希林塔娜还没来得及反应过来，舰长又说："不过，要想成为一名真正的水兵，前面的航程还长着呢！"

希林塔娜站在那里，思忖着舰长话中的含义。

"左十度。"

"十度左。"

"右满舵。"

"满舵右。"

操舵兵绝不仅仅是执行舰长口令，希林塔娜在老班长身旁整整跟更3个月，才正式走上操舵台。

2015年入冬，传来了潍坊舰即将随海军第十九批护航编队赴亚丁湾护航的消息。

一艘战舰能有机会赴亚丁湾护航，那是一种难得的机遇，舰员们都很兴奋，他们渴望那片海域，渴望新的挑战。

过去，每每在电视里、在报纸上看到海军护航编队在亚丁湾护航的消息时，希林塔娜总是流露出羡慕的目光。现在，自己马上就要跟随战舰奔赴亚丁湾，心里有几多期盼、几多憧憬。

一天，希林塔娜在驾驶室值班。

她突然问值更官航海长："航海长，你说亚丁湾那片海域为什么海盗特别多？”

航海长说：“一是那地方是红海的出海口，过往商船比较多；二是附近几个国家都比较穷，穷地方出盗贼嘛！”

希林塔娜又问：“海盗厉害吗？”

航海长告诉她：“对于没有武器装备的商船来说，海盗还是极有威胁的。”

希林塔娜像是松了口气。

航海长反问她：“怎么，希林？你是不是害怕海盗？”

希林塔娜说：“也不是害怕，毕竟没见过海盗，想起来有点发瘆。”

航海长宽慰道：“我们这样的武备，甭说几个、十几个海盗，就算满世界全是海盗，也不在话下。”

希林塔娜点了点头，说：“我知道了，航海长。”

战舰即将起锚了，有天中午，希林塔娜满脸热汗地扛着一只大箱子走上舷梯，正好与士官长唐启新相遇。

唐启新问：“希林，你扛的什么宝贝？”

希林塔娜放下箱子，擦了擦汗水，说：“妈妈给寄了点儿吃的。”

“吃的？寄这么多吃的？”

希林塔娜解释说：“士官长，我一天不喝奶茶就难受，这回咱们要出去小半年，我得让我妈多寄些。还有奶豆腐、牛肉干。”

唐启新用手指点着她，说：“没出息，你们这些姑娘好像缺了零食就没法活。”

唐启新走了几步又回过身来，说：“哎，希林，舰上不是再三强调，不许泄密。你是不是把要去亚丁湾护航的消息告诉了你妈？”

希林塔娜慌了，“士官长，拿什么保证都可以，我可没泄密啊！”

唐启新盯着她的双眼，“那你妈怎么会给你寄这么多的奶茶？”

希林塔娜说：“我想让她多寄些，可是又不能告诉她我们要去亚丁湾护航。只说要出去执行一项任务，时间比较长；还编了个理由，说战友们都特别喜欢喝家乡产的奶茶，我妈最经不起表扬啦，听说大家喜欢喝，就寄了这么大箱来。”

唐启新笑了，说：“挺老实的一个姑娘，没想到还这么鬼精鬼精！”

希林塔娜说：“到时候想喝奶茶，说一声哦！”

唐启新摆了摆手：“我可接受不了，膻乎乎的。”

希林塔娜不高兴了，说：“怎么这么没格调啊，奶茶绝对超过咖啡！”

唐启新忙点头：“是的，是的，我没格调，我没格调……”

潍坊舰随护航编队到了亚丁湾。

站在操舵台前，手握舵轮，希林塔娜突然发现，亚丁湾同青岛的海完全不一样，首先是颜色，蓝得发黑，蓝得闪光；还有那浪，一波连着一波，常常像小山似地翻涌着，如同良驹遇到大草原，正可以扬蹄飞驰。希林塔娜禁不住有些心潮澎湃起来。

三个月来，潍坊舰执行了十几次接护任务，既有我国商船，也有外国商船。

那天，战舰为我国商船“振华4号”护航时，正好是希林塔娜当更。

2008年，“振华4号”途经亚丁湾时，遭遇海盗袭击，全体船员沉着冷静、机智勇敢，用自制的燃烧瓶、啤酒瓶与海盗决斗，双方对峙8个小时，最终将海盗赶下船。后来，船长说：“当时我们国家还没有派军舰护航，要是有我们国家自己的军舰在那片海域，我们就安全多了。”

能为国内外的商船护航，成为和平卫士，希林塔娜感到特别自豪！

潍坊舰的02—5号舱室，住着舰上的五位女舰员，五位女兵五朵金花，这里被称作“闺房”“军事禁区”，男兵不得越雷池一步。

有一次女兵舱的照明灯坏了，打电话到电工班，电工班长说：“你们那个兵舱谁敢去？点蜡烛吧，姑娘们！”女兵苦苦“哀求”，班长还是无动于衷，用电话指导她们换了灯泡。

五位女兵除了希林塔娜，还有班长薛舒文，女兵徐素芬、白乌依汉和李倩倩。都说三个女人一台戏，护航以来，五位女兵更是上演了一出出精彩的活剧。

她们都有自己的专业，自己的岗位，与编队八百多名男军人一样，履行着女军人的职责。

白乌依汉也是个蒙古族姑娘，与希林塔娜同时入伍。出生于内蒙阿拉善左旗。2012年大学毕业，一天晚上，一家人正在看电视，荧屏里传来了海军在内蒙征招女兵的消息。她一下站了起来：“爸妈，我想去试试？”爸爸高兴地说：“你爷爷是个抗战老兵，我年轻时想当兵终究没当成，希望女儿能完成我的心愿。”报名，体检，接着是等待通知。白乌依汉有些沉不住气，悄悄对妈妈说：“有人说当女兵特别难，不送十万八万元根本不行。”妈妈安慰道：“别听瞎传，花钱当兵，咱们不干。”半个月后，终于盼来一纸通知。

三个月入伍训练，半年专业学习。白乌依汉被分配到潍坊舰，成为一名报务兵。

每天午餐和晚餐前，舰上都安排半小时的小扫除，雷打不动。每位士兵都有自己的卫生区，白乌依汉小扫除的卫生区在01—2通道。每次小扫除，她都拿着一把小刷子和一块抹布，清除边边角角的灰尘，抹擦地板、楼梯。刚开始，她也疑惑，每天三次的小扫除有必要吗？灰尘连影儿都见不到，地板已经擦得比衣橱还干净。有一次，见她望着天花板发愣，士官长唐启新或许读

我说："这些经历将会成为你一生最宝贵的精神财富。"

白乌依汉点了点头。

我问："你们这批退伍兵什么时候离舰？都准备好了吗？"

"我们提前两天下舰。我想在招待所住两天，到时候去码头送送战友们。"

"挥手告别时，你会落泪的！"

白乌依汉笑了："不会吧，又不是刚入伍的新兵，没那么脆弱的。"

我回到北京不久，接到了白乌依汉的电话，她已经退伍回家了。

我说："说说那天你去码头送别的情景……"

话筒一时无声，片刻，她说："舰艇8时离码头，我6点多就往码头赶，到了大门岗前，远远望见潍坊舰那熟悉的身影了，我停下了步子，突然犹豫了，我知道当那个时刻到来时，我肯定无法控制住自己的情感……"

一时，我不知道该说什么。

白乌依汉又说："回家这些日子，极不习惯，在梦里已经撤了好几次侨了……"

我笑着打趣道："你可以申请重返亚丁湾啊！"

"此生已经再没有这样的机遇了，"停顿了一下，白乌依汉又说："不过，有一次这样的机遇，对我也已经足够了！"

是的，人生有各种机遇，但有的机遇只有一次！

唐启新，潍坊舰上的士官长。这位有着21年军龄的老水兵，农家子弟，中等身材，稍瘦，长着一脸厚道相，被舰员们称为舰上的"兵头""管家婆"。

何为"兵头"？凡是与水兵工作、生活有关的事情，他都要参与管理，卫生打扫得干净不干净，内务整理得整洁不整洁，督促体能训练，派公差勤务，等等。何为“管家婆”？水兵有什么需求，谁家遇到了困难，早晨跑步穿什么服装，等等，他都要管。

“士官长，出来时，忘了带针线包了，你那儿有吗？”

“士官长，水果吃完了，帮助寻摸两个！”

“士官长，有什么好看的杂志，借两本！”

大家有事没事都要找他。

“士官长，副长找你。”

“士官长，炊事班长找你。”

“士官长，座谈会马上要开了，请你到餐厅。”

广播里不时会传来找士官长的呼叫声。

周六，女兵小徐找到唐启新：“士官长，我的电话卡用完了，想借你的用用！”

唐启新笑了：“老实交代，正在热恋吧？”

小徐瞪了他一眼：“士官长，想哪去了？思想意识有问题吧？”

“那你的电话卡为什么用得这么快？”

“唉，每次接通电话，李家闺女找到男朋友了，张家儿子准备结婚了，我妈拿着手机不放，烦都烦死了！”

唐启新说：“这还听不出来？你妈正着急上火呢！”

小徐手一挥，“她着急上火有什么用，我就气她，一辈子单身！”

“吹牛吧，吹牛吧！”唐启新笑着说。

小徐接过电话卡，哼着小歌儿走了，唐启新反倒楞在那里。

现在护航条件比前几批好多了，每逢节假日，舰上便在餐厅开通两部长途电话，给每位舰员发了充值电话卡。唐启新却打得不多，一是全舰二百来号舰员就两部电话，打电话得排队，他不习惯当着众人的面说私事；二是每次打电话前，觉得有好些话要对妻子说，真拨通了又常常只有那么几句：“孩子挺好的吧？”“你最近情况怎样？”“老家那边好吗？”“注意保重身体。”妻子呢，话也不多:“好着呢，别牵挂。”“儿子很听话。”“你自己要注意安全。”

结婚后，唐启新的妻子一直在江苏连云港农村老家，既要带孩子，又要照料患有老年痴呆症的岳母，辛苦得很。2012年随军到部队驻地，条件好了些。妻子却得了间质性肺炎，干点累活就呼吸急促、咳嗽。唐启新在舰上整天都是两眼一睁忙到熄灯，家里大小事妻子全包了。儿子正在上中学，支队家属院到学校没有公交车，妻子每天都得骑电动车接送。近半年来，妻子每半个月还得去南京看中医，住两天，儿子只好交托老乡照看了。

这一走又得小半年，唐启新实在顾不上他们娘俩了，好在这些年妻子儿子也习惯了。可以放心的是，编队起航以后，支队组织了一个专门的班子，照顾家里有困难的军嫂们。

既是“管家婆”，事无巨细，什么都得考虑。护航前，光是主副食及其他物品的清单，唐启新就与副长和炊事班长研究了一遍又一遍，大到大米、面粉、猪肉、蔬菜、水果，小到花椒、大料、卫生纸、生日蜡烛、各种奖品都得想到。上次护航，花椒带少了，后来吃不上水煮鱼，四川兵、湖北兵还提意见呢!

水兵们都愿意与士官长聊天，他见多识广，又有一副热心肠。

我上舰后，跟范冠卿政委说想找舰上兵龄最长的一位老水兵先聊聊，政委马上说:“那就先找士官长唐启新吧。”

唐启新曾在一艘老式驱逐舰上当了16年雷达兵。他告诉我，当兵上舰以后好多年，舰艇靠码头的日子比出海多，训练也常常是早出晚归，活动范围基本在黄海和渤海。那时候，一艘舰一年出海一千多个小时已经算多的了。

唐启新说:“有一次，上级命令我们舰赴南沙执行巡逻任务，大家兴奋得不得了，因为过去最远只去过西沙。不过，光准备工作就做了一个多月，一个舰长不放心，还派了教练舰长保驾。为什么？怕南沙风急浪高，遇到特殊情况好商量处理。那时候，装备也不争气，常常是缺胳膊少腿，一艘舰出去执行任务，还得把兄弟舰装备拆下来备用。我们舰还没到西沙，主机就坏了一台，不得不靠三亚码头紧急抢修。我去年去了趟亚丁湾护航，半年的航程，超过了我前16年的总航程。”

一趟亚丁湾，超过16年，这难道仅仅是量的累积吗？不，这是一种质的飞跃！

我问：“士官长，你原来出过国吗？”

“出什么国？没出过。”唐启新突然想了起来，“哦，出过一次。”

“哪个国家？”

“好不容易出过一次国，您猜是哪个国家？”

我摇了摇头。

唐启新笑了，“朝鲜！”

我也笑了。

“我们真是赶上海军发展的好时机了，”唐启新有些感慨：“有的刚转为士官便跑了五六个国家、七八个国家，跨海越洋，去的国家多了，视野自然也开阔了。上次舰队组织一批离退休老领导上舰参观，一位老舰长听说我们一趟亚丁湾来回跑了十来万海里，连说‘不可思议’‘不可思议’，他干了大半辈子海军，都还没达到这个数。”

唐启新一脸骄傲地告诉我：“‘黄水’海军和‘蓝水’海军的区别在哪里呢？打个比喻，如同一个在游泳池里游泳，风平浪静；一个是在长江黄河里游泳，大风大浪！”

我们的爱是蓝色

“求助：我家宝宝就是不吃鸡蛋，咋办？”

“我家宝宝刚满3岁，个头差不多蹿到90公分了。去年刚买的一条牛仔裤，穿不了了，只洗了一水，谁家宝宝需要？”

“我婆婆最近视力急速下降，谁认识眼科大夫？”

“儿子刚上初一，有些厌学，求指点！”

……

这是什么群？百事通？求助平台？

不，这是潍坊舰五十几位军嫂建的一个微信群——“我们的爱是蓝色”。

那天，在码头上送走了护航编队，潍坊舰一些军嫂迟迟不愿离开。战舰离开了码头，它承载着重任，同时也带走了不尽的思念。

舰政委范冠卿的妻子刘向华也在人群中，从身旁姐妹的眼神中，她似乎读懂了什么。“老公们都走了，光思念也不成，咱们建个群吧，有啥事好商量，好帮衬！”

刘向华是青岛远洋船员学院的政治教师，办事雷厉风行，还有一副热心肠。

军嫂们一呼百应，一致拥戴刘向华为群主。

这些军嫂大多是80后、90后，见多识广，性格爽直。有了自己的微信群后，可是热闹了，聊家长里短、老公们的奇闻趣事，有时还张罗一起去游公园、到哪家饭店吃特色菜。

那天，刘向华“自曝家丑”，说老范这两年心变细了，也懂得体贴人了，舰艇出访，每到一地，便会发微信问她喜欢什么礼物。她哪知道那地方有什么好东西，每次都说：你就随便看着买吧。老范回复道：“不怕海上风急浪高，就怕老婆让随便买。”最后，每次回国都会给她带包，他们家都差不多可以开个箱包店了。

刘向华抛砖引玉，引来军嫂们一阵吐槽：

“上次他刚靠码头，便打电话说这里满世界都是高级的皮包，问我是要LV，还是要爱马仕，我一听吓坏了，那些包一个可都是要好几万的啊，他辛辛苦苦就那么点‘海补’，全花了都不够。连忙告诉他：千万别买那些奢侈品啊，随便买个什么都可以。回来后，他拿出一个红色的坤包，我打开包装，只见商标清清楚楚印着：Made in China.”

“别提了，我老公上次去巴基斯坦，给我买了一双鞋，像上世纪80年代产的，送她妈都会嫌老气。”

“我那位前年访问意大利，一定要给我买个‘罩罩’作留念，问我多大号，我说两个‘杯’的，他带回来一只四个‘杯’的，给俄罗斯大婶戴还嫌大。问他为什么买这么大，他说：‘你将来要是再发展了，不是还可以戴吗？’气死人了，要不是念他护航有功，早把他一脚踢出门外！”

看似在窝囊丈夫，其实是在秀恩爱呢。

老公们走了，姐妹们得相互帮衬。一个人的快乐让百人分享，一个人的忧愁百人帮她分担。

那天半夜，副机电长高祥的妻子裴洪翠，在群里发了条信息：“公公怕是坚持不下去了，我如何向高祥交待，心乱如麻……”

刘向华心里“咯噔”了一下。

编队起航前，高祥回老家看望父亲，老人还忙前忙后为他整理行装，一个劲儿地叮嘱：“好好执行任务，半年一晃就过去了，回来咱爷俩好好喝两盅。”谁料，高祥前脚刚走，他父亲食管癌加重，需要立即手术。婆婆六神无主，问裴洪翠：“这可咋办呢，要不，给高祥去个电话？”大夫说手术风险很大，万一有个三长两短，怎么向高祥交待？裴洪翠心急如焚，高祥在亚丁湾，电话能不能打通是个问题；即便打通了，他能回得来吗？想了半天，她把求助电话打给了刘向华。刘向华立即赶到了医院，医生说，不做手术，本人坚持不了十天半个月；做了，或许还能活个小半年。裴洪翠一心想让高祥这个独生子见他父亲最后一眼，说服了婆婆，把公公的手术做了。

半个月后，公公又做了第二次手术。

互相转发相关链接，寻找那艘战舰的位置和动向。

那天，网上突然传来第十九批护航编队暂停护航的消息，军嫂们纳闷了，禁不住七嘴八舌猜测起来，有的说或许另有其他任务吧，有的说会不会是提前返航，也有关注也门局势的，说也许是临时去也门执行什么任务。马上有姐妹提醒：打住，打住！不该议论的别乱议论。

终于，央视播出了编队赴也门撤侨的新闻。临沂舰冒着硝烟战火进驻亚丁港撤侨，军嫂们的心揪了起来。

潍坊舰奔赴荷台达，码头上焦虑的侨民，战舰在战火中靠泊，夏平将军的讲话，侨民们上舰，一一在电视里播放。这下群里闹翻天了。这个说，哎呀，太危险了，好像不远的地方还在爆炸呢；那个说，码头上还有荷枪实弹的武装人员。这个说，四百多人上舰吃什么睡哪里；那个说，要是有恐怖分子混上舰怎么办……

那几天，有的姐妹成为编队驻青岛的编外"新闻官"，不断转发各大网站、媒体有关撤侨的消息；有的姐妹成为"军事评论员"，不断点评也门的最新局势，编队的最新动向。

群主刘向华尽管对范冠卿和他的战友们也是担着心，却总是报喜不报忧，不断将国内外对中国派军舰赴也门撤侨的点赞转发到群里，充满着正能量！

有人说我嫁给你实在太吃亏，
三百六十五天才能见一回。
思念的时候我也想把泪流，
心中的话儿总想告诉谁。
（谁？谁？）

啊，既然牵着你的手，
吃亏不后悔，

边陲的风雪卷成堆，
我愿顶风冒雪心相随。

有人问我嫁给你会不会后悔？
三百六十五天常在梦中会。
寂寞的时候我也想把泪流，
艰难的时候也想叫声累。
（累，累。）

啊，紧握你的手，
一声不后悔，
祖国的安危连你我，
军嫂的爱情像彩云飞。
啊，紧握你的手，不后悔，
我不后悔。

《我不后悔》（蔡玲词、杨季涛曲）是军嫂们最喜爱的一首歌：
寂寞时唱；
欢乐时唱；
姐妹们聚会时唱；
等到老公们从亚丁湾凯旋时，她们还会唱……

亚丁湾，我们来了

编队越过苏门答腊岛北端的韦岛与泰国的普吉岛间的连线，标志着第十九批护航编队驶出马六甲海峡，进入了安达曼海。如果说南海是连接西北太平洋与北印度洋的桥梁，安达曼海则是这座桥梁上的桥头堡，战略位置极其重要。

再从格雷特海峡穿出，便进入了印度洋。

编队指挥舰临沂舰舰长高克，站在驾驶室里，两眼发亮，显得有些兴奋。高克个头儿不高，脸膛黑亮，理着个寸头，浑身透着一股威严。高克信奉慈不掌兵，舰长是要带兵打仗的，不能面善。此时的印度洋海面，水波不兴，平静得如同一面镜子。然而，高克知道，波浪不兴的印度洋，暗涌深藏、危机四伏。著名海洋军事家马汉早就说过：谁控制了印度洋，谁就控制了亚洲。

临沂舰上午刚刚完成了一次航行横向补给，向着接护点疾驶。甲板上，舰员们还在忙碌着，有的在搬运刚补给来的货物，有的在整理工具，打扫卫生。

驾驶室里，除了操舵兵修正航向时操舵仪发出的轻微的“咔嗒咔嗒”声外，一片沉寂。高克望了望右舷全舰视频监控系统的九宫格画面，战位里，三级战斗部署值更舰员各负其责，警戒雷达室内雷达兵盯着屏幕不断录取和识别目标。忽然，高克像是想起了什么，悄悄离开了驾驶室。

“方位320，敌X飞机雷达信号，雷达发现可疑目标！”

驾驶室和作战室里联通的指挥电话传来值更官急促的报告声。正在驾驶室的值班员立即从椅子上弹了起来，“发警报！”话音未落，全舰警铃震响，作战值更官发出战斗警报。

不足一分钟，全舰迅速按一级战斗部署就位完毕，有的舰员救生衣都来不及脱，有的身上还粘着面粉，全都气喘吁吁的跑到战位。

作战室内，灯光昏暗，黄色的作战灯下，舰员们瞪大双眼，紧紧盯着屏幕，仔细分辨屏幕上已显示的数十个目标，并将它们牢牢记在脑子里，那些目标是雷达已经发现并录取的，有空中的，有海面的，有民航，有不明空中目标，还有各种商船、渔船等等。虽然作战值更官已认真识别过它们，但舰员们还是生怕不能第一时间发现敌机，战场上，多耽误一秒钟，就有可能因来不及组织有效抗击而遭遇灭顶之灾。

时间一分一秒过去，作战室内气氛紧张得只能听到呼吸声。

这时，本该在指挥室的舰长，却不见他的身影。

突然，情电部门指挥电话传来："左舷85度，XX公里，空中两批！"同时，作战屏幕上也立即多了两批目标，批号××××、××××。

"识别威判01、02！"副长下令："右满舵，航向XXX。"

"01、02，导弹，一级威胁！"指控兵大声报告着。几乎同时，电子战兵也报告："方位303，末制导信号。"

"舰空弹目指01、02。"

短短数分钟，随着一连串的口令协同，航空导弹、电子战、主副炮都锁定目标，按照战术原则依次实施拦截。

突然，副长台指挥电话传来报告声："X部位起大火，区划正在灭火，请求支援！"

"X机舱破损进水！"

"X区划火势太大，多人伤亡，请求紧急疏散！"

……

一时间，各种舰艇损害情况蜂拥而至，报告声和处置声此起彼伏，全舰上下紧张有序地展开演练。

一个小时后，扩大器里传来了副长口令："转三级战斗部署。"

高克悄悄又回到了驾驶室，是的，这是他临时设置的一场突发而至、纯粹"背靠背"、充满实战味道的演练。如何利用亚丁湾护航行动磨砺部队，提高核心军事能力，高克时时在考虑这个问题。

按照海军"护航在远海、战斗在远海、训练在远海"的要求，编队提出"结合护航带动练，护航间隙集中练"的方式。两个多月来，舰上抓住这一时机锤炼官兵远海机动作战能力，搜攻潜、实弹射击、综合攻防、损管操演……循环往复的护航线上，战斗警种状况对于学员的负面影响很大，哦，原来部队不过如此，与其在部队这样混日子，还不如去地方闯一闯。返校后，有11位同学打了退伍报告，离开部队。这件事高克一直铭记不忘，哪怕是他当了舰长以后，他还经常提起这件事，他说，那11位同学在不是十分了解海军的情况下，便选择了退伍，固然有些贸然。但作为一支战斗部队，连这些年轻人都看不上眼，还怎么谈得上能打仗、打胜仗？

从大连舰艇学院毕业，高克先是被任命为济南舰见习副航海长；2001年2月，又被定岗为开封舰副航海长。当时，开封舰刚刚完成现代化改装，是海军武备最先进的一艘驱逐舰。

开封舰有4名副航海长，有人嘀咕："什么时候才轮到自己转正啊？"高克想的却是先把工作干好再说。

开封舰是支队的编队指挥舰，出海执行任务多。高克默默跟着航海长、舰副长学，不懂便去查找资料，还不明白，再去请教别人。他还与水兵们比着干，像清洁油柜、水柜这些脏活累活，他抢着干。有一次，支队组织航海业务比武，参加人员就他最年轻，其他的都是老同志，最后名次出来了，他得了第一名。

担任航海长后，高克发挥计算机编程特长，带领部门人员开发完成舰船天文定位、导航、模拟训练等6类15个软件，大幅简化了航海计算步骤，将舰艇定位时间缩短为原来的十分之一，提高了作战训练效率。担任支队作训科参谋、副科长、科长期间，高克参与了数十次重大演习演练的筹划。

2012年5月21日，高克被任命为临沂舰实习舰长——为了这一纸命令，他整整准备了10年，整整苦练了10年。

从上舰的第一天开始，高克便暗暗下定决心：部队是靠管理出来的，战斗力是靠培育起来的。只有军规硬如铁，部队才能坚如钢。无论武器装备如何更新换代，未来作战的终极因素依然是人。条令、制度、法规，永远是一艘现代化战舰亮剑大洋的根本保证。

接舰之初，舰员来自18个单位，近90%的舰员没接触过新装备，能力素质参差不齐。他知道想带出一艘过硬的舰艇，必须要有“不近人情”的霸气。

一天中午，舰员列队就餐，刚到餐厅门口队伍便散了，如同潮水般涌了进去。高克火了，大喝一声：“部队重新集合！”他质问舰值日：“饭前一支歌哪去了？这里不是自由市场！”进了餐厅的舰员又被叫了回来，见高克铁青着脸，一个个像老鼠见了猫似的。舰值日大声喊道：“注意啦，‘红旗飘舞随风扬’预备唱——”一曲《人民海军向前进》连唱了三遍，就餐时间推迟15分钟，让舰员们着实长了记性。

早操，几名战士未穿制式胶鞋，他当即一顿猛批，让重新回舰上换鞋。谁的内务没整理好，被子肯定要到副长房间去领，被“上课”在所难免。

舰上组织3000米体能训练，舱外突然下起瓢泼大雨。舰值日犹豫不决，请示是否推迟，高克说，训练岂能分晴天雨天？尽管大家淋得像落汤鸡，但体验到了一种不畏艰险、奋力冲锋的快意。

试航第5天，舰员即可独立备航，第7天即可自主航行操纵；入列3个月，临沂舰即通过一科目考核；入列9个月，完成全训考核。

见红旗就扛，有第一就争！从条令竞赛到比武考核，从装备保养到实弹攻击，高克要求临沂舰“绝不当第二名”。

2013年3月，舰队组织第六届专业技术比武，临沂舰等3艘战舰被选为支队教练室攻潜比武代表队。

临沂舰入列还不到半年，实力明显不如两艘兄弟战舰。而且，历次此类项目比武，冠军均为猎潜艇组获得。舰员们信心不足，说“能拿到名次就是成功”。

高克心里憋着一股劲。

只剩下不到20天的准备时间了，高克带领舰员们夜以继日，攻下了提升实战能力的多个瓶颈。有人得意地说：“根据往年比武标准，我们舰攻击范围已缩小至10米误差，肯定可以拿到好名次！”

高克眼睛一瞪：“10米只能算上靶，打仗要的是靶心！”

一次次模拟进攻，一次次集智攻关，比武时，临沂舰最终以攻击范围仅1米的优异成绩夺得金牌，一举打破了猎潜艇部队多年在该专业的“垄断”地位。

茫茫北海，风急浪高。

高克率舰执行某新型舰空批检和系列实兵对抗研练任务。

“目标×××，距离××，方位×××，发射！”

指挥室里，高克一声令下，刹那间，数枚导弹吐着火舌从前甲板呼啸出膛，最终实射导弹5发4中，副炮成功拦截脱靶靶弹，抗导成功率100%，创造了海军同型舰入列时间最短、实射导弹最多、命中率最高的新纪录。

2013年，临沂舰被舰队评为“从严治军一级单位”，同年还在舰队组织的装备检查中荣获第一名。

海军作为一个战略性、综合性、国际性军种，指挥员必须具备更强的国际视野与战略思维。

2002年8月，新加坡武装力量军事学院邀请中国、英国、韩国、印度尼西亚、文莱五国各派一名海军中尉军官，随新加坡海军“刚毅”号船坞登陆舰参加环东南亚远海训练和多国搜索救难联合演习。经过专业和英语选拔，高克入选。

高克第一次走出国门，走向大洋。尽管熟悉韩国、日本、新加坡、马来西亚、印度尼西亚这些国名，却从来没有进入它们的港口，“刚毅”号停靠了这些国家的13个港口，让高克大开了眼界。上万海里波诡云谲的航程，战风斗浪，更重要的是在风浪中学到了外军的管理方式和先进理念。比如，航行中，每天晚上8时会由副长或作战长带领士官长等检查安全和卫生。舰员会在7时将自己的卫生区打扫得干干净净，等待检查。如果因为检查不合格，他们周末的假期就会缩短。还有，舰员的身份证件平时由副长保管，放假外出时，副长会把证件交给更卫长，外出人员登记完毕，更卫长发放证件，归舰销假后上缴证件，这样舰员在舰与不在舰一目了然。

出访期间两次航海实作考核，高克均获得第一名。他收集整理了10余万字的外国港口、水道、导航等方面资料。回国后在小结里写道:“这次我随新舰航行，学习多个水域、港口的航法，了解到各国军官的培养情况，通过比较认识到其他国家在训练、管理、装备等许多方面的优缺点，对于提高军事素质和促进自身的成长有着重要的意义。”

2010年，高克作为海军出访先遣组成员，赴厄瓜多尔、智利、秘鲁等国海军学习考察；2013年，他率舰赴美国、新西兰、澳大利亚、俄罗斯、克罗地亚、意大利和土耳其等国访问。新加坡海峡、朝鲜海峡、澎湖水道、蒲贺水道、马六甲海峡、苏伊士运河、波斯布罗斯海峡等20多个水道和海峡，留下了高克仗剑深蓝的航迹。

要想成为一艘能承担重任的战舰，必须驶向大洋!

要想成为一名真正的舰长，必须历经惊涛骇浪的摔打……

“航向180！”

“两进三！”

那天在母港码头，当隆重的欢送仪式结束，高克下达这个舵令和车令时，心头一阵发热。180度，正南方向，此次不同寻常——它标定着海军护航编队将跨越黄水、绿水，驶向深蓝。

高克深懂得一支舰队能走多远，预示着它能承担多重的使命!

高克，还有此次护航编队的潍坊舰舰长张在歌、微山湖舰舰长汪科，新一代海军舰长，年龄一般在三十六七岁至四十一二岁之间，他们全部毕业于海军舰艇院校，起点高，视野广，有血性，敢担当。更幸运的是，他们赶上了中华民族走向复兴的伟大时代，挟人民海军的跨越式发展之雄风，祖国为他们插上了翅膀，大海给予他们更多的平台——他们的能力、素质和胆魄，直接关乎人民海军的战斗力！

高克恨不得仰天长啸一声：亚丁湾，我们来了……

第三章

风云突变

“路途虽远，必到萨那”

夜已深了。

也门首都萨那已了无曾经的灯光璀璨，路上车辆稀疏，行人寥寥，此起彼伏的枪炮声，不时划破寂静的夜空。

田琦独自一人坐在使馆二楼的办公室里夜读，这是他坚持多年的习惯了，忙完白天的事务，夜里便要找几本书读读，他将此种方式视为一种休息和享受。办公桌后面插着一面五星红旗，正前方的墙上有一张长城挂毯。五星红旗代表着祖国，长城则是中华民族的象征——在政府部门的所有工作中，或许没有哪种职业，像外交官一样与自己的祖国联系得如此紧密。

桌上摆着一本介绍中国也门交往史的图书，田琦的目光在一个名字上停留住了：

张其弦（1922—1961），湖南邵东人。1945年毕业于湖南大学土木工程系，获得硕士学位。新中国成立后，任交通部华南工程处工程师。1959年交通部委任张其弦为援建也门荷台达至萨那公路专家组副组长。荷萨公路全长220公里，经过山区和沙漠，选线勘测十分辛苦。张工白天爬山越岭，披荆斩棘；晚上回到驻地，不顾疲劳，坚持为也方实习生上技术课。野外测量时，张常常扛仪器，插标杆。在绵长的工地上哪里遇到困难，张工就出现在哪里。也门工人竖起大拇指称赞道："中国好！张工好！"1961年12月14日，张工和几位中国专家视察卡米至多安段施工情况，途径哈密斯山，发生车祸，张其弦不幸以身殉职。也门政府为其举行国葬，中华人民共和国国务院副总理兼外交部长陈毅为其题写了墓碑。

田琦心头不由得一热，半个多世纪前，一位中国工程师，不远万里，来到也门，支援也门建设。他不畏艰难，兢兢业业，不幸殉职，用自己的热血，浇灌了中也友谊之花。其情其意其壮举，历经半个多世纪洗礼，依然感天动地。

中也1956年9月24日建交，1958年，也门巴德尔王子访华期间，中也缔结友好合作条约。上世纪五六十年代，中国还是个穷国家，自己的国民还没有解决温饱问题，却慷慨向也门提供贷款，为也门修建萨那—荷台达公路，这是也门第一条公路。半个多世纪来，中国还为也门援建了技校、纺织厂、友谊桥、友谊医院、国家图书馆等项目。

祭奠烈士陵园已列入工作安排，使馆已与也门政府商定，清明节大使率馆员与也门几位部长和萨那市市长等官员，一起去扫墓并共同在陵园修建一个纪念馆。但此时，田琦却临时改变了主意，他拨通了秘书林聪的电话："明天咱们去瞻仰祭奠张其弦烈士的墓陵。"

林聪迟疑了一下，“现在局势不稳，郊外更乱，是不是等到清明节再去……”

田琦果断地说：“不，此事就这样定了！”

第二天上午，田琦率大使馆武官刘永选、副武官肖望洋、办公室主任金辉、商务参赞胡要武、秘书林聪等，赶往郊外。

道路已是破烂不堪，四处路阻，10公里路程车行一个多小时。

张其弦的坟墓位于西山脚下，萨那至荷台达公路的零公里处。

这是座中国与阿拉伯风格合璧的陵墓，两节碑身上的拱形碑心是也门式的，但碑的顶部设计成中国古代建筑风格的出脊卷檐形。时任国务院副总理兼外交部长陈毅亲笔题写“张其弦工程师纪念碑”。当地老百姓亲切地称它为“张工墓”。

“张工墓”更准确地说应该是萨那中国烈士陵园。半个多世纪来，共有100多位中国同胞在也门为中也友好事业献出自己宝贵的生命，其中有62位埋葬在这里，他们中包括中国大使馆工作人员、工程技术人员、医疗队员、翻译、劳务人员等。中国对于也门政府和人民的帮助是无私的，仅以医疗队为例，中国自1966年起向也门派遣医疗队，至今已累计派出近90批约3500人次中国医护人员来也工作，诊治1000多万人次，实施手术60多万次，并先后为也门培养了3000多名医护人员。

国家民政部去年曾拨专款对陵园进行了修护，也方也派专人守护。但局势动乱，生者尚且无法自顾，遑论精心照料陵园。

外交官们向陵墓敬献鲜花，默哀，三鞠躬。

田琦致悼词，他说今天还不到清明节，我们提前来到萨那中国烈士陵园祭奠，深切缅怀为中也友好事业献出宝贵生命的同胞们，祖国母亲没有忘记长眠在异国他乡的儿女们。现在，也门局势动乱，但中也两国人民的友谊是牢不可破的。我们要发扬先烈们伟大的国际主义精神和无私的献身精神，继续为中也友谊添砖加瓦！

站在依山而建的陵园里，可以俯瞰萨那全城，横贯新城与旧城的祖贝里大街上，矗立着一座立交桥，这是中国政府援建的也门第一座立交桥，老百姓称它为“友谊桥”。

此时，桥头硝烟弥漫，外交官们的心忽地变得沉重起来……

外交官是一种特殊的职业，他们必须具备忠诚和情怀，胆魄和睿智。

30年前，田琦还是外交学院一名大学生。

时任院长刘春，开国少将，曾任中国驻埃及大使。1981年10月6日，萨达特总统主持庆祝第四次中东战争8周年阅兵式。中午12时59分，一辆牵引苏制M46加农炮的炮车突然停在阅兵台前，众人以为这辆炮车发生了故障抛锚。谁料想，4名身穿埃及陆军军服的男子冲出炮车，向主席台冲去，一边向人群投掷手雷，一边用手中的冲锋枪疯狂扫射，仅仅两分钟，多人伤亡，萨达特被近距离击中5枪，其中两颗子弹穿透肺部，由于失血过多，当场身亡。刘春在观礼台上，亲眼目睹了这场血腥残杀。后来，他到外交学院工作，每年在开学典礼上，都要对新生讲述这件事，告诫学生们，外交战线，既有风和日丽，也有电闪雷鸣。作为一名外交官，每遇突发事件，必须处变不惊……

18年前，田琦在外交部干部司任副处长。

1999年5月8日，美国B-2轰炸机发射使用三枚精确制导炸弹，击中中华人民共和国驻南斯拉夫联盟大使馆，当场炸死三名中国记者邵云环、许杏虎和朱颖，炸伤数十人，造成大使馆建筑严重损毁。田琦随政府工作组搭乘专机，携三只骨灰盒和一密码箱现金，前往贝尔格莱德。三天后，接回伤员，迎回烈士骨灰。这次非常经历，让田琦切身感受到外交官决不是西装革履、周游世界，而是肩负祖国重任，有时还面临着生死考验。

2015年1月20日，中华人民共和国驻也门共和国特命全权大使田琦，抵达也门首都萨那履新。

萨那位于阿邦山和纳卡穆山之间的盆地，冬季阿拉伯海受逆时针方向的冬季洋流影响，增温增湿，因此比北京还温润。或许是没有什么大工业的缘故，空气倒是清新舒适。

从机场到市区，车子像蜗牛似地爬行，公路两旁枪炮声不断。

田琦望着车窗外，不无幽默地问前来接站的大使馆秘书林聪："这不像是也方安排的迎接我这位新任大使的鞭炮声吧？"

林聪笑了，说："也门枪械泛滥，持枪没有任何限制，按人口计算，人均三支枪以上，有'世界第一枪国'之称。这里的老百姓结婚或遇到什么喜庆的事情，都要放枪，越响越体面，越长说明越有势力。"

48岁的田琦已经有着24年的外交经历。在外交学院读了6年的双学位，1991年毕业后，考入外交部。培训一年，直接去埃塞俄比亚大使馆。4年后回国，在部机关工作了7年。2003年任外交部驻香港特别行政区特派员公署参赞。2005赴文莱达鲁萨兰国大使馆任政务参赞。2007年回国，任新闻司参赞、副司长，主管公共外交，展现国家形象。

本来可以过了春节后再上任，但田琦的心早已飞向那个遥远的国度。

阿拉伯有一句谚语："路途虽远，必到萨那。"

中华人民共和国新任大使履新来了，迎接他的却是内乱与动荡，饥饿与贫困。

也门有着3000年的文字记载，是阿拉伯古代文明的发源地之一，曾经为伊斯兰教在全世界的传播发挥过重要作用。然而，如今却成为整个中东最混乱的国家之一。

有人说：世界上最不可调和的是宗教矛盾。也门是最好的例证。

伊斯兰教为也门国教，什叶派和逊尼派各占一半。为了扩大自己的势力，双方将目光投向外面世界。在中东，沙特一直自视为逊尼派的盟主；伊朗则是什叶派的领袖。两个阵营矛盾重重，势不两立。于是，也门的逊尼派找到沙特当靠山，而什叶派则成了伊朗的代言人。由于其重要的战略位置，沙特和伊朗这两个中东地区最大的逊尼派和什叶派国家在也门展开了纵横博弈。

伊朗现政权同也门的什叶派一直有着千丝万缕的联系，上世纪80年代，也门什叶派显赫家族侯赛因·巴德尔丁·胡塞曾远赴德黑兰"取经朝圣"。胡塞激进批评萨利赫政府的政策，并在21世纪初亲手打造了胡塞武装组织，长期盘踞在北部萨达省。

当然，还有政治因素。

2011年1月，在突尼斯、埃及所谓"阿拉伯之春"的影响下，也门反政府游行示威活动愈演愈烈。走上街头的不少也门年轻人认为，通过示威抗议，逼迫总统萨利赫下台，成立新政府，也门就可以走向"民主、自由和富强"之路。以美国为首的西方国家，大力支持也门国内反对萨利赫的街头抗议，并要求萨利赫主动下台，"让新的民选政府把也门带向繁荣和稳定"。然而，也门非但没有迎来"民主和自由"，反而滑向内战、混乱和血腥。

围绕萨利赫下台后的权力分配，也门国内各派势力互不相让，展开激烈的争斗。2012年2月，为了稳定中东局势，在海湾国家的协调下，也门国内各派达成调解协议。时任总统萨利赫下台，将权力移交给跟随自己15年的副总统哈迪，组建和解政府，开启新一轮政府改革。

然而，哈迪仓促改革军队，短期内撤换了军队高层中前总统萨利赫的亲信，导致政府军战斗力的削弱；此外，被撤换和排挤的军队高层，不少人投向北方的胡塞武装，为胡塞武装得以在短时期内攻下首都萨那埋下伏笔。其次，哈迪未能解决好执政党"人民代表会议"内部矛盾，急于想消除萨利赫的影响，在许多关键领域同萨利赫矛盾不断。

2014年7月，也门政府削减燃油补贴，引发民众强烈不满。

9月19日，胡塞武装借机发兵南下，围攻萨那。

9月21日，胡塞武装占领政府总部。

2015年1月19日，胡塞武装与总统卫队在总统府附近激战，造成近百人死伤，随后于20日占领总统府。也门局势急剧恶化，全国陷入无政府状态，多国关闭驻也使馆。2月6日，胡塞武装宣布成立“总统委员会”和“全国过渡委员会”，代行总统和议会之职。

美国、英国等一些西方国家已经撤回驻也门外交人员，并呼吁本国公民撤离。

田琦正是在这一非常时期抵达也门首都萨那。

此时的萨那局势，“三足鼎立”，胡塞武装已经控制局势，前总统萨利赫势力依存，现总统哈迪维系残局。

大使到任的第一件事是向所在国元首递交国书，让田琦感到尴尬的是，他到任的第二天，哈迪总统及内阁辞职，国书副本只好递交给外交部副部长艾达鲁斯。

田琦大使说，中也传统友谊源远流长，深入人心，各领域友好合作富有成果。我十分荣幸出任驻也门大使，愿同也方一道，推动两国各领域友好合作不断迈上新台阶。

艾达鲁斯欢迎田琦大使履新，表示也中传统友谊深厚，两国各领域友好合作关系发展顺利。相信在田大使任内，双边关系将取得更大发展，也门外交部将为田大使顺利履职给予鼎力支持。

这不仅仅是外交辞令。

撤侨，艰难的抉择

田琦到任一个多月来，也门各地武装冲突不断，总统无法正常履职。田琦密切关注着也门局势发展，不断完善、细化应急预案。利用到任拜会的机会，与也门政府和各派建立人脉关系。

在南方局势濒临崩溃前，田琦赶赴亚丁会见哈迪总统，并看望了在亚丁的中国医疗队员。不久，会见地点即遭空袭。

局势急转而下，田琦有预感：也门将大乱！

大使馆制定了各种应急预案。他告诉大家，要做最坏的打算。

田琦对商务室参赞胡要武说："胡参赞，这些日子，你们经商处要把中资机构所有人员、所有的医疗队员，其他一些零散的经商人员，都要掌握清楚，绝对不能漏掉一位中国公民。"

胡要武是位老外交官，历任中国驻约旦、伊拉克、科威特商务参赞，2013年1月奉调出任中国驻也门大使馆商务参赞。

他有事没事经常往中资在也企业跑，了解企业的工作状态，帮助协调、处理一些问题。江苏南通三建负责中国政府援建也门国家图书馆项目，是他去得最多的地方。该项目总建筑面积46990平方米，建成后将成为也门最大的综合性科教文化服务中心。

2014年快过春节时，图书馆工地项目经理陈士平对胡要武说："胡参赞，春节马上就要到了，过节是工人们最想家的时候，你看能不能想想什么办法，帮助解解大家的乡愁？"

胡要武想了想，说："工人们平时工作紧张，来也门后，许多人连大使馆都没来过。组织工人们到大使馆来参观一下，照照相，怎么样？"

陈士平一拍手，"好！这个点子好！"

大年初一，工人们来到大使馆。他们像是出门做客一样，脱下工作服，换上干净整洁的衣服，有的还穿西装打领带。

见到五星红旗和大使馆馆牌，工人们激动不已，或三五成群合影，或自拍留念。有的迫不及待地将刚刚拍好的照片，通过微信发给国内的亲友。

许多工人说：大使馆就是我们在国外的家，我们今天回家啰！

国庆节前夕，大使馆原计划在一酒店举办的国庆招待会被取消，改成在大使馆举行升旗仪式。

国庆节早晨，大使馆组织一百多名在萨那的各企业代表、医疗队员，着正装参加升旗仪式。

在庄严高亢的国歌声中，当6位武警战士将五星红旗慢慢升起时，全体人员心潮澎湃，热泪盈眶……

胡要武刚到也门时，也门朋友告诉他一个故事。

1994年初秋，也门内乱爆发。南部阿比扬省部落之间发生激战。阿比扬有一支中国医疗队，考虑到安全问题，大使馆经请示外交部，决定医疗队撤离阿比扬，经荷台达搭乘我国商船回国。

阿比扬当地政府安排两辆面包车，送医疗队到荷台达港。

车队一路颠簸，突然前方传来了一阵枪声。他们在靠近一个村落时，得知前面有两个部落正在开战。这是通往荷台达必经之路，往回走是不可能的。

医疗队长正在着急之时，一位腰间插着手枪的部落首领来了，他对当地的翻译说："我们这儿正在打仗，你们必须绕道行驶。"

翻译解释说："我这是送我们的朋友、中国医疗队去港口，如果绕道走，耽误了时间，就赶不上接他们的商船了。"

那位首领一听说是"中国朋友"，口气马上变了，"给中国朋友让道，没什么可说的。我这边可以停火，但我没法要求对方也停火。"

翻译将首领的意思告诉了医疗队长，医疗队长立即说："只要这边先停火就行，我们另想办法。"

医疗队长将大家召集到一起，说："中国将也门当成朋友，也门对中国人民也非常友好。只要对方知道我们是中国人，一般情况是不会伤害我们的。现在关键问题是需要让他们知道有中国人要经过这里。"

"国旗，只要他们看见我们中国国旗，必定会知道我们是中国人。"一位医疗队员说。

医疗队长高兴地说："对对，中国医疗队远近闻名，只要他们看见我们的国旗，就一定知道我们是中国人，就不会伤害我们的。正好，我带着两面国旗。"

医疗队长从随身的包里拿出两面国旗，挂在两辆面包车的车顶上。

这边部落的枪声停止了。

载着医疗队员的面包车继续前行，两面五星红旗在车顶迎风招展。

对面部落的枪声也戛然而止，当地的老百姓都知道阿比扬省有一支中国医疗队，他们也熟悉中国的国旗——五星红旗！

就这样，中国医疗队顺利通过交战区。

这个精彩的故事，后来出现在电影《战狼2》中，主角冷锋站立在车上，手擎一面鲜红的五星红旗，通过交战区。

那个激动人心的画面感动了无数的观众……

经商处二秘李庆生，曾经在中国驻利比亚大使馆经商处工作了4年。

2011年2月，利比亚原本已经动荡的时局，几乎一夜间急转直下，执政当局丢掉了第二大城市班加西等8个城市，武装冲突蔓延到了首都，卡扎菲政权摇摇欲坠。

此前不久，仅仅27天的一场"大革命"，便彻底改变了邻国突尼斯的命运，总统本·阿里仓惶出逃，结束了统治突尼斯长达23年的历史。此后，像是流行性感冒一样，北非引发了一连串惊心动魄的大事件，埃及、也门先后发生动荡，让全世界为之震惊。

2015年2月21日，中国政府决定从利比亚撤离35860名中国公民。

李庆生在参与撤侨工作中，曾做了件睿智的惊人之举。

当时，李庆生随外交部一个三人小组率领中铁十四局等中资机构的三千余名同胞，紧急从拉斯杰迪尔口岸出境，进入突尼斯。不料，最后一辆车出了故障，耽误了些时间，经过边防关口时，被当地警察扣住了。

李庆生赶忙上前，解释说：“警察先生，他们和刚才那批过关的是同一家公司的员工，请放行吧！”

警察摇头说：“他们有护照吗？怎么证明他们是中国人呢？”

李庆生说：“他们的护照是集中管理的，管理护照的那位先生已经在先头出境了。你可以看我的证件，我是中国政府派来的撤侨工作组，我可以证明他们确实是中国人！”

警察还是摇头，说：“你的护照只能证明你是中国人，但没法证明他们的身份。”

李庆生急得额头冒汗，忽然，他灵机一动，对警察说：“我有办法了，他们都会唱中国国歌啊，这个可以证明他们都是中国人。”

“会唱中国国歌？”警察自言自语。

“对，如果不是中国人，他即便会说几句中国话，一般也不会唱中国国歌。”

“中国人，会唱中国国歌？这倒是有道理……”警察点了点头。

李庆生对身旁的同胞说：“大家站好了，听我指挥，一起唱国歌，‘起来，不愿做奴隶的人们’——预备，唱！”

“起来，不愿做奴隶的人们，把我们的血肉，筑成我们新的长城！中华民族到了，最危险的时候，每个人被迫发出最后的吼声，起来！起来……”几十名中国同胞声情并茂，激情澎湃。

警察被感动了，他扫了队伍一眼，发现大家都在唱，都会唱，唱得热血沸腾。

歌声刚落，警察请一名工人出列，说：“你唱，你一个人唱！”

那位工人站直身子，大声唱道：“起来，不愿做奴隶的人们……冒着敌人的炮火，前进！前进！前进！进！”

警察止不住鼓起掌来，对李庆生挥了挥手，说：“你们都是中国人，中国朋友，走吧——”

大家高声唱着国歌，昂首挺胸地走出口岸。

这段经历，李庆生终生难忘，他说：“撤侨的时候，国歌已经不是简单的一首歌了。”

事后，李庆生荣立二等功。

胡要武到任时，中资机构一共有15家，1200多人。近两年，也门形势每况愈下，大使馆一直建议各单位撤离不必要的人员，到2015年春节，将近走了一半。

有一天，胡要武与李庆生闲聊，“谈谈你对局势的看法？”

李庆生说：“我隐隐约约有种预感，4年前利比亚那次经历，或许要在这里重演……”

胡要武的眉心蹙在一起，“看来我们要早些做安排！”

在也门境内，身穿中国人民解放军军装的只有两个人，他们是中国驻也门大使馆首席武官刘永选和副武官肖望洋。驻外武官是特殊的外交官，其任务是从事军事外交工作，是使馆和大使的军事助手。

刘永选，2001年曾担任过联合国任务区军事观察员，2007—2008年任联合国塞内利昂军事联络官，2010年任中国驻美国使馆陆军副武官，2013年任中国驻也门大使馆武官。

肖望洋，2008年7月—2014年8月曾任中国驻利比亚大使馆武官处秘书，参与了2011年2月利比亚大撤侨行动。2014年5月出任中国驻也门大使馆副武官。

凭着军人的敏感，凭着在国外工作的经验，刘永选和肖望洋都有预感，也门政局将继续恶化。

果不其然，3月25日晚，传来胡塞武装南下进军亚丁，哈迪总统逃至沙特的消息。

大局不妙！

田琦和林聪写完给外交部的报告，已是深夜。

3月26日，凌晨2时30分。

飞机的轰鸣声和炮弹的爆炸声，惊天动地，将刘永选从睡梦中惊醒，怎么回事？也门老百姓喜欢在喜庆时燃放烟花炮竹，或集体向空中开枪，可这深更半夜，谁还会办喜事？高度警觉的刘武官，翻身起床，立即拨打也门国防部情报局电话，很快与阿鲁斯上校取得联系，得知沙萨那遭到空袭了，但情况不明。刘武官赶紧将空袭情况报告田琦大使，并建议使馆所有人员撤至地下室，确保安全。

胡要武手机突然响了起来，田琦大使在电话中急促地说："胡参赞，萨那遭到空袭，你赶紧招呼经商处全体人员到地下室集中，并通知中资企业人员立即转移到安全地点。"

胡要武快速从房间冲出，边跑边大声喊着："大家赶快起床，到地下室集中！"

经商处离使馆地下室仅100多米，途中，爆炸声更加剧烈，火光映红了天空。

地下室门口，4名武警战士戴着头盔、荷枪实弹，分站两旁。

见人员到齐了，田琦对大家说："据也门国防部情报局消息，萨那遇到突然空袭，我们现在的第一项工作是要将准确情况摸清楚。"他对刘永选和肖望洋命令道："立即启动应急预案，你们火速联系也门军方。"

短暂的炮声间歇期一到，刘永选和肖望洋像箭一般冲出地下室，奔向三楼的办公室。一人通过电视和网络了解局势的最新情况，一人拿起电话，与军方联系。

轰炸一波接着一波，他们来回在地下地上穿梭。

刘永选终于拨通国防部情报局官员阿鲁斯上校电话，急切地问："阿鲁斯，发生了什么情况？"阿鲁斯告诉他，沙特宣称，以沙特为首的多国联军，开始对控制也门首都萨那的胡塞组织进行名为“风暴行动”的空袭。参战的还有阿联酋、卡达尔、巴林、科威特、埃及、约旦、摩洛哥、苏丹、巴基斯坦等国。

以沙特为首的多国联军一插手，也门局势一落千丈。

清晨，空袭短暂平息。

大使馆像一台机器高速运转起来，田琦坐镇布阵，他要求大家利用平时建立起的人脉关系，进一步摸清情况，两小时一汇报。要求武官处和经商处以及办公室快速查清楚中资机构、医疗队和中国留学生宿舍的坐标，报外交部转告沙特外交部，以免多国联军空袭误炸。同时嘱咐办公室主任金辉去银行取些现金，储备三个月的油、水、饼干等物资。

当时在也门全境有20家中资企业，620名中国公民，其中约300人集中在首都萨那及周边，另有300多人分布在也门10多个省。胡要武和李庆生分头联系所有中资企业，了解所在地空袭情况，幸好大家暂时都还安全。

白天似乎还平静，没有听见轰炸声。

晚上7时许，联军又开始空袭，接连不断的爆炸声骤响，密度甚于前夜。

毗邻大使馆约50米的建筑物是也门共和国宫，也是联军重点空袭目标。也政府军在这里设立防空阵地，防空炮不停射击，机枪不停扫射，震得大使馆的玻璃响个不停。

在萨那执行中国政府援建的国家图书馆工地距也门总统府官邸不足一公里，离胡塞武装的一个高炮阵地也不远，联军战机对这个阵地轮番轰炸，附近一个居民点100多居民被炸身亡，另有一颗炸弹距离工人宿舍不到百米爆炸。项目组155名工人在惊恐中与死神相伴，每时每刻都在期盼着早一分钟撤离回国。

撤侨！

撤侨！！

外交人员最不愿听到的这个专用名词，此时像一声惊雷在田琦的耳旁炸响！

撤侨是一个国家的政府通过外交手段，把侨居在他国的本国公民撤回本国的外交行为。这里包含两层意思：一、撤侨是政府行使的领事保护与服务职能，非个人行为；二、撤离的对象是侨居海外的本国公民，包括已取得居住国永久居民身份证、仍然保留本国公民身份的人。

一般情况下，当海外一个国家有动乱迹象时，中国都会提前向本国公民发出预警。当形势急转直下，当我国公民生命财产受到严重威胁时，政府会果断采取措施，协助他们撤离。

我国外交部将国外突发的情况分成等级，到了红色、橙色级别，便将做撤侨准备了。

中国人移居海外的历史已经有两千多年，足迹遍布全世界。但在19世纪70年代以前，中国在国外并未设立过外交和领事机构，导致了海外的中国人得不到保护。明清两朝的统治者更是闭关锁国，海外华侨任人欺凌甚至残杀。

新中国成立后，或由于居住国内乱，或由于居住国排华，或由于居住国天灾，我国政府组织了近二十次的撤侨行动。

每一次撤侨都是对外交人员的一次考验！

每一次撤侨都是对国家的一次考验！

3月26日，联合国秘书长潘基文通过发言人发表声明，提醒所有介入方应执行国际人道主义法所具有的确保平民和联合国及有关人员得到保护的义务以及国际人权法和难民法所规定的规则和义务。

晚上，田琦召开使馆党委扩大会。

局势急剧恶化，撤侨已是势在必行，当时在也门还有约600多名中国公民，分别来自20多个单位，分布在也门十几个地点，如何在短时间内将他们集结并安全撤离是个大难题。关键是怎么撤？陆路？海路？航空？

胡要武说："根据以往的经验，国内派飞机走航空是最方便快捷的，但今天与民航局联系了，有一条跑道已经被联军炸坏，虽然用速干水泥可以补上，但塔台也被炸坏了，真有接侨的飞机来萨那，必须盲降。而且，现在所有的飞机在也门上空飞行、在萨那降落，都必须经过沙特联军准许。"

田琦的眉心蹙在一起，"盲降，风险太大了，而且还得经沙特联军批准，谁知道能不能批准，看来走航空这条路行不通了。"

这时候，刘永选打开一张地图，对大家说："2011年利比亚撤侨时，我国曾经租用了附近国家的几艘游轮，将13000多人都转运走了。我们海军第十九批护航编队不正在亚丁湾、索马里海域执行护航任务吗？编队距离亚丁港、荷台达港和吉布提都不远，我们武官处建议走海路，用咱们海军军舰来也门撤侨，护送到吉布提，再转道回国。"

田琦两眼一亮，"哟，用我们海军护航编队军舰撤侨，这个主意好。"

胡要武说："动用军舰，安全、快捷、对外形象也好。"

田琦问："军舰装载能力怎么样？"

刘永选说："没问题。编队里有一艘大型综合补给舰，两万多吨，多少人都可以拉走。"

真是柳暗花明又一村！大家一致认定动用海军军舰撤侨是最好的方式。

田琦最后拍板："就这样定了，正式向部里报告，建议撤离所有在也门中国公民。为安全和效果起见，中国公民分别就近在西部荷台达港和南部亚丁湾集结，同时从海路撤离；建议动用海军护航编队军舰执行撤侨任务！"

党委扩大会随后拟定了详细的撤离方案。

发完给国内的电报，田琦看了看表，已是夜里10时。

27日凌晨两点（国内早晨7时），国内回电：同意立即撤侨；由海军第十九批护航编队负责执行撤侨任务。

外交部领事司司长黄屏来电，告诉田琦：党中央、中央军委十分关注也门局势，关心在也公民和侨胞的安全。外交部已启动紧急预案，下午，将召集商务部、国资委、民航、交通、中远集团和军队有关部门的协调会。请转告同胞们，祖国是他们的坚强后盾！

下午，黄屏再次电告田琦，经商定：海军护航编队29日和30日两天，将派军舰分赴亚丁港和荷台达港接侨，请办理好我海军军舰进港所有手续，并组织好撤离人员在码头集结。

黄屏同时电告大使馆与海军护航编队联系的方法。

晚上，大使馆在地下室召开动员大会。

田琦说："这次撤离行动是我国一次重大的海外人员撤离行动，充分体现了党中央、国务院、中央军委对我海外公民的关怀和中国政府果断高效的决策水平和执行能力，我馆要切实将中央的关怀落到实处，精心准备，认真实施，确保我方人员安全、有序、高效撤离。使馆很多同志都向我申请留守，让我非常感动。但形势还在继续恶化，必须精简压缩留守人员，以应对最恶劣的情况。"

决定所有人员分成两个组：撤离领导小组和行动组。撤离领导小组由田琦任组长，刘永选、胡要武任副组长；行动组由经商处二等秘书李庆生任组长，肖望洋任副组长。

晚上还有另外一个议程：吸纳李庆生为中共预备党员。

李庆生一年前便向经商处党支部递交了《入党申请书》，鉴于他在利比亚撤侨中的突出表现，以及到也门大使馆经商处的工作成绩，支部认为该同志已基本符合中国共产党党员条件。经商处的参赞是由商务部派遣的，而李庆生又是商务部从山东省商务厅借调来的。考虑到撤侨任务完成后，回到国内，同志们很难凑在一起，经商处党支部书记胡要武建议在撤离也门前，批准李庆生加入中国共产党的申请。

下午，田琦专门向外交部党委国外工作局请示，获得批准。

在大使馆地下室，在那面镶有镰刀和铁锤的鲜红党旗下，李庆生宣读了《入党志愿书》，大使馆党支部全体党员举手表决，一致同意吸纳李庆生为中国共产党预备党员。接着，大使馆党委批准吸纳李庆生为中国共产党预备党员。

李庆生神情严肃："今天是我人生一个重要的时刻，在隆隆的轰炸声中，大使馆党委批准我加入党组织，我为自己成为一名中国共产党党员而激动，同时也感谢党组织对我多年的培养。我将忠于中国共产党，忠于人民，为党努力工作，做一名合格的中国共产党党员。特别是在这次撤侨行动中，我将履行党员使命，不畏艰难，不怕牺牲，冲锋在前，坚决完成党组织交给我的任务！"

田琦也显得有些激动，他说："李庆生同志是新中国成立以来，第一例在大使馆地下室发展的中国共产党新党员。他的入党仪式不同寻常，有着特殊的意义。希望庆生同志记住这份光荣，同时更要记住自己的责任，希望他在这次撤侨行动中，经受住新的考验，无愧于中国共产党员这个光荣的称号。"

按照分工，刘永选和肖望洋当夜必须起草好给也门国防部、外交部的照会。夜间，联军轰炸又开始了。地下室没电，他们只能利用空袭的间歇，去三楼办公室写，炮声一密集，又得赶紧跑回地下室。上上下下跑了5趟，才起草好照会。

在给国防部的照会中，大使馆告知，根据也门局势的变化，中国政府决定撤离在也的中国公民和侨胞，3月29日、30日，中国政府将派遣两艘军舰分赴亚丁港和荷台达港接侨，希贵部颁发靠港许可书，在中国军舰靠港期间，提供安全保护及各种便利。请求派武装力量护送撤离中国公民从萨那到荷台达港全程的安全。在给外交部的照会中，希望也方从中也友好关系出发，为中国公民、侨胞安全撤离提供签证、出关等方面便利。

28日上午，如何将照会送出去，两位武官又费了一番周折。

刘永选电话联系上了也门国防部情报局阿鲁斯，告诉他准备到国防部送照会。阿鲁斯一听急了："国防部是联军重点轰炸目标，我们都不敢去那个地方上班，你们千万千万不能去！"

刘永选更急："上校，那怎么办？照会上午必须要送达！"

阿鲁斯说："我再想想，想想……"

最后双方商定在沙伊巴尼街一家名叫玫瑰花的饭店见面。

街面上枪声四起，刘永选和肖望洋穿上防弹衣。

车子在沙伊巴尼街来回转了两趟，也没发现玫瑰花饭店。肖望洋嘀咕道："一个多月前，我还来过，好像就在这地方，怎么不见了？"

刘永选问："你确定吗？"

肖望洋又望了望两侧街面，"应该是这里啊！"

肖望洋摇下车窗，问一位开馕铺的伙计，他指了指前方不远的二层小楼说："那家就是！"

肖望洋疑惑了，问道："怎么没有招牌啊？"

伙计说："被飞机轰炸给震掉了。"

刘永选和肖望洋恍然大悟。

进了饭店，左等右等，却等不来阿鲁斯。

肖望洋拨他手机，没信号。

正在着急时，阿鲁斯一头汗水，急匆匆闯了进来，连说："路阻，路阻，到哪儿都要检查。"

刘永选告知中国政府准备撤侨的决定，并递上照会。

阿鲁斯感到十分突然，摇了摇头，说："撤侨？我不理解，你们为什么要撤离呢？也门再乱，也伤害不到中国朋友啊？我敢保证，无论是政府军，还是胡塞武装，还有所有的老百姓，对中国政府和人民都是非常友好的。"

两位武官十分感动，刘永选又将一些情况向阿鲁斯做了说明：“问题是现在我们已经无法工作也无法生活了，甚至连人身安全都得不到保障。”

阿鲁斯也很通情达理，叹了口气，说：“既然你们已经决定了，我们尊重你们的决定。相信吧，我们会全力以赴配合你们、帮助你们的！把照会交给我吧。”

见肖望洋手里还拿着给外交部的照会，阿鲁斯说：“现在你们肯定找不到外交部官员的，他们也不敢去外交部大楼办公，给他们的照会，我替你们转交了，放心吧！”

刘永选说：“那真是太感谢了！”

阿鲁斯又说了许多感激中国的话，依依不舍地和两位武官告别……

不远处，又传来一阵爆炸声

在阿拉伯语中，“也门”有“幸福和吉祥之地”的含义，如今的也门大地却到处都在上演一幕幕人间悲剧。

萨那如此。

亚丁同样如此！

也门古城亚丁，位于阿拉伯半岛西南端，扼守红海通向印度洋的门户，素有欧、亚、非三大洲交通要冲之称。

亚丁拥有2000多年的历史。“亚丁”是阿拉伯语的一个词根，意为“马鞍”，因为亚丁港湾是由两个死火山熔岩形成的半岛组成的。也有一些古地理学者称“亚丁”为“阿丹”，我国的古书《瀛涯胜揽》《星槎胜揽》《明史》中皆有“阿丹”的记载，意为“快乐之地”，是指游人经历印度洋疲惫不堪的航行，来到亚丁后得到休息，漫游名胜古迹，心情极其愉悦。还有一种说法，亚丁来源于阿拉伯语的“伊丁”，意为“乐园”、“天堂”，指这里风景优美，犹如乐园、天堂一般。

两个酷似马鞍形的火山口，伸进印度洋，使其成为一个天然良港。亚丁港距红海南口曼德海峡约160公里，自古为东西方贸易的重要中途站，因此这个世界著名的港口，又被称为“红海门户”。

亚丁约40万人口，市区由克雷特、霍尔穆克萨尔、小亚丁和人民城等7个区组成。

上溯6个世纪，我国明代航海家郑和多次到过亚丁，把东方文化传播到了这里。在亚丁的沿海大道上，矗立着一块纪念郑和船队远航到也门的船形纪念碑，上书：

> 中国明代伟大的航海家郑和曾率船队于1405年至1433年间七次下西洋。据史料记载，郑和船队曾于1413年至1432年间先后五次访问也门阿丹（今亚丁）。特此立碑，以资纪念。
>
> 中华人民共和国驻也门共和国大使馆
>
> 2005年9月24日

历史往往有着惊人的相似之处。600年前，郑和披大明王朝之雄风，七下西洋，讲信修睦，协和万邦。而今，中国海军护航编队为维护世界安宁，同样沿着这条航线，挺进亚丁湾，为各国商船保驾护航。

中国在亚丁设有总领事馆。总领事馆位于亚丁市马克斯区的使馆区，距离阅兵广场不到100米，旁边还有俄罗斯总领事馆。

2月21日，被胡塞武装软禁多日的哈迪秘密从萨那逃到了亚丁。之后，支持者们呼吁哈迪总统颁布命令，将亚丁设为临时首都。亚丁城内许多重要街道路口已经有总统支持者——人民委员会民兵武装的身影了。这种情况势必引发与忠于前总统萨利赫的部队、胡塞武装支持者的冲突，势必将战火引入亚丁。

其时，亚丁总领事馆潘总领事回国述职休假，总领事馆除了临时负责人马冀忠领事外，还有馆员及随任家属共9人。

3月18日晚，马冀忠召集会议就亚丁当前的局势进行了分析，按照应急预案作了分工，并安排随任配偶及子女做好随时撤离的准备。

会后，马冀忠对妻子李红梅说："从现在开始，你要开始做撤离准备了，该收拾的抓紧时间收拾，估计不会给你很多时间。"

李红梅盯视着他，问："别吓唬人，有这么严重吗？"

马冀忠说："这次看来局势不妙。"

"你呢？咱们不一起走？"

"没有接到闭馆命令，我不能走！"

"你不走，我也留下来陪你。"

马冀忠关爱地望了李红梅一眼，说："这怎么可能呢？谁撤谁留，都要听从组织安排。况且，我是这里的负责人，我必须坚守到最后。"

李红梅不说话了。

19日清晨，一阵枪炮声将马冀忠惊醒。据声音判断应该是从机场方向传来的，亚丁机场距离总领事馆也就三四公里。

总领事馆当地雇员、司机阿迪乐提前赶来了，他告诉马冀忠，城内许多重要路口已经被人民委员会民兵武装占领。

上班后，马冀忠与亚丁政府官员联系，确认是支持哈迪总统的武装力量，与驻扎在机场附近的支持前总统萨利赫的武装部队发生了交火。当天下午，亚丁省政府正式宣布关闭亚丁机场。

从这天开始，来自总统哈迪、前总统萨利赫、胡塞武装等不同势力的武装力量为争夺机场等要地，在多个区域激烈交战，亚丁一直笼罩在持续不断的枪炮声中。

总领事馆正式启动应急预案。

马冀忠不间断地与大使馆和外交部保持密切联系，及时汇报亚丁的局势发展情况。

25日傍晚，胡塞组织已经推进到距离亚丁市区60公里的地方，有消息称他们将于26日进攻亚丁。

亚丁岌岌可危，各种传闻不断，老百姓开始哄抢超市。

当晚，马冀忠接到中国远洋总公司（简称中远）亚丁代理公司总经理阿里先生的求助电话，说有一艘中远公司的散货船正在亚丁港码头卸货，很不安全，请提醒他们赶紧离开。马冀忠一听急了，马上联系货船船长，告知亚丁目前的严峻局势，要他们尽快安排撤离亚丁港，到西北部荷台达港再行卸货。船长听从马领事劝告，赶紧起锚，安全转港。

26日凌晨两点，沙特联军空袭也门首都萨那，整个也门局势一落千丈。

马冀忠立即拨通外交部电话，向领事司郭少春副司长汇报刚刚发生的情况，正在这时，一枚炸弹在窗外爆炸，马冀忠手机被震落了，过了十几秒钟，只听郭少春急切呼喊："马领事，马领事，情况怎么样？"

马冀忠说："刚才在离领事馆非常近的地方爆炸了一颗炸弹，把我的手机震掉了，没事，我们接着说吧！"

后来，郭少春在接受记者采访时，回忆说："当时听到马领事那句'我们接着说吧'，我身旁的所有人都哽咽了。"

27日凌晨，总领事馆接到外交部指示，暂定于30日撤侨。由马冀忠负责亚丁撤侨的全部组织及联络工作，除马冀忠和经商室负责人胡海领事留守外，总领事馆其他人员及总领事馆领区的中资机构、亚丁医疗队和中国公民全部撤离，将由正在亚丁湾护航的我国海军两艘军舰分别到亚丁港和荷台达港执行撤侨任务。

大使馆要求总领事馆向有关方面提供总领事馆及经商室的坐标位置，以防发生空袭误炸。

马冀忠和胡海迅速拟好两封照会，一封给亚丁省政府，通报我国政府撤侨决定，并要求其加强对总领事馆的安全保卫工作；一封给也门第四军区司令部（原南方军区司令部）申请军舰入港许可。海军护航编队指挥部指示为保障军舰及撤离人员安全，军舰靠港后，拟部署舰载直升机升空巡视并派遣陆战队员登陆警戒。经反复交涉，对方以港口安全为由仅同意陆战队武装登陆警戒，不同意直升机升空巡视。

递交照会的同时，总领事馆逐一确认撤离人员数目，一一通知他们保持与总领事馆的密切联系，做好随时从亚丁撤离的准备（出于保密原因，暂不告知用海军军舰撤侨）。

当时，还有个非常棘手的问题摆在马冀忠他们面前。在总领事馆辖区内，距亚丁东北方向90公里的阿比扬省巴提斯镇有一座阿比扬水泥厂，也方称也门联合水泥厂。该项目从设计、土建、设备安装到调试、验收，均由中方总承包，2007年开工，2010年投产。建设最高峰是2008年，中方有一千多人，员工主要来自湖北、河南等省区，目前还有约一百多名中国技术人员、工人及两名外籍专家。在当时那种局势下，组织一百多人向亚丁集结是件非常困难的事情。

马冀忠拨通了阿比扬水泥厂项目部驻亚丁经理甄良涛的手机。

甄良涛第一句话便急火火地问：“马领事，我们什么时候撤啊？”

马冀忠说：“已经接到国内通知，暂定30日撤离。你们现在需要做三件事情：一是准备好所有撤离人员的名单和护照；二是立即着手与业主做好交接工作，争取今天晚上完成；第三，探明从阿比扬到市区的道路情况。你们什么时候来市区集中，等候我的通知。对了，你们很可能要在市区住一夜，要先联系好一家可靠安全的酒店。”

这些日子，每次去阿比扬现场，甄良涛都要让政府军派武装护送（给一两百美元做小费），此时，市区已乱成一锅粥，甄良涛知道找不到政府军，便喊上司机穆罕默德，往阿比扬赶。

到了水泥厂，甄良涛和现场经理韩起承立即与业主协商交接工作。

厂里罗马尼亚籍专家乔治和埃及籍专家汗那非找到甄良涛，请求将他们一起带走。甄良涛与两位专家相处了几年，彼此都很有感情，便请示马冀忠，马冀忠要他们提供护照信息，以便向外交部报批。

下午，马冀忠通知甄良涛，务必将人员于28日下午带到市区。

原商定28日早晨5时业主派员交接，但一直拖到10时才开始交接，下午3时交接完毕。

一百多员工和两位外籍专家，急急火火上了临时租来的3辆大巴士，在业主提供的武装人员的护送下，紧急往市区赶。

半途，突然增加了一处路阻，几位背枪的武装人员站在路旁，大声喊着什么。

甄良涛和韩起承跳下车，上前交涉，才知道是胡塞组织设的路阻。

甄良涛掏出中国护照，说明了中国政府撤侨决定，希望能够得到他们的支持。

一个小头目听说是中国人，又看了看护照，挥手放行。

每隔十来分钟，马冀忠便与甄良涛电话联系一次，询问情况。下午5时，车队抵达市区，入住康克特酒店。韩起承宣布纪律，所有人员不得外出，夜里屋内不许开灯。

中午，马冀忠刚坐下来准备吃点东西，突然传来几声巨响，伴随着巨大的爆炸声，整座大楼都晃动起来。马冀忠赶紧招呼大家到一楼一间没有窗户的小屋内躲避。爆炸声持续了将近一个多小时，经了解是老百姓哄抢军火库引发的爆炸，该军火库离总领事馆不到1公里距离。

下午4时许，终于拿到也方批准我编队军舰入港许可证。马冀忠考虑到亚丁亚丁局势不断恶化，军火库被抢，安全状况更加糟糕，这么多同胞集结在亚丁市区，安全无法保障。再说，军舰已具备随时靠港的条件。马冀忠向大使馆和国内汇报了亚丁的现状，建议亚丁总领事馆提前一天于29日执行撤侨行动。国内答复：条件具备，同意于29日撤侨。决定除马冀忠和胡海留守外，总领馆其他人员和家属全部撤离。

马冀忠和胡海分别通知阿比扬项目部、中国医疗队、国内派出的几位工程技术人员，要求他们明天上午11时在码头集合，不得有误。

此前，还有件事也让马冀忠牵肠挂肚。根据他掌握的情况，亚丁炼油厂有两艘从上海一家公司购买的油轮，负责炼油厂成品油的运输，船上有中国籍船员23人。27日一整天都没能与两艘油轮取得联系，无法向他们传达撤离的指令。此外，在索科特拉岛上还有7名中国援也医疗队队员，他们也要求从亚丁撤离，但由于沙特联军对整个也门空域实施了禁飞，他们根本不可能向亚丁集结。好在战火尚未殃及索岛，经与胡海领事商量后，向医疗队通报了当前的局势，要求队员们稳定情绪并做好随时撤离的准备，总领事馆会把相关情况上报国内，采取安全可行的方法安排大家撤离。

28日晚，终于与两艘油轮上的中国船长取得了联系，得知他们正在从亚丁驶往木卡拉港口的途中。根据国内的指示，向他们通报了亚丁当前的安全状况并下达撤离的指令。后来得知这两艘油轮在征得船东的同意后，离开了也门水域并安全到达阿曼的赛拉拉港。

当夜，为了安全起见，马冀忠夫妇将床垫抬放到卫生间地板上。

街面枪炮声不断，夫妇俩谁也睡不着。

李红梅忧心忡忡：“局势这么紧张，为什么不一起撤回去？”

马冀忠说：“外交官是不穿军装的军人，必须服从命令。”

李红梅又说：“我们走了，整个院子就剩下你们俩了。”

马冀忠宽慰道：“不要担心，我又不是第一次留守。好像有一部电影叫《战争让女人走开》，你就安心回国吧。”

窗外亮起一颗照明弹，整个夜空被照得雪白雪白。

忽然，马冀忠说：“红梅，我好像曾经对你说过，1994年，我在也门已经经历过一次撤离。”

李红梅依稀记得有这件事。

1994年初夏，也门南北方爆发内战，北方全线推进，步步紧逼，南方抵御不力，节节败退。中国政府决定撤离在也门的中国公民，主要是援外技术人员和承包劳务公司工人、医疗队队员，加上使馆人员大约有530多人。但此时萨那和亚丁机场均已被炸毁，如何撤离，一时将大使馆难住了。当时，正是捕鱼旺季，亚丁湾又是个著名渔场，国内会不会有远洋渔船在亚丁湾附近海域捕鱼？大使馆联系到了中国水产总公司，还真是巧了，国内有七艘渔船和一艘3000吨位的“海丰301”冷藏运输船正在亚丁湾附近捕鱼作业。中水总公司接到国务院指令后，通知“海丰301”迅速赶赴亚丁港。

“海丰301”抵达亚丁港时，被撤离人员已经集结好了，“海丰301”吨位不大，一下子上了500多人，甲板上，通道里，凡是人能待的地方，到处挤满了人，好在当时天热，夜里有个地方凑合坐一坐就行了。最让大家放心的是，上了祖国的渔船就安全了。第二天，他们被送到吉布提。然后，再转机回国。不过，马冀忠不是跟随“海丰301”从亚丁港走，而是搭乘法国的军舰。

1992年，马冀忠在中建宁夏分公司工作。7月，他被外经贸部下属的中国成套设备总公司借调到也门机械设备管理维修站当翻译。1994年6月撤侨时，他正在也门哈达拉毛省首府穆卡拉，当时在穆卡拉的还有中国医疗队，四川路桥公司的施工人员和机管站六十几个中国人。赶上法国一艘补给舰来穆卡拉撤侨，他们是搭乘法军军舰到吉布提，然后再转机回国。马冀忠记得那艘军舰很大，好几万吨，但那毕竟是人家的军舰啊，上了舰，有一种寄人篱下的感觉。

片刻，马冀忠又感慨道："那时候，我们国家还派不出自己的军舰来接自己的侨胞回国……"

李红梅说："明天，我们海军自己的战舰就要来接自己的侨胞回家了。"

"是啊，是啊！"马冀忠激动了，"对于我们这些长期在海外工作的外交人员来说，最盼的是祖国和军队的强大，祖国和军队强大了，我们有了靠山，腰杆硬了，底气也足了！"

不远处，又传来一阵爆炸声……[①]

① 此章内容来源参阅央视《国家记忆》《人民日报》《解放军报》相关内容，以及《田琦访谈录（黄传会）》。

第四章

临危受命

军令下，军情急

“黄水”海军。

“绿水”海军。

“蓝水”海军。

国际上习惯将近岸防御型海军称为“黄水”海军，将近海游弋的海军称为“绿水”海军，而将具有远洋作战能力的海军称为“蓝水”海军。走向深蓝，是世界各国海军的梦想。

路迢迢，海茫茫。

1949年4月23日，华东军区海军在江苏泰州白马庙宣告成立。

司令员兼政治委员张爱萍率领先头部队，从江阴八圩港搭乘小渡轮去接管江阴要塞。

细雨濛濛，战鼓催征。小渡轮上，张爱萍将大家召唤在一起，点了点人数，说:“同志们，我们是华东军区海军的先头部队，五名干部加八名战士，一共13人——这大概是世界上最小的一支海军部队了！”

俄顷，张爱萍又充满憧憬地补充道：“13人，13万兵马啊！”

1949年10月中旬，衡宝战役刚刚结束，萧劲光接到中央军委电报：迅速北上，主席召见，有要事相商。

在中南海颐年堂，毛泽东和萧劲光——年龄整整相差十岁的两位湖南老乡，隔着战火硝烟，四年后又在北京相见了。

两人寒暄了几句，毛泽东点燃一支烟，言归正传：“解放全国的作战任务虽然还相当繁重，但是，尽快地组建一支空军和海军，已经提上了议事日程。空军的筹建工作差不多了，中央决定让刘亚楼同志去当空军司令员。现在，华东军区组建了海军，中南军区也组建了江防部队。为了统一领导，党中央决定建立军委海军领导机构，我们想让你来当这个海军司令。今天先给你打个招呼，并听听你的意见。”

萧劲光一下子怔住了。毛泽东的话，完全出乎他的意料。他放下手中的热茶，操着浓重的湖南腔坦率地说：“主席知道，我是个‘旱鸭子’，根本不懂海军，当么子海军司令哟？”

毛泽东不答话，似乎等着萧劲光的下文。

萧劲光也不客气，接着说：“我晕船特别厉害。去苏联学习时，从上海上船，晕得躺在床上动弹不得。我这辈子总共坐过五六次船，每次都晕得不轻。晕船，怎么当海军司令，怎么指挥打仗？”

毛泽东笑了，“没那么可怕嘛！我就是看上了你这个‘旱鸭子’。是叫你去组织指挥，又没有让你成天出海。”

萧劲光见毛泽东说得认真，神情也严肃了起来。

毛泽东说：“二十多年来，我们和日本、和国民党反动派打仗，都是钻山沟，钻青纱帐，主要在陆地上作战。现在要建设海军、空军，派谁去当司令员呢？你和亚楼同志懂得我军的传统，又在苏联学习过。现在我们建设海、空军，要依靠苏联的援助。你们俩会讲俄语，又比较了解苏联情况，有这个有利条件。选你们来当司令员，是合适的。”

毛泽东的思绪跳跃到了历史的风云中，他列举了鸦片战争以来，帝国主义来自海上的侵略，阐明了新中国建立人民海军、巩固钢铁海防的重要性。他说：“我们把海军搞起来，就不怕帝国主义欺负了。再说，我们还要解放台湾，也要有海军。海军一定要搞，没有海军不行！”

听了毛泽东这一番话，萧劲光不再提任何异议。激动之余，他也觉出了肩头这份担子的重量。[①]

半年后，新上任的军委海军司令员萧劲光视察海防，抵威海，欲登岛却无船，不得已租了一艘小渔船。

渔船被几位军人挤得满满登登。眺望着不远处的刘公岛，萧劲光神色凝重。渔民一边摇着橹，一边有些不解地问：“你是个海军大司令，怎么还得租俺的渔船？”

萧劲光对身旁的随行参谋道：“大家都要记住今天这个日子，海军司令员可是租用老百姓渔船视察刘公岛的！”

起航是艰难的。

少、小、老、旧、杂、破，有人用这六个字来形容初建时期海军所有百余艘舰船，这其中真正能称为军舰的，只有几艘，还是中、小型的。绝大部分都是些小船、小艇，过去国民党海军主要用于江防，很少出海。这些舰船性能落后，陈旧不堪。其中最老的军舰，舰龄达50多岁。军舰排列在一起，什么样的都有，有清朝购自日本的“楚”字号，也有民国初年江南造船所造的“永”字号，还有来自美、英、德、加、澳等国的二战前的舰艇。舰船型号杂乱，主副机机型多达300余种。许多舰船年久失修，缺“胳膊”少“腿”。

全部军舰加起来总吨位还不如清末北洋海军。

缺船，更缺人。彼时，除了少数国民党海军起义人员，部队

① 《萧劲光传》，当代中国出版社，2011年5月第1版，第188页。

基本都是由刚刚从解放战争战场上下来的陆军转隶而来，“旱鸭子”要变成“水鸭子”，用刺刀和手榴弹去打海战，难，难，难！

新中国成立之初，海军舰船走到珠江口都不容易。解放沿海一些岛屿，费尽了吃奶的劲儿；

到了上世纪六七十年代，军舰开到西沙就算是远海；

八九十年代，到了南沙绝对称得上远航。

半个多世纪筚路蓝缕，半个多世纪迎风破浪，从无到有，由弱到强，每个海军官兵心中都有一个梦——走向深蓝梦。

八千里路云和月，只能是一海里一海里向外延伸。

1980年5月，人民海军18艘舰艇编队第一次驶出近海，越过岛链，进入太平洋。这支特混编队，成功地完成了我国向南太平洋预定海域发射运载火箭的保障任务。

1985年11月，合肥号导弹驱逐舰、X615号补给舰首次编队出访南亚3国。这是人民海军舰艇首次穿越马六甲海峡，首次航行在印度洋上。

1989年3月，郑和号远洋航海训练舰载着海军院校的数百名学员，访问美国珍珠港，这是人民海军舰艇首次在世界海军强国面前亮相。

1997年2月，哈尔滨号、石家庄号导弹驱逐舰和南仓综合补给舰首访美洲四国，并首次抵达美国本土，首次完成了环太平洋航行。

2000年，深圳号导弹驱逐舰和南仓号综合补给舰首次横穿南印度洋，绕过被称为“风暴角”“死亡角”的好望角，首访非洲大陆的坦桑尼亚和南非。

2001年8月，深圳号导弹驱逐舰和丰仓号远洋补给舰西出太平洋、横渡印度洋，首航红海、地中海，穿过直布罗陀海峡，进入大西洋，首访欧洲德国、英国、法国和意大利。

2002年5月，由青岛号导弹驱逐舰和太仓号综合补给舰组成的舰艇编队，历时132天，航程3.3万海里，横跨三大洋，远涉五大洲，完成了中华民族历史上的首次环球航行。

2007年7月，由广州号导弹驱逐舰、微山湖号综合补给舰组成的舰艇编队，远赴俄罗斯、英国、西班牙等国，代表中国参加俄罗斯“中国年”活动，并在大西洋和地中海与英、西、法三国海军成功举行了联合军演。

2008年12月26日，由武汉号、海口号导弹驱逐舰和微山湖号综合补给舰组成的海军舰艇编队，奔赴亚丁湾、索马里海域执行护航任务，这是人民海军首次走出国门执行非战争军事任务。124天，编队连续航行33000多海里，成功为41批166艘船舶实施伴随护航，为46艘船舶提供区域掩护，期间共发现各类小目标700多艘次，其中查证船只400多艘，警告驱离350艘，逼退了100余起可疑船只袭击，成功解救三艘遇袭外国商船，接护船舶1艘。

至2014年12月，海军先后派遣18批49艘水面舰艇、40架舰载直升机、15000余名官兵执行亚丁湾护航任务。安全护航包括世界粮食计划署船舶在内的778批5787艘中外船舶，接护被海盗释放船舶8艘，接护遭海盗袭击船舶一艘，营救遭海盗登船袭击船舶两艘，接护被海盗释放船员一次，解救被海盗追击船舶32次43艘，查证驱离可疑船只2500余艘。期间曾派遣徐州号导弹护卫舰，紧急赴地中海，为撤离我驻利比亚受困人员的船只护航，派遣盐城号导弹护卫舰、黄山号导弹护卫舰，赴地中海与俄、丹、挪编队共同为运输叙化武船只护航，百分之百保证了被护船舶安全。

执坚披锐，搏风斗浪。

向海洋！

向海洋！！

2015年3月26日至28日，海军第十九批护航编队在亚丁湾执行第825批次护航任务。

此次任务由临沂舰采取伴随护航的方式组织实施，被护船舶只有临时申请的印度籍“德什普仁”号油船。潍坊舰和微山湖舰则在亚丁湾东部海域待机。

“左满舵，两进二！”

3月26日8时00分，临沂舰舰长高克下达起航命令。

编队指挥员姜国平少将习惯在航渡中到各个战位转转，驾驶室是他必去的地方，他到驾驶室时，编队政治委员夏平少将已经在那里了。

姜国平接过信号兵递给的望远镜，在海面上扫视着。

茫茫大海，“德什普仁”号在前，临沂舰在右侧方，不即不离。

姜国平自言自语：“这艘印度油船够幸运的，我海军军舰单独护送，它享受的可是贵宾待遇啊！”

夏平说：“现在申请护送的船只越来越少了。”

一旁的高克插话：“护航初期，过往亚丁湾、索马里海域商船数量很多，最初几批护航编队最多时平均每次护航任务护送商船14艘，第四批曾经创造过一个航次护送31艘商船的记录。这几年赶上世界经济不景气，航运成本不断增加，加上独立护航国家的班期协调合作，参加我护航编队的船舶数量开始减少，据统计，2012年平均每批4.68艘，2013年平均每批3.52艘，去年减少到每批2.85艘。”

“舰员们怎么看待这个问题？”还没待高克回答，夏平问操舵兵，“你说说看，小王？”

操舵兵有些紧张：“报告首长，我再想想。”

高克说：“没出息。平时怎么想的，就怎么说。”

操舵兵抹了一把脸，说：“首长，是这样的。刚听说要到亚丁湾执行任务，既有些心跳又有些担忧，心跳吧因为激动，从来没有去过这么远，实在是太远了。担忧吧，是从来没遇到过海盗，不知道长得怎样三头六臂、青面獠牙？后来，遇见了，咳，原来是一些小蟊贼，见了军舰抱头鼠窜。现在想见海盗越来越难了，有些骄傲自满情绪，说骄傲不太准确，应该说是放松警惕吧。”

夏平问：“有你这种想法的多吗？”

“我想应该是蛮普遍的。”操舵兵回答。

夏平说：“排除经济因素，申请护送的船只越少，说明亚丁湾、索马里海域局势趋好，这是我们最想看到的局面。如果哪天，亚丁湾、索马里海域无需护航了，我们更欢迎。不过，印度洋，太平洋，这个世界，是永远不会安宁的！”

高克报告编队二位首长，舰上最近准备就护航最后阶段官兵们出现的一些新的思想动态，采取一些措施，防止前紧后松，麻痹大意。

姜国平放下望远镜，“护航任务减轻了，部队正可以利用这个机会，紧贴实战开展大洋练兵。过去，想到印度洋还来不了呢，这里是最好的练兵场。”

“是，首长。我已经有安排了。下周开始，准备对空、对海作战再进行一轮系统的训练。”高克回答。

夏平叮嘱道：“现在已经进入了护航的末期，舰员容易产生焦躁和麻木状态，身体和心理都非常疲劳，要多组织一些文体活动，让心理医生多做一些心理辅导工作。”

高克说：“昨天高政委专门召集座谈会，针对各部门反映的一些问题，分门别类采取一些措施。”

姜国平和夏平，一位是X战区海军副参谋长，一位是X战区海军政治部副主任，平日工作多有交集。这次护航，一位是编队指挥员，一位是编队政治委员。

姜国平1979年入伍，毕业于海军大连舰艇学院。在4种舰型9艘舰上担任过航海长、副舰长、护卫舰舰长和驱逐舰舰长，9次穿越台湾海峡，10次赴南沙执行战备巡逻任务，航程达10万余海里。2014年，调任X战区海军副参谋长。

夏平1978年入伍，毕业于海军工程学院，经受过海军团、师、军各级机关历练，担任过海军军事检察院检察长、海军政治部纪检部长、秘书长、干部部长，2011年任解放军南京政治学院政治部主任，2014年，调任X战区海军政治部副主任。

一武一文，率领编队800将士，演练、驰骋于亚丁湾、索马里茫茫海域。

此时，一场突如其来的考验正在等待着他们！

3月26日18时30分。

落日西垂，晚霞满天，整个亚丁湾海面像是燃烧起来似的，红波闪耀。

临沂舰上能够给舰员们提供的最大空间是后甲板的飞行平台，于是，晚饭前，舰员们会分批到后甲板锻炼身体，一式的蓝裤衩、海魂衫，跑步、做操、或是跳绳……

一角，一位特战队员在做俯卧撑，几位舰员在一旁围观，并帮着数数："……191、192、加油！……233、234……"

随舰护航的特战队员们，都像是在少林寺研修过似的，个个身怀绝技。舰上开了两次甲板运动会，举哑铃、跳绳、仰卧起坐等，前三名全部都让特战队员们给包了，奖品领得让大家眼馋。后来，舰上不得不做出规定，特战队员们可以参赛，但不计名次。

另一角，几位女兵正在比赛跳绳。

舰上一共有一位女干部和五位女兵，她们是副航海长杨希和报务兵郭燕、房于琪、信号兵马甜甜、指控兵李晓星、导航兵赵超越。

在护卫舰这个属于男子汉的领地里，6位女舰员无疑是舰上一道亮丽的风景。

副航海长杨希是四川眉山人，2008年高考时，出于对海军那身白军装的向往，报考海军工程大学。2012年从海工毕业，又在大连舰艇学院合训一年。当时可供选择的有好几种专业，她勇敢地选择了航海。 航海班一共30位学员，其中6名女学员。2013年7月毕业，她们是舰院第一批学航海的毕业生，6名女学员全部上舰，杨希被分配到临沂舰任实习副航海长。女舰员在舰艇部队毕竟属于少数，女副航海长更是凤毛麟角。

上舰第一天，她向高克舰长报到时，高克打量了她几秒钟后，说:“哟，真还挺勇敢，居然敢上我们临沂舰！”

杨希回了他一句:“为什么不敢，临沂舰又不是老虎！”

高克说:“你想过没有，上了我们舰，意味着多少苦多少累，多少风险在等着你？何况你还是个女同志！”

杨希回答道:“女同志怎么样？敢上临沂舰，说明我已做好吃苦的准备。”

上舰一个月后，青岛舰、临沂舰和洪泽湖舰组成编队出访美国、澳大利亚、新西兰三国，历时76天，总航程19000余海里。杨希第一次尝到了远航的滋味，战胜晕船是必须过的第一道难关，风浪再大，只要你当班，哪怕吐得翻江倒海，你也必须坚守在岗位上。你是位女性，但首先你是一名舰员，生活上可以有所照顾，工作却不分男女。杨希说最苦的是下半夜睡得正香时，要起来值更，真想再赖赖床啊。或许是女性的生物钟更敏感，有时候下半夜有更，她上半夜便无法入眠了。有一次，三个副航海长在谈论生物钟问题，被高克舰长听见了，他说:“什么生物钟不生物钟？磨练得不够啊，老舰员躺下三分钟必着，养精蓄锐，迎接更大的风浪！”

在杨希的眼中，高舰长是个天生干舰艇的料，作风严厉，军事技术过硬，只要他愿意，闭着眼睛都能操舰，都能靠上码头。

随舰护航以来，杨希显然已经胜任岗位职责。编队通过新加坡海峡那天，能见度很差。杨希早已经做了航法功课，哪儿有浅滩，哪儿有沉船，灯桩、灯浮在什么位置，她都烂熟于心中。航渡中，她一次次准确地向舰长报告舰位，提醒转向点，驾轻就熟，胆大心细。轻易不表扬部属的高克，给她点了赞。

“……45、46、47……”

正在跳绳的是报务兵郭燕，一头短发，身轻如燕，青春焕发。

郭燕出生于山东沾化县一个小山村，童年给她最多的记忆是贫困。高考落榜后，她还回家帮父母种了一年地。在滨州技术学院学习那年，听说海军招女兵，她报了名，没想到竟然一路绿灯，一切合格。新兵3个月训练结束后，紧接着参加舰队组织的“八一”阅兵方队。每天站军姿，走正步，体能拉练。为了练习保持头部端正笔直，还在衣领两边别上针。三个月队列练下来，汗流无数，踢坏了两双靴子，同时也收获了一笔丰厚的精神财富，比如团队意识、吃苦精神、军人荣誉！

当了一年的话务员，又去士官学校学了两年的无线电通讯工程专业，毕业后上舰成为一名报务兵。

第一次出海，和风轻抚，像坐摇篮一样，她以为当水兵果真浪漫，充满了诗情画意。第二次出海经过成山头，波涛翻腾，巨浪成山，她晕趴了。

郭燕的水兵史是从一次次战胜晕船写起的——任何一名合格的舰员，都必须从战胜晕船开始。

赴亚丁湾执行护航任务前，郭燕兴奋地给妈妈打电话，说自己要出远门去执行一项任务，非常非常重要。妈妈问她去哪儿？她说：军事秘密，不可相告，等我回来，给您一个惊喜！

“……101、102……”

郭燕在挑战自己的记录。

忽然，一位作战参谋匆匆走来，与正在走快步的姜国平、夏平低声说了两声，姜国平和夏平的脸色立即变得严峻了，他们快速来到会议室。编队指挥所指挥、政工、后勤、装备四位组长也前后脚赶来了。

夏平见人员到齐了，说：“现在，我们开个紧急临时党委会，先传达刚刚收到的海军蓝盾指挥所的电报通知。”

通知主要内容是：根据军委联指值班室通知精神，我国政府已决定从也门撤侨，我第十九批护航编队立即组织位于亚丁湾执行护航任务的临沂舰、潍坊舰和微山湖舰向也门亚丁港海域机动，不进也门领海。并研究撤侨相关行动预案，做好相关准备工作，听令组织撤侨行动。目前，编队要妥善安排正在接受护航的印度船舶，建议其沿国际安全走廊航行或参加其他国家护航编队。下步执行撤侨任务时，一是要做好侨民登船及随船的安置工作，确保其安全；二是要在我驻也门使领馆的领导指导下展开相关工作；三是要做好媒体的应对工作，按有关规定统一组织宣传报道；四是要适时通报我近期取消护航班期情况；五是要加强观察预警和相关情况掌握，做好自身安全工作，确保圆满完成任务。

军令下，军情急！

突如其来的撤侨命令，让会议室里的空气瞬间变得紧张起来，紧张得如同一块坚硬的钢板，一敲，便会发出震天动地的声音。

这些日子，中央电视台不时播发也门局势快讯。亚丁湾濒临也门共和国，这些消息必然会引起护航官兵的注意，编队也一直在关注着也门的局势。却没有料到局势会变化得如此之快，任务会来得如此突然。

编队临时党委认真学习领会上级意图，统一思想认识，研究部署任务。同时做了分工，海上兵力行动由姜国平统一指挥，侨民撤离登舰、组织安检、服务保障由夏平领导实施。在研究兵力分配时，准备首先使用临沂舰，后来临沂舰执行了三批任务，就是考虑编队首长和指挥所在临沂舰，各种力量比较集中；再就是，此次任务比较危险，不可预测因素多，指挥舰理应当先锋、担重任。

这是我国第一次真正意义的武装撤侨，第一次实战背景下的国际人道主义援救行动。国内外高度关注，意义重大，却又困难重重。

一是政治要求高。军委、海军对编队总的要求是两个方面，一、快速行动，“快上、快接、快撤”；二、确保安全，确保被撤离的侨民和编队舰艇、官兵绝对安全。

二是时间要求急。上级通报有600至800名中国公民被困也门，处境非常困难，撤离刻不容缓。要求编队在两天内完成一切准备。

三是任务环境险。也门正在打仗。也门国内有伊斯兰国、基地组织和阿拉伯半岛等5个恐怖组织，恐怖分子活动猖獗。

四是组织实施难。主要是政策把握难：比如编队如果遇到袭击，什么情况下可以开火反击，反击的范围和程度如何掌控？再比如，在国外带战争背景的港口执行任务，我们设置军事管理区符不符合国际法的规定？特战队员和武装舰员上岸能不能携枪带弹？等等。舰艇操控难：临沂舰、微山湖舰以前从未到过也门，不熟悉航道和港口，港口有没有拖船和引水员？沟通协调难：编队与我驻也门大使馆电话联系困难，为了躲避轰炸，使馆人员平时都在地下室，听不到爆炸声了，上来打个电话，打完马上下去。安全检查难：被撤离人员还将涉及外国公民，人员身份复杂，甄别困难；侨民带的会比较多，每一个都要开箱检查，防止带危险品上舰。舰上带的安检器材少，每舰只有一个安检门，五六个手持安检仪。食宿保障难：各舰本来就齐装满员，突然上来这么多人，保障难度很大。而且从亚丁到吉布提需要航渡七八小时，从荷台达到吉布提需要15个小时，这么长时间，人员吃饭、休息都是大问题。

再难也必须坚决完成撤侨任务。

姜国平强调说：“这是我国第一次派军队武装撤侨，各舰要绝对听从编队统一指挥，加强自身防护，充分预想可能发生的各种复杂情况，精心组织兵力行动，确保安全圆满完成既定任务。”

夏平神情严峻，他说：“我海军第一次执行武装撤侨，任务艰巨，使命光荣，政治上高度敏感，国际影响重大深远。编队全体官兵要站在政治、战略和全局的高度，深刻理解把握重要意义，加强组织领导，精细各项准备工作。要综合考虑撤离人员数量变化、民族特点、健康状况、心理情绪等因素，全力做好中外撤离公民登船及随船行动时的安置工作，确保圆满完成任务。”

接令后，编队立即组织临沂舰与印度“德什普仁”号商船解护，推荐其改走国际航道，并取消3月29日护航班期。临沂舰、潍坊舰、微山湖舰高速向也门亚丁港海域机动。

编队迅速向所属3舰下达《政治动员令》：

政治动员令

547编队全体指战员：

根据海军命令，我编队立即赶赴指定海域，准备执行赴也门撤侨任务。编队党委号召：各级要紧急动员起来，立即采取召开党委（支委）会、干部会、军人大会等形式，有针对性地搞好思想发动。进一步强化战备观念，引导官兵马上从护航状态转入临战状态，充分做好思想准备，确保上级一声令下，能够迅速投入到撤侨任务中。要自觉站在政治和大局高度，深刻理解上级决策意图，立足最困难最复杂的局面，充分预想各种情况，按照靠港直接撤侨、港外锚地接护和海上接护三种方式，尽快制定完善方案预案，明确各级各类人员组织和职责分工，细化具体措施，确保各项任务准备快速有序展开。各单位要把执行撤侨任务，作为学习践行强军目标、争做新一代革命军人的具体行动，通过广泛开展火线入党、立功创模活动，把官兵凝聚到任务中来。全体官兵要进一步强化政治意识、号令意识、战斗意识、安全意识，坚决服从命令、听从指挥，加强值班值更，保持高度戒备。

同志们，党和人民考验我们的时刻到了，我们一定要不辱使命、不负重托，圆满完成撤侨任务，以优异成绩交出一份满意答卷，以实际行动为国争光，为军旗添彩！

海军547编队　指 挥 员　姜国平

政治委员　夏　平

航渡中，姜国平、夏平分别召集军事组、政工组、装备组、后勤组人员，制定行动方案。

当时我方最担心的是遭到交战双方的误判误击和多国联军的误炸，以及恐怖分子袭击。指挥所制定的兵力行动非常具体、可执行：编队全程保持高等级战备状态，舰艇防空导弹接点火电缆、主炮弹挂于弹链、副炮弹装于弹鼓，干扰弹装填至发射装置，做好战斗准备；各舰主被动观察器材和电子战系统全时值守，严密组织对海、空、潜观察警戒；特战队员和舰员荷枪实弹警戒，远中近武器梯次搭配，形成以点控面、交叉覆盖的火力网。在码头开辟约5000平方米的警戒区域；直升机随时听令升空；针对亚丁港航道附近沉船多、荷台达港机动水域窄等情况，重要部位“一号手”全程值更，进出港时均以较高速度机动，靠泊码头时，引水员不离舰、拖船不解缆，尽量缩短停靠时间；提前一天组织编队指挥舰临沂舰进入交战港口，及早掌握也门地区安全形势，检验撤运方案可行性，总结经验，发现问题，既为整个任务争取主动，也为后续行动提供借鉴参考。

组织保障方案也非常具体。比如，组织人员登离舰的规定：

靠泊后，人员听令上岸，下舰人员不排队，不搞假把式、不摆练。如遇突然袭击，马上卧倒，待局面控制后，听令快速组织人员登舰，在舰上组织安检，等等。

27日和28日下午，临沂舰、潍坊舰、微山湖舰分别按时驶抵也门领海线外6海里处待命……

“明天进港，挂五星红旗！”

夜海茫茫。

波涛汹涌。

临沂舰在解除了对印度“德什普仁”号商船护航任务后，改变航向，高速向待命点疾驰。

晚8时，急促的铃声响了，广播通知全体舰员在餐厅集合。

舰员们走进餐厅，大家从舰长、政委凝重的神色里，意识到似乎发生了什么重大事件。

高景新政委传达了上级关于准备赴也门执行撤侨任务的预先号令和编队的《政治动员令》。此时，餐厅里的空气似乎点燃一根火柴便可以燃烧起来。

高景新分析了也门最新局势，我侨民处境，此次任务的艰难性和重大意义。最后，他强调说：“同志们，作为一支人民军队，我们始终奉行人民利益高于一切的宗旨，现在，当我国公民身陷危难之时，我们必须挺身而出，责无旁贷。同志们，考验我们的时候到了！”

这是战情通报！

这是战前动员！

撤侨！中国海军第一次赴海外战区去撤回自己的同胞！

紧接着，又召开了舰领导、部门长直前会。

高克打开手里的笔记本，开门见山：“政委刚才已经做了战前动员，没有想到任务会来得这么突然。战区撤侨，任务重大，我们面临的困难也很多，许多事情需要我们马上去做。”

高克抓了抓自己的寸发，看得出，也有些急了，他接着说：“我初步理了一下，现在我们有四项工作要做：首先，要保证能进得了港，靠得了码头。但现在我们还不知道要靠哪个码头，所以必须多做几手准备，亚丁、荷台达、马萨瓦、穆卡拉和吉布提五个港口进出港航法、靠泊方案都要做。而且还要做最困难的打算，没有引水、没有拖船、没有带缆，这项工作由周副长牵头，有的港口没有资料，要向国内提需求，立即发资料；第二，是防御，要确保我舰的自身安全，各种武器处于待发状态，雷达和光电设备全时高强度戒备，这项工作由张副长负责；第三，由高副政委负责码头安全警戒和登舰人员的身份识别、安检、行李上舰；第四，由纪副长负责登舰人员的食宿、卫生、安全等工作。政委，你看看还有什么？”

“从护航转入撤侨，这里面肯定有个思想和工作的转换过程，但这次不同往常，这个过程不允许长，必须立即转换。”高景新语气坚定，“大家回去之后，结合刚才舰长谈的四点，各部门要捋好与自己相关的工作，细化各种方案，确保万无一失，不得有任何的疏忽。”

午夜，临沂舰各部门灯火通明。

黄晓飞航海长同3位副航海长一起，干了一个通宵，准备好了五个港口的港口资料、航渡路线和靠泊方案。

27日4时30分，临沂舰抵达也门领海线外6海里处待机。

从编队指挥员到每一名舰员，大家心急如焚，恨不得立即乘风破浪，帮同胞脱离战火。但进入主权国领海，必须经过主权国同意。

28日晨，海军蓝盾指挥所电令撤侨任务的时间和地点：临沂舰29日担负也门亚丁港约140名中国公民撤离任务；潍坊舰、微山湖舰30日担负荷台达港约450名中国公民撤离任务。全部撤离人员都护送至吉布提。

编队同时下发了《撤侨任务十条要求》：

一、一切行动听指挥；
二、时刻做好战斗准备；
三、坚决保护侨民生命安全；
四、严格保守军事秘密；
五、热情接待服务侨民；
六、不收受侨民礼物；
七、敬老爱幼尊重妇女；
八、妥善保管侨民行李等。
九、（略）
十、（略）

撤侨，就是在战火中救人，是在战争状态下的一种特殊行动。各级领导强调在完成任务的同时，必须保证自身的安全。战舰在进出港和接侨的过程中，将可能遭遇多种安全威胁。一是亚丁港马拉多功能码头距离亚丁市中心约3.5公里，距离亚丁国际机场约5公里，此时，亚丁全城已处于胡塞武装组织的围困之中，不排除他们针对港口地区的炮击、轰炸或武装攻击；二是“伊斯兰”国和基地组织等恐怖主义势力，针对港口附近外国人员的武装袭击行动；三是沙特等国武装力量对胡塞武装使用飞机进行攻击时的误击、误炸；四是也门国内各类非法民间武装组织和犯罪团伙针对外国人的劫掠袭击活动；五是武装分子或恐怖力量对港口、锚地待机舰艇发起海上自杀式攻击。除此之外，也门国内交战双方的交战行动可能波及港口地区，从而严重影响到我舰艇编队和撤离人员的安全。

在作战分析会上，高克与对空长、对海长、反潜长就武备系统如何保持对海空潜立体防御进行了研究部署：舰空导弹、主副炮、干扰弹等各武器系统全时开机，各雷达、声纳、光电探测设备全时值更，保持高度戒备，时刻准备投入战斗。

临沂舰将要靠泊的码头，正是美国“科尔”号导弹驱逐舰被恐怖分子快艇袭击的那个码头。

2000年10月12日，一个灰色的日子。

“科尔”号参加美国领导的海上拦截行动，以协助执行联合国对伊拉克的制裁。当天，9000吨级、载有350名舰员的“科尔”号停靠亚丁港，预计停留四个小时补充燃料。当地时间上午11时20分左右，一艘满载高能量炸药的小型气垫船突然冲向“科尔”号，强烈的爆炸将军舰炸开一个6—12米的大洞。爆炸造成至少17名舰员死亡，30多人受伤。据报载，本 · 拉登的追随者一手制造了这一起事件。美军第五舰队司令查尔斯 · 摩尔说：“我们现在已经清楚地意识到，美国军舰在停靠中东港口时很容易被恐怖分子袭击，他们把美军军舰作为攻击目标。恐怖分子得意之时，就是我们遭殃之日。”

高克根据编队的要求，又组织有关人员对安全警戒方案做了确认：在码头适当范围内布设警戒区，特战队员和舰上执法队员携带步枪、手枪等武器负责安全警戒，舰上机枪手就位、脱枪衣、配弹；增设武装巡逻更，在舰桥左右耳桥各安排一组巡逻更警戒，每组由一名特战队员和一名舰员组成；视情派出直升机和小艇搭载特战队员负责空中、海上警戒和引导掩护。

需要准备的工作实在太多，舰上完成了八种相关特情处置方案预案，成立了武装警戒组、执法组、安检组、行李组、编号组、引导组等11个组队，各组快速组织演练。

高景新回到舱室，坐在椅子上，微微闭上双眼，他想让自己平静一下。作为舰上的政治委员，这时候必须冷静，必须全面考虑问题，不得有任何差错。

出生于黑龙江依安县新屯村的高景新，8岁全家随当小学教师的父亲迁往内蒙牙克石。1996年7月高考，他考取武汉交通科技大学工业自动化系。同高克一样，2000年毕业前夕，海军大连舰艇学院到地方院校招聘，他被选取。在舰院学习一年，分配到北海舰队哈尔滨舰任实习副枪炮长。

一年后，高景新改行转政工干部，调任支队政治部组织科干事。

十几年来，高景新亲眼目睹了部队的发展。

高景新记得很清楚，2004年，庆祝支队成立50周年，当时号称“三个一百”：总航程100万公里，执行100余项重大任务，荣获100余项荣誉。

然而，最近短短5年间，这3项纪录便被打破了。

以哈尔滨舰和临沂舰为例。哈尔滨舰是当时最先进的导弹驱逐舰，1994年入列，至2015年，20年总航程不过XX万海里；临沂舰2012年入列，2015年总航程已经达到XX万海里。

高景新还记得，刚到支队那几年，全支队能组织三四艘舰在渤海湾搞一周锚训，就算是个很大的任务了。锚训结束，支队首长要到码头迎接返航的舰艇，各舰还要会餐庆祝。

近几年，我国科研成果显现，海军现代化装备呈井喷式列装，网友形容海军新舰出厂“像下饺子一样”。海军某支队就是海军装备发展的一个缩影。支队的重大任务一个接着一个，偌大的码头，常常是空空荡荡，战舰都被撒到大海大洋中了。各舰的舰长、政委们，虽同属一个支队，经常几个月都见不着面。

大海的涛声在呼唤，高景新在机关里坐不住了，他几次要求上舰。

2012年临沂舰组建，高景新被任命为首任政治委员。

执行亚丁湾护航任务以来，高景新觉得压力特别大。第一，临沂舰是第十九批护航编队的指挥舰，编队指挥员、政治委员，还有机关人员都在临沂舰上，大事小事容不得任何疏忽；第二，编队两位军政一把手工作标准特别高，特别有前瞻性，高景新有一种跟不上步子的感觉。夏平政委经常找他一起研究如何加强护航期间的思想政治工作，如何活跃部队的文化生活，如何办好伙食等。

一次，舰上组织主炮实弹射击，第一组炮弹发射完毕，正准备发射第二组炮弹时，观测手发现靶标附近忽然游来一群海豚，立即报告。舰长闻讯后，停止射击，待海豚游远了，才重新开始。夏平无意间听说这件事，立即对高景新说："这是一条好新闻啊，应该宣传宣传。我们不仅要维护世界和平，同时也要保护自然环境！"

3月5日，临沂舰靠吉布提港，看着堤岸上多年未清理的垃圾，夏平提议，在国外搞一次学雷锋活动。高景新以为自己没听清楚，问："在吉布提？"夏平肯定地说："对，就在吉布提码头。"于是，舰员们排着队伍，唱着《学习雷锋好榜样》，扛着扫把铁锹，在港口码头打扫卫生。他们干的很投入，很卖力，一个个汗流浃背。一些外军舰员远远地望着，露出惊讶的神色：中国海军当码头清洁工，这里面藏着什么"玄机"？小半天，码头的面貌焕然一新。

一天，夏平将高景新喊去，问他："最近听到什么了吗？"

高景新一下子被问懵了，不知道该怎么回答："政委，你指的哪方面事情？"

"有段顺口溜，叫'五个一'。"

"'五个一'？"

夏平说："告诉你吧，'五个一'：一吃就饱，一睡就醒，一点就着，一碰就吵，一喝就醉。"

高景新笑了，"这'五个一'呀，听说了，听说了。"

"这么重要的情况，为什么不采取措施？"

高景新不解："重要吗？"

“非常重要。”

高景新依然不解：“政委，大家说说玩的，怎么重要？”

夏平说：“你说说看，这‘五个一’是什么意思？”

“哦，是这样的，政委，”那时候还没有“禁酒令”，高景新解释说：“这‘五个一’说明护航最后阶段出现的一些情况：一吃就饱，食欲下降了；一睡就醒，说明睡眠也不好了；一点就着，老虎尾巴摸不得，稍微批评你两句就接受不了；一碰就吵，鸡毛蒜皮的事情，也会争得脸红脖子粗；一喝就醉，每周一次会餐，每人一罐啤酒，原来喊不够，现在喝了就差不多醉了。”

夏平变得严肃起来，说：“分析过为什么了吗？食欲下降，睡眠不好，脾气急躁……看去都是些表面现象，但这些表面现象掩盖下的深层次问题，是舰员们的心理出现情况了，是心理出现问题了，也可以说是‘护航综合症’。现在正是最需要思想政治工作的时候，不能光讲大道理，要及时进行心理辅导，要调整伙食，要适时开展文体活动……”

高景新站了起来，说：“政委，护航到了这个阶段，连我自己都有些疲沓了，敏感性大大减弱，工作的激情也打了折扣。越是这时候越容易出问题，我明白了，马上回去抓落实。”

护航任务远离岸基、生活单调枯燥，编队要求各舰开展丰富多彩的文化活动，塑造护航官兵独有的深蓝文化特质。编队定期送上的“文化大餐”：舰上开展的“我为祖国去护航宣誓”、“看郑和航行、强海军责任”主题征文、学跳“护航版‘小苹果’”“逐梦亚丁湾”元旦晚会、“深蓝好声音”印度洋专场、“舰行亚丁湾，精彩你我他”大家谈、“我与海军共成长”大洋生日会、“祖国在我心中”春节文艺会演等活动，精彩纷呈，高潮迭起。

文化活动不是为了“装点门面”，而要达到“润物无声”的滋养、激励作用。比如通过举办“相聚深蓝”集体生日会、开通越洋温情电话等形式，让官兵们同唱生日歌、同戴生日帽、同吃长寿面、同感父母恩；编辑舰员个人照片、视频，积极创造条件让普通官兵上新闻；联系后方军嫂互助组，看望生孩子的官兵家属，回答亲人的期待。通过精心组织多种活动，营造全舰一家亲的温馨氛围，让官兵在远海大洋感受到组织的关心、集体的温暖。

文化活动还应该有特色、有新意，打造精品 。当时“小苹果”正风靡一时，编队组织文艺骨干，对“小苹果”歌词进行修改，“驾驶威武的战舰，挥别祖国的港湾，豪情万丈走向深蓝。能打胜仗的召唤，战之必胜的呐喊，护航将士把血性点燃……”并定名为“亮剑亚丁湾”——护航版“小苹果”。动作编排兼顾舰艇空间狭小的特点，做到了随时随地都能踏歌而舞。同时精心制作了一部教学片，下发至各任务舰艇，让全体护航官兵学跳。每天训练之余，官兵和着熟悉的节奏，跳起轻快的舞蹈，在愉悦身心、锻炼身体的同时，心中的使命感和责任感油然升腾。他们还剪辑了一部MV，这部护航官兵自导自拍的原创作品，散发着新一代海军官兵昂扬向上的青春气息。在互联网上一经推出，受到全国网民的喜爱和追捧。各大网站纷纷转载，网友们为护航官兵“点赞”，留言称“帅呆了、酷毙了！”在随后的中俄联演和顺访任务阶段的甲板招待会上，歌舞护航版“小苹果”取得令人惊喜的效果。在俄罗斯，当地民众聚集观看，把码头大门围得水泄不通；在土耳其、意大利和马来西亚，赢得了登舰数十国使馆人员和武官的一致好评。护航版“小苹果”成为第十九批护航编队亮丽的文化品牌。

航渡中，临沂舰在飞行甲板组织“深蓝好声音”歌手大奖赛。比赛形式借用浙江卫视《中国好声音》和央视《星光大道》做法，设置评委背对选手评选、选手复活赛、现场观众参与评选等环节。48名舰员报名参赛，海选分3组进行，每组16人，选出12位选手进入决赛。第一环节结束时，6名选手晋级第二环节。在第二环节中，选手们除了演唱，还需现场作答综合知识考题，题目内容涉及主题教育、外交礼仪、安保要点、乐理常识、海洋地理、历史人文等，旨在寓教于乐中提高官兵的综合素质。经过紧张激烈的角逐，来自海军某局的杨殿国摘得桂冠，来自陆战队的周福东以微弱分差屈居亚军。比赛结束后，编队指挥员为获奖选手颁发了奖品和荣誉证书。

2月17日（农历腊月廿九），第十九批护航编队利用三舰并靠机会，在微山湖舰后甲板组织举办“祖国在我心中”春节联欢会。围绕“抒发爱国奉献豪情、弘扬孝老爱亲美德、营造欢乐祥和氛围”的主题，既弘扬主旋律、传递正能量，也兼顾个性化、注重互动性。开场舞“花开中国”、舞蹈“军营好姐妹”、太极拳表演“深蓝铁拳”、表演唱“亲情电话”、三句半“护航那些事”、小品说唱“四个军嫂把话拉”、街舞表演“律动亚丁湾”、小品“爱与战舰共启航”、梦幻时装秀“花样水兵”、武术表演“陆地雄狮海上蛟龙”、诗朗诵“携手奔向2015年的春天”、合唱“当祖国召唤的时候”等精彩节目，表达了对新年的美好憧憬，抒发了对祖国和亲人的思念祝福，凝聚了完成任务的战斗激情。

护航文化丰富了海军的蓝色文化。

作为一名基层政工干部，高景新深切感受到护航文化在护航中发挥的无形作用。

高景新万没料到，护航途中，竟然会遇到撤侨如此重大的任务。一想到明天一百多人上舰，吃喝拉撒睡都得考虑，他的脑子越发清醒。连忙把副长、炊事班长许文武招呼到一起。

高景新说:“生活方面，我最大的压力一是吃，二是睡，而这当中吃又是第一位的。同胞们刚刚脱离炮火硝烟，上舰了，就像回国了，回家了。首先应该让他们吃饱吃好。副长，说说现在库房里还有什么好吃的？”

副长皱了皱眉头，“政委，咱们舰原定4月1号靠吉布提码头补给的，水果蔬菜都吃完了，剩下还有一些土豆、南瓜……”

高景新一听不高兴了，“什么什么？怎么能这样过日子？农村大妈大婶过日子也有个计划，也有点儿存货，临时家里来个七大姑八大姨的，也能炒俩菜、包顿饺子招待客人。”

副长不吭声了。

许文武插话：“政委，我还存了点儿青椒，一直舍不得吃，可以和土豆丝炒一个菜。”

高景新说：“从亚丁港撤离到吉布提需要航渡八个多小时，同胞们在舰上要吃一顿正餐，一顿早餐。咱们先合计一下正餐的菜，要按八菜一汤准备。”

“八菜一汤？政委，一定要八菜一汤？”许班长两眼都瞪大了。

高景新故作严肃：“这是编队首长交给的一项政治任务，必须完成，我知道你是有办法的。”

“咱们合计合计吧！班长的拿手菜红烧牛肉算一个。”副长说：“还有酸菜粉丝也算一个。”

许文武说：“刚才说过青椒丝炒土豆丝算一个。还可以炒个木须肉。”

“这四个菜不就出来了？”高景新笑了，摆了摆手，说：“其他菜你们去想办法，汤是紫菜鸡蛋汤。主食花样要多一些，除了米饭、馒头，还要准备一些花卷和水饺。”

高景新又说：“对了，从午饭开始，舰员们的五菜一汤，改为两菜一汤。”

“两菜一汤？”许文武问：“舰员们不会有什么意见吧？”

高景新说：“这件事已经向编队首长报告了。相信舰员们有这个觉悟，肯定会理解的。”

据大使馆提供的信息，在撤离同胞中还有穆斯林。编队从网上下载了有关穆斯林的宗教知识，舰员们突击学习穆斯林习俗。穆斯林视右手为尊贵，日常都用右手接物。行李组和引导组恰好有三个左撇子，这可咋办？高景新听说后，下了死命令：“必须改用右手。”平时用惯了左手，现在要改用右手，看似一个小习惯，改起来却特别别扭。他们从吃饭开始，练习用右手拿筷子，唉，怎么夹都夹不起菜来。一顿饭吃了半个多小时。左手“好动”，主动性特别强，索性将它插在裤袋里，对它进行临时“管制”……

2015年3月29日，12时10分。

中国驻亚丁总领事馆电告护航编队，临沂舰进出港事宜协调完毕，首批撤离的124人已经在亚丁港马拉多功能码头集结。

临沂舰全速疾驰，向亚丁港挺进！

“战斗警报！”

“航海备便！”

“对空备便！”

“对海备便！”

“反潜备便！”

“机电备便！”

……

驾驶室里，高克下达一个个指令。

“右满舵！”

“两进四！”

“舰载武器系统备便！”

“重机枪手就位！”

一个小时高速航行，临沂舰抵达亚丁港外。

一艘橘黄色的小艇朝右舷驶来，一位也门男子顺着软梯爬上甲板，武装更将他带到驾驶室。他自我介绍是港监派来的引水员，说很高兴能为中国海军军舰引水。高克用英语将舰艇基本情况向他做了介绍，告诉他情况紧急，希望能用最快的速度进出港。

刚才上舰时，眼尖的引水员发现主桅上没挂也门国旗，国际法规定，一国舰船进入他国领海时，必须悬挂他国国旗，引水员不由得有些疑惑：“贵军军舰进港，为什么没有悬挂我国国旗？”

高克不容置疑:“这是战时，为避免误炸，我方决定悬挂我国国旗！”

原来，昨天在讨论进港方案时，姜国平指挥员突然问:“进港时，你们准备挂也门国旗吗？”

航海长说:“按照惯例是应该悬挂也门国旗。”

姜国平随手打开了《世界各国国旗图册》，说:“你们看看，也门的红、白、蓝三色国旗，与阿曼、巴勒斯坦、伊拉克、叙利亚、科威特等国的国旗都很相像，挂也门国旗进港，我担忧的是万一遭遇误炸。”

高克接过图册一看，中东一些国家的国旗，果然都很相像。

姜国平拍板决定:“特殊情况特殊处理，明天进港挂五星红旗。”

引水员下达航行口令，战舰进入航道。航道狭窄，左舷一艘巨大的货轮半沉在海水里，微微翘起的船头上布满锈迹。

远处出现一片高耸着的山体，光秃秃的见不到一丝绿意，那是昔日火山爆发留下的遗物。慢慢的，可以看见整个城市的轮廓，残墙断壁，满目疮痍。

远山不时翻腾起浓烟，还依稀传来枪炮声。

海面上不明身份的武装人员驾驶小艇穿梭往来。

“靠码头部署！”高克取代了引水员，下达口令。

对海长报告:“前段就位！”

反潜长报告:“后段就位！”

这时候，正在驾驶室里的姜国平指挥员，突然发现前甲板、后甲板一些舰员，像往常一样整齐列队，站在舷旁准备靠码头，他急了:“扯淡，都要打仗了，你还列队干什么？这不成了活靶了吗？简直太缺少战场意识了！”

高克也发现了，马上下令:“前后段舰员注意隐蔽，前后段舰员注意隐蔽！”

舰员们似乎还没反应过来，依然保持着跨立姿势。

高克大声喊了起来："怎么回事？前后段舰员注意啦，立即隐蔽，立即隐蔽！"

舰员们这才反应过来，有的蹲下身子在舷墙后隐蔽，有的隐蔽在主炮后。

后来，在编队交班会上，姜国平多次强调战场意识问题，在和平环境生活久了，离战争越来越远，战争真正来到，你还保持平时那一套，必将付出沉重的代价。

这件事对高克触动最大，部队平时总在喊"准备打仗"、"准备打仗"，其实，并没有树立进入战场意识，所以才会将平时训练的那一套原封不动地搬到战场上来。如何真正做到训练实战化，说起来容易，真正做到却难，非有一番艰难的磨砺不可。甚至，要付出血的代价之后才能警醒！

这个问题同样引起夏平的深思，从战舰进港开始，实际上就是走向战场，没料到我们的舰员是整齐列队、昂首挺胸走向战场的，这不等着挨枪子吗？舰员反映出的问题，根子在领导。中国军人已经几十年不打仗了，和平环境滋生了各种"和平病"，部队训练老套路、花拳绣腿，弄虚作假、形式主义，已经到了非常严重甚至可怕的地步……

军队是要打仗的，平时训练搞形式主义，打起仗来就要付出血的代价。1893年，北洋水师在黄海举行大阅兵，邀请各国武官观摩。为了让舰炮首发击中10公里外的靶船，提前做了手脚，在靶船里预先安放了炸药。虽然大阅兵风风光光，却在两年后爆发的甲午海战中，北洋舰队全军覆没。

训练开虚花，打仗结苦果。"稻草人"吓唬不住强敌，"纸老虎"击退不了对手。训练与实战的差距有多大，战场上就要用多少鲜血来弥补。

撤侨，是对护航编队一次带有实战背景的历练和考验！

“左舵十。”

“两进一。”

码头离得越来越近了。曾经火热繁忙的世界名港，此时却像被大水冲洗过似的，显得空空荡荡。

一排巨大的橘红色塔吊高高耸立着，一些破旧的集装箱锈迹斑斑，几辆破卡车东倒西歪。

隐隐约约可以看见码头上聚集着的人群，或拖着行李箱，或背着背包，手里举着五星红旗，翘首张望，焦急等待……

昨夜，亚丁总领事馆的马冀忠领事与妻子躺在卫生间的床垫上，几乎彻夜无眠。不断炸响的枪炮声，一阵紧似一阵，震得人心绪不宁。一想到今天还要组织一百多人撤离上舰，他的两眼一下子瞪大了，把要做的事情一件一件捋了一遍，早早起来。

妻子李红梅忧心忡忡，欲言又止。

虽然军舰进港靠码头的相关手续都已经办妥，但兹事体大，一切都得考虑周全，容不得半点疏忽。马冀忠想，还得提前去一趟港口，察看码头实际情况，与相关人员再对接好。

正在这时，胡海领事和经商室的于广雷来了，听说马冀忠要去码头，胡海马上说：“还是我去吧，你留在领馆还得组织撤离人员集结，还要联系亚丁安全局提供武装护卫。”于广雷主动请缨与胡海一同前往，以便相互有个照应。于广雷是“80”后，去年刚结婚，春节回国探亲返馆后得知妻子怀孕。此时他挺身而出，令马冀忠十分感动。马冀忠帮他俩穿好防弹衣，一再叮嘱要注意安全，看着他们乘坐防弹车驶出领馆。

不久，胡海从码头打来电话，告知一切安排妥当，军舰可立即进港。

马冀忠马上电告编队，并确定入港时间。此时，亚丁安全局领团事务分局局长带领的安全武装护送人员也到达总领事馆。马冀忠通知水泥厂项目部甄良涛，要求他们于11时前务必到达马拉多功能码头。随后，组织馆里的18位人员，立即起身前往码头。

路旁，到处可见残墙断壁和被烧毁的车辆残骸，一阵冷风吹来，空气中飘荡着刺鼻硝烟。三三两两的老百姓在捡散落在街头路边的弹壳。

马冀忠他们到达港口时，水泥厂和医疗队的大部队前后脚也到了，11时，所有的撤离人员集结完毕。

马冀忠和胡海跑前跑后，为军舰办理入港手续；于广雷为大家办理出境手续。

13时46分。临沂舰慢慢朝马拉多功能码头驶来。

在码头集结，肯定是乘船离境。但此前，马冀忠在与中资企业、医疗队等联系时，为了保密，只说祖国派船来接同胞们回家，一直没透露海军护航编队参与撤侨行动。

“船！一艘大船！”

“不，是军舰！好像咱们海军的军舰！”

人群中不知是谁眼尖，最先喊了起来。

军舰，是军舰！

桅杆上挂着五星红旗、舷号547的军舰慢慢朝码头驶来，舷旁悬挂着大红横幅:“祖国派军舰接亲人们回家！”

人们激动万分，禁不住齐声高喊:“祖国万岁！”“解放军万岁！”

总领事馆的馆员和家属展开了一面五星红旗，阳光下，那般鲜艳，那般光彩夺目。它与人们手中的小国旗，交相辉映……

“祖国派军舰接亲人们回家！”

“撇绳！”

“各缆挽住！”

“搭舷梯！”

随着高克的口令，临沂舰靠在2号泊位旁。

舷梯刚刚架好，10名身着黑色特战服的特战队员和10名全副武装的舰员，如猛虎下山般冲向码头，快速布设内外相套的两个警戒区域，外围从舰首到舰艉的一百多米，用隔离带建起临时安全区域，由特战队员负责持枪警戒，把124名撤离人员牢牢地包围起来。

安全区前立着一块标牌，上面用英文写着：“Chinese Navy Security Area. Keep Clear!”（这里是中国海军所设安全区，闲人勿近！）

第一个冲到码头上的是特战分队突击组组长、中士周福东。

3月29日，临沂舰尚未进入亚丁港，周福东便暗暗下定决心：“为了祖国的同胞，即使是枪林弹雨也要往里冲！”战舰即将靠港时，周福东发现一艘不明身份的武装小艇，径直向战舰右舷冲来。千钧一发之际，他果断地将枪口对准小艇驾驶室，只要指挥员一声令下，他即可击发。小艇于100多米外掉头转向，周福东悬着的一颗心才落了下来。

周福东带领三名队员冲向外围，分点警戒布控，扼守进出码头的唯一通道，筑成了一道坚强的“防火墙”。

同胞们有序登舰，周福东目光炯炯，不停地扫视着前方。远处枪炮声不断，而他可作为掩护的只有旁边的一根系缆柱。

此时，姜国平和夏平两位将军大踏步走下舷梯。

马冀忠迎上前作了自我介绍，将军握着他的手说：“你们辛苦了！”

马冀忠热泪盈眶。

姜国平和夏平来到人群中。

夏平拿着喇叭，动情地说：

“同胞们，你们辛苦了！祖国和人民对身处战乱之中的同胞非常挂念。今天，党中央、国务院、中央军委派我们来接大家，习主席派军舰来接你们回家！祖国派军舰接亲人们回家！”

掌声、欢呼声连成一片。

“我们是中国人民解放军海军第十九批护航编队，我们一定坚决执行习主席和中央军委、海军的命令，迅速安全地把你们撤至指定地点。我们有信心、有决心圆满完成此次撤侨任务，绝不会让任何一个同胞深陷险境！”

夏平一番话语，叩击着每一名同胞的心灵，给惊魂未定的同胞吃了定心丸。

医疗队员张秋风是一个柔弱的女性，第一次经受战火煎熬，日日夜夜不得安宁，当她听说“习主席派军舰接你们回家，祖国派军舰接亲人回家”时，泪水奔涌。

来自河南焦作的技术员杨长江，挥舞手中的小国旗，嘴唇一直在微微颤抖着，想说什么，却说不出来。

两位女留学生手紧紧拉在一起，一位说：“不会是做梦吧？”另一位说：“我看见上面的五星红旗了。”

烈日高照，水泥码头像一个蒸笼似的，每个人都是汗流满面。

几位舰员扛着纸箱子，给大家分发青岛崂山矿泉水。

送甄良涛他们到码头的业主阿汉莫德先生，对甄良涛说：“我想见见两位将军，想跟他们合个影留念。”

甄良涛将他带到了姜国平、夏平跟前。

阿汉莫德诚挚地说：“中也两国人民是好朋友，中国政府派来的技术人员是我们很好的合作伙伴。现在你们把他们接回国，我们就放心了。我跑了世界许多国家，见过许多军队，中国军队是我见过的最好的军队！”

夏平笑着对他说：“非常感谢你们把他们安全送到码头，中也两国人民的深厚友谊是经过长期考验的，衷心祝愿贵国早日结束战争，人民幸福！”

此时，安检门已经架设好。引导组、安检组、行李组迅速就位。

安全门旁，设有登记处，核对登舰人员姓名、性别、国籍、有效证件号码，核准后发放登舰凭证。然后，在舰员的引导下，先是通过安全门，再分别通过3个通道安检，每个安检通道由两名男舰员和一名女舰员负责。女舰员用手持安检仪对侨民人身进行检测，男舰员对携带行李进行开包检查。重点检查有无枪支弹药、管制刀具、易燃易爆物、毒品及其他违禁品。

行李组对每个人的行李进行登记，发放登记牌，统一存放在后甲板。

总领事馆经商室的王莹莹和丈夫李佳栋，拉着行李箱，牵着5岁的女儿李禹霏，走得有些吃力。

正在一旁的郭燕，立即迎上前去，拉过李禹霏的手，小姑娘没有丝毫迟疑，像原来就认识一样，手里拿着一瓶矿泉水，脸上荡漾着幸福的笑容。

这一幕被前面的记者看见了，他举起相机，记录下这动人的一瞬间：一位身着海军迷彩作训服，脸上写满自信的女兵，右手牵着一位小姑娘，小姑娘身穿白色凯蒂猫背心，笑得特别甜蜜，像是春天时与姐姐出去春游。这张照片迅速占领了各大媒体的显要位置。一位网友把这张照片绘成了漫画并配文，引发大量点赞、转发。网友“青春”说：“从前看战争片，特别羡慕里面的美国人、英国人，不仅受到双方交战国的保护，还有飞机、军舰接他们回国。今天，我们的军舰到外国接本国公民回家，我非常自豪！中国海军加油！”这张照片成为中国海军用行动彰显大国担当的标志性瞬间。

阿比扬项目的罗马尼亚籍专家乔治和埃及籍专家汗那非，身份核实后，也和中国公民一起上舰。

埃及专家汗那非右手提着只行李箱，左手拿着护照和一面中国国旗，走上舷梯时，忽然刮来一阵风，他围在脖子上的衣服被风吹了起来，他用下巴将衣服夹紧了继续往前走，手里高举着五星红旗始终不放。

远处又传来隆隆炮声。

13时46分至14时25分，仅用39分钟，临沂舰顺利接收124名撤离人员（含领事馆6人；医疗队12人；中资企业员工106人；罗马尼亚专家1人；埃及专家1人）。

待将所有的撤离人员送上舰，马冀忠突然想起妻子李红梅，他抬头向甲板张望，想与妻子最后告个别，发现甲板上已不见妻子身影，他的心仿佛一下子被掏空了——这一天，是他们夫妻结婚23年纪念日。

马冀忠和胡海来与夏平告别。

夏平关切地问："你们还要留下来？"

马冀忠坚定地回答："在没有接到闭馆命令前，这里就是我们的岗位。"

夏平紧紧地握着他俩的手，叮嘱道："保重！"

驾驶室里，高克严密地注视着码头的动态。

引水员在一旁不断催促："快点儿，快点儿，港务来电话，要你们赶紧离港！"

"撤回武装警戒人员！"

"离码头部署！"

"解各缆！"

高克下达一个个口令。

临沂舰徐徐离开码头。

军舰是流动的国土——一踏上人民海军战舰的甲板，大家悬着的那颗心放了下来，紧绷着的弦也松弛开了，一种回家的感觉油然而生。

一位女医生一踏上舷梯口便哭了，她擦着泪水说：“我觉得跟做梦一样……”

姜国平将军站在舷梯旁，不时地叮嘱着，他用自己的镇定和微笑，向同胞们传递着人民子弟兵对人民的关爱。

人们井然有序地入住舰员们为他们腾出来的舱室里。为了让刚刚摆脱战乱的同胞们休息好，除了保留几个特殊舱室外，舰上其他舱室全部腾出。

每个舱室都显得特别整洁、温馨，藏蓝色军毯，洁白床单，有的柜子上还放着书刊、小零食、饮料。

稍事休息后，广播通知：“同胞们，现在开始用餐。因为餐厅空间较小，分四批用餐，先请第一批同胞进餐厅。”

餐厅位于二层甲板，待同胞们入座后，高景新政委发表欢迎词：

“亲爱的同胞们：你们受惊了，你们辛苦啦！欢迎你们平安登上临沂舰！首先，我代表全舰官兵向大家致以诚挚的慰问。一直以来，各位同胞告别家乡，远离祖国，在万里之遥工作、学习、生活和创业打拼，为也门经济社会发展做出了突出的贡献，为承担国际义务、拓展国家利益作出了巨大牺牲。今年以来，也门局势持续恶化，祖国和人民一直牵挂着你们的安危。今天，我们奉中央军委和习主席命令，在驻也门大使馆、领事馆的指导下，执行护送同胞撤离任务。

祖国就是你们坚强的后盾，战舰就是你们安全的家。全体官兵发扬人民子弟兵爱人民的光荣传统，腾出自己的住舱，让给同胞们暂住。”

高景新端起一罐饮料，“舰艇上不允许喝酒，我谨代表全体官兵，以饮料代酒。祝各位同胞在舰上生活愉快、健康，平安回国。干杯！”

“干杯！”大家都举起了饮料。

谁也没有料到，舰上居然准备了八菜一汤：红烧牛肉、酸菜粉丝、青椒土豆丝、木须肉、溜鱼片、麻辣豆腐、巧拌木耳、鱿鱼圈和紫菜鸡蛋汤，还有米饭、馒头、花卷、水饺。

这个八菜一汤，还引起网民的热议，个别人进行负面炒作，说临沂舰让同胞们吃八菜一汤，舰员吃两个菜是在做“秀”。回国后，高克曾对媒体说：“作为亲历者，我想说，自己很自豪当时舰上作出的这种决定。在当时的情况下，我们吃简单一点，让同胞吃好一些，本来就是我们这支队伍的本色所在，也是人之常情。那些发出杂音的人，他们无法理解人民子弟兵的真正含义！”

许多同胞接过餐盘，禁不住心头发热，这是几天来吃的最踏实、最可口也最充满深情厚义的一顿饭菜。

华为公司的一位技术员对舰员说：“开始打仗以后，我们都不敢出门。原来储存的一些食品吃完了，也不敢上街去买，而且街上的商店几乎全部关门了。这几天，基本上是靠面条和罐头打发日子。你们真是来得太及时了，再拖几天，我们都不知道怎么生活了。”

为了这八菜一汤，着实把炊事班给忙坏了，馒头蒸了近40屉。三个公差，帮助切土豆丝，整整切了三大筐。

班长李文武站在锅台旁，亲自掌勺，一鼓作气，炒了16锅菜，累得胳膊都抬不起来。

炊事班专门为穆斯林准备了红烧牛肉、紫甘蓝苹果沙拉、紫菜蛋花汤，外加咖喱炒饭。为了做好咖喱炒饭，李文武还专门上网查了有关介绍，试做了几次。

在餐厅里服务的郭燕，问李禹霏：“好吃吗？”李禹霏笑着回答：“比妈妈做的好吃！”郭燕乐了。

夏平发现一位女士端着饭、低着头，心事重重。一了解，才知道是马冀忠领事的妻子李红梅。刚才在码头上，李红梅见马冀忠手里拿着一份花名册，忙前忙后，一身大汗，夫妻连一声道别的话都来不及说。

夏平宽慰道："你放心，祖国不会忘记任何一个公民，马领事因为工作需要，暂时留在亚丁，到时候，只要祖国一声令下，我们将会再赴亚丁港将他们接出来……"

四批同胞秩序井然地用完餐。

此时，又传来广播声："'烽火连三月，家书抵万金'，同胞们，这些日子饱受战火动乱煎熬，家人肯定牵肠挂肚，现在你们最想的是与远方的亲人取得联系，我舰特在餐厅开设了四部亲情电话，免费供大家使用，请你们给家里的亲人报一声平安！"

可以给家里打电话！大家没料到舰上会想得这么周到细致。

"老婆，我马上就能回家了……"南通三建的一位工人师傅，刚刚说了一句话便再也说不下去了。

阿比扬项目部的翻译邓令令拿起话筒时，手有些发抖，拨通家里电话，刚说了声"爸爸妈妈，我们已经上了咱们国家海军的军舰，马上就要回家了"，便热泪奔涌。

邓令令是个年轻的"80后"，大学毕业后，想去看看外面的世界。两年前，中建材招聘海外项目翻译，刚开始说是非洲，后来又说是中东，最后定下也门，她勇敢地应聘了。然而，刚出亚丁机场她便感到有些出乎意料之外——她看见的一切都像"一张黑白照片一样"，便在心里不由得说了声：这地方怎么这么穷？阿比扬水泥厂所在地更加荒凉，还不如国内一个乡镇，好在当地老百姓对中国人十分友好。从今年年初开始，局势变得扑朔迷离，各种传闻四起。一会儿说总统跑了，一会儿又说胡塞武装打进来了。开始，邓令令没太放在心上，觉得大事小事有项目部在管着呢。进入3月，邓令令发觉每天交接班时，当地员工越来越少，在亚丁的业主代表经常过不来，她意识到问题严重了。父母很担忧，三天两头发微信问她情况，她只能宽慰他们："没事，工地离亚丁远着呢，我们这儿还在继续生产，非常安全。"那天中午，从国内传来了多国联军轰炸萨那的消息，项目部的头头们脸色突然变得严肃起来，人心一下子乱了。大家开始心照不宣地在收拾行李，等待撤离的消息。撤离的消息迟迟未来，各种信息却接连不断，这个说机场被炸了，无法走航空了；那个说码头也被多国联军控制了，无船可乘。这个说“国家不会丢下我们不管的”，那个说“国家这么大，领导人这么忙，保不齐真把我们给忘了”。邓令令心如乱麻，那两天，“国家”这个名词一直在她的脑海里出现。她在心里默默地说：国家啊国家，你不能把我们给忘了！撤离的消息终于传来了，命令是国家下达的，那一刻，她紧锁着的眉心舒展开了。

医疗队的刘佳清医生给家里打电话，告诉母亲习主席派海军军舰来接他们，母亲怎么也不相信，还哭着说“闺女，这都什么时候了，你还安慰我，你那儿情况到底怎么样？”她不得不让身旁的其他医生代接电话，为她作证，母亲这才相信，喃喃自语：“孩子，有海军保护你们，家里就放心了……”

华为公司技术员张晓山的父亲是一名转业的老海军，小时候，他就是在军港长大的，他对海军的历史特别了解。他在电话里对父亲说：“赶上也门这场战乱是不幸的，但幸运的是危难之时，这次我们是搭乘海军军舰离开亚丁的。这是我们中国海军第一次赴海外撤侨，真是让所有的中国人扬眉吐气啊，我们的海军比原来强大了！”

饭后，姜国平、夏平等编队首长到各舱室看望大家，嘘寒问暖。

一位技术员对两位将军说：“首长，在国内几乎每天都能见到国旗，已经习以为常了。可是离开祖国，见到五星红旗感到特别神圣、特别亲切；在国内，见到解放军或许也没有特殊的感觉，但在危难之时，突然觉得身旁有强大的人民军队作为依靠是多么重要！”

摇晃，许多同胞晕船呕吐，直往卫生间跑，10个洗手盆堵了9个，10个马桶堵了4个。4位舰员跑前跑后，像救火似地忙乎着。

编队的医生每隔两小时就到舱室巡诊一次，为身体不适的同胞量体温、测血压，分发晕船药品。

文艺小分队到舱室为同胞们演出小节目，缓解他们的紧张情绪。

夜海茫茫，见不到星星，见不到帆影，仿佛浓墨重重地泼洒在天际。

海风一阵紧似一阵，它翻卷起的浪头，一波接一波地扑打在前甲板上，发出惊天动地的吼声。

高景新去几个重点岗位检查了一遍，本想坐下来歇口气，可脑子却是高度兴奋，一点儿睡意都没有，索性再出去转转吧。先去了作战室，见两位副长和几位部门长正在忙碌着，便没作声，只是朝他们笑了笑；又去了集控室，值更人员正全神贯注盯着仪器仪表，他没有打搅，蹑手蹑脚离开了，然后又来到尾二甲板。

一眼便见到高克，这里是舰上指定吸烟区，高克正在给几位“烟民”发烟。

高景新问，“怎么样，憋不住了吧？”

高克说：“一忙，还真把吸烟给忘了，今天，这才是第二支。”

高景新笑了，“看来执行重大任务还能戒烟！”

高景新见高克几大口就将一支烟吸得差不离，便说：“走，上去吸吸新鲜空气！”

他俩来到飞行甲板，站在舷旁，任海风吹拂。

高克：“一下上来这么多人，这两天把你给累坏了吧？”

高景新：“你肩上担子更重。有何感受？”

高克：“这两天的经历，比我所有军旅生涯遇到的问题、处理的情况还多——因为这是在战争背景下执行任务，以往的纸上谈兵、以往的花架子、以往的各种陋习，都一一呈现在眼前，经不起实战的检验。如果真打起仗来，是要付出血的代价的。”

高景新：“这次经历也在检视我们平日的思想政治工作。国家、人民、军队……这些曾经让人们感到‘高大上’的名词，现在变得格外的具体、亲切，与每个人息息相关。过去总说‘人民利益高于一切’，但官兵们还是觉得空泛了些。这两天所作所为，都在体现‘人民利益高于一切’。”

高克：“自古雄才多磨难。军队更是这样，回去后值得好好总结。”

高景新：“从舰员的表现看，我察觉他们成熟了许多！执行这次撤侨任务，经历战争背景下的考验，将会成为临沂舰、成为临沂舰每位舰员，一笔丰厚的精神财富。”

一个巨浪扑来，战舰猛烈地颠簸着……

这天，22时15分。

临沂舰徐徐靠上吉布提港10号泊位。

码头灯光有些昏暗，中国驻吉布提大使符华强率使馆工作人员、中资机构负责人，已经在码头迎候。吉布提外交部、安全局、警察局、移民局高官也来了，海关、边检人员已经到位。

舰上的广播响了：

“同胞们，大家好！我舰已经靠泊吉布提港，现在开始下舰。因为人员比较多，为了安全，请大家按广播通知分批下舰！”

舷旁，已悬挂出欢送横幅：“祝各位同胞身体健康、生活愉快、平安回国！”

舰员们在后甲板整齐列队，热烈鼓掌欢送同胞们离舰，祝同胞们早日回到祖国怀抱。

高景新政委站在舷梯口，给每人赠送舰帽作纪念。

同胞们挥手向临沂舰，向舰员们告别。有的放下行李，用手机拍照留念；有的一步三回头，眼中噙满热泪……

“中转站”

在联合国公布的世界最不发达国家名单里，吉布提是其中一个。

吉布提国土面积2.3万平方公里，人口91万。境内终年酷热少雨，平均年降雨量仅为150毫米。自然资源贫乏，工农业基础薄弱，国内所需的生活用品90%以上靠进口。主要经济收入是旅游业、服务业和外国援助，以及将港口、土地租借给外国军队。

上帝关闭一扇门，同时为你打开一扇窗。

这个贫穷的小国，地理位置却十分独特。吉布提位于非洲东北部亚丁湾西岸，北与厄立特里亚为邻，西部、西南及南部与埃塞俄比亚毗连，东南同索马里接壤。吉布提扼守红海进入印度洋的战略要道——素有“海上咽喉”之称的曼德海峡。曼德海峡是国际石油航运的生命线，凡是北上穿过苏伊士运河去往欧洲，或是由红海南下进入印度洋的船只，大多需要通过曼德海峡并经停吉布提港。吉布提因此被称为“石油通道上的哨兵”，谁控制了这一地区，谁就控制了连接欧、亚、非三大洲之间重要的海上通道。

上世纪70年代，美国便在吉布提建造军事基地，常年保持着4000人的驻军规模。该基地已成为美国对非洲、印度洋海域及其周边地区遂行军事及民事行动最为重要的“前沿阵地”。1975年吉布提独立后，法国与其签订了驻军协议，此后，法国在吉布提常年驻有3000人左右的员额。2009年，日本派遣自卫队以打击海盗的名义到达索马里海域，在美国的协调下，租下吉布提12万平方米的军事设施用地，2011年7月，日本驻吉布提基地正式启用。

从2008年开始，在联合国的授权下，包括中国在内的20多个国家和国际组织，先后派遣军舰到亚丁湾、索马里海域打击海盗，为过往商船护航。而吉布提凭借其拥有众多天然良港的优势，成为各国海军首选的停靠补给点。

2013年4月22日，符华强出任中国驻吉布提共和国特命全权大使。

符华强是一名老外交官，他出生于上海一个普通的工人家庭。1973年，外交部选送一批少年学生赴海外学习外语，当时还在上海外国语学校上初二的符华强，被选派到阿尔及利亚学习法语。1976年学成归来，先后在外交部翻译室、非洲司、西欧司和我国驻阿尔及利亚、乍得、瑞士、卢森堡使馆工作。

见过多少风卷云舒，经历了多少惊涛骇浪。

吉布提使馆是个小使馆，但再小的使馆也代表着国家的利益。

6月6日，中国海军第十四批护航编队哈尔滨舰前来吉布提补给休整。符华强率使馆工作人员和中资公司负责人在码头迎候。随后，符华强上舰，并在舰长的陪同下，检阅了舰上的仪仗队。这是符华强第一次以大使的身份检阅海军舰艇仪仗队，当他从8名身着全白夏服、手持冲锋枪的仪仗兵队列前经过时，显得格外激动和自豪。那几年，海军赴亚丁湾护航编队基本都是在吉布提补给，符华强没有想到，他竟成为检阅海军舰艇仪仗队最多的一位大使。

为了能够给海军亚丁湾护航编队、非洲维和部队提供更好的后勤保障支持，当时，我国政府与吉布提政府，开始商谈在吉布提建立中国人民解放军驻吉布提保障基地事宜，符华强大使是主要参与者之一。

2018年年初，接受我的采访时，符华强大使已经卸任。讲述起也门撤侨，依然是几多感慨，几多激情……

那些日子，也门局势动荡，自然也引起符华强的关注，他隐隐约约觉得要出事，但料及不到局势会急转直下，不可收拾。

3月27日清晨，外交部急电吉布提大使馆：我国政府已经决定从也门紧急撤侨，鉴于萨特联军发动空袭，萨那国际机场被炸，陆空通道被封锁，无法保证安全，决定由海军护航编队赴亚丁港从荷台达港撤侨，再转移至吉布提，再借道回国。如此，吉布提成为我国在也公民回国的“中转站”。

符华强立即与吉布提政府联系，盖莱总统高度重视，亲自下令要求政府各部门全力配合中国使馆完成中国公民的安置和撤离。

但是，“怎么住”和“怎么走”，却将外交官给难住了。

吉布提首都吉布提市的接待能力非常有限，为数不多的几家酒店，全部加起来也只有500张床位，且由于外籍海军的长期入住，酒店向来很难预定。

办公室主任孙海伟说：“国内有时来个代表团，就十几个人，如果不提前预定，都找不到住的。这下子来几百人，到哪儿找地方？”

符华强说：“几百人来了，临时找酒店，肯定行不通。看看，有没有其他办法？”

政务参赞张晓阳插话说：“符大使，我国帮助援建的哈桑古莱德体育场，重新修整工程最近刚刚完工。能不能跟吉方协商一下，临时借用体育场，体育场地方大，房间有空调，住几百人没问题。”

大家都觉得这是个办法，符华强要求张参赞马上与有关部门联系解决。

“怎么走”也是个问题。

吉布提到中国没有直航，到埃塞俄比亚每天有两班飞机，到阿曼和阿联酋每个星期只有一两个航班。大部分人员只能先到埃塞俄比亚再转机回国。但吉布提到埃塞俄比亚都是小飞机，达不到我们快速转运的要求，必须与埃航协调，改派大型飞机。

三天内，符华强三次会见吉外交部秘书长、两次会晤吉方指定的撤侨联络人外交部多边司司长，协调有关问题。使馆成立外联组、迎送组、安保组和后勤组，落实具体事项。

3月29日夜，第一批124名公民抵达吉布提港。

后来，符华强在接受记者采访时，说："第一批同胞抵吉时，吉国家安全局长、港口与免税区主席及警察总局、移民局高官亲赴港口督办。为顺利、高效安置中国同胞，吉方各部门特事特办，提供了许多前所未有的特殊安排，如军舰抵港时，吉港口采取'先放人、后办签证'的做法，免除了一切人员入境安检手续，签证官在码头将中国同胞护照收走制证后，所有人员即被放行；吉港口入境人数很少，签证处平时只有一人办公，此次吉方安排多名工作人员加班加点，保证所有中国人员在离吉前顺利拿到签证。"

一百多位同胞搭乘4辆大巴车，在吉布提警察局警车的护送下，来到了哈桑古莱德体育场，住进了11个装有空调的房间，这是在异国他乡使馆为同胞们准备的一个临时的"家"。

在使馆的组织下，在吉布提的中土集团、中建集团、招商国际、中地海外、江苏国际等中资企业组成了一百多人的服务队，为同胞们提供服务。一日三餐他们全包了，迎来送往也由他们负责。其实，这些企业人手不多，车辆也不多，但为同胞们服务，不讲条件，在所不辞。有个企业只有一个炊事员，那几天负责给同胞们送茶叶蛋，一共煮了一千多只茶叶蛋。

吉布提条件有限，不可预测的事情很多，必须尽快将同胞们转送回国。几百张机票要一张张落实，埃塞航空获悉中国朋友的困难，十分给力，以最快的速度增加了航班并改换了机型。

吉布提没有四季，一年只分凉季（10—3月）和热季（4—9月），刚刚进入4月，白天的气温已经高达摄氏三十八九度。这里没有污染，星空格外明净。

从体育场回到大使官邸，夜已深了。符华强站在阳台上，望着深邃的夜空，一点睡意都没有。

"请同胞们放心，我们一定把你们安全送回家！"这是今天在体育场符华强说的最多的一句话，以至于嗓子都有些沙哑了。而同胞们那一双双热切而又信任的目光，让在场的使馆人员深感肩上的责任。

近40年的外交生涯，符华强感悟最深的是身为一国大使，保护本国及本国公民利益是最重要的责任，哪怕困难重重，哪怕赴汤蹈火都应在所不辞。

1980年3月，符华强入部刚刚一年，便被派往我国驻西非的乍得共和国大使馆工作。他没有想到，到馆后的第三天，便遇上了当地的一场未遂政变。

乍得政局动荡，国内两大武装派别从零星的冲突逐渐演变为全面内战，使馆的工作环境变得非常险恶。进入3月下旬，首都恩贾梅纳的局势急转而下，市区枪声日趋激烈，多次发生炮击。法、美等使馆纷纷开始撤人。中国使馆临近两个敌对武装派别的指挥部，房屋墙壁、门窗弹痕累累，使馆商务处还中了两发炮弹。使馆经过慎重研究，决定将全体馆员转移到邻国喀麦隆。

首批人员准备乘车离馆时，两个武装派别在离我使馆200多米处激烈交火，枪声大作，炮火连天。正要驾车出发的符华强，立即招呼车上的同事撤到安全地带，自己却留下最后锁车。突然，一串流弹袭来，击中符华强，他当场倒地昏迷。

同事们不顾一切，将符华强抬到车上，急忙送往附近的法国医院。符华强浑身是血，经过一番包扎抢救，暂时脱离了危险。考虑到首都局势险恶，经过5个多小时300多公里土路的颠簸，符华强和同事们一起撤离到达喀麦隆首都。半个月治疗，符华强耳部伤情渐趋好转，但背部伤痛难忍，无法翻身。当地医疗条件简陋，缺乏检查设备，医生误以为是其颈部摔伤所致，符华强也觉得是自己中弹后身体腾空倒地时撞在石头上引起的。这颗子弹一直留在他的体内，几年后回国体检时，才被发现。

一颗子弹印证了一位年轻外交官的胆魄和忠诚……

3月29日，124人；

3月30日，455人；

4月2日，225人；

4月6日，83人。

送走了最后一批中国公民，符华强松了口气。馆员们和中资企业的员工们，这才露出疲惫的神色，符华强关切地说：“接下来的任务是——大家回去后，好好睡一觉！”

第五章

目标：荷台达

先遣组

萨那。

中国大使馆。

昨夜又是一番狂轰滥炸。

早晨，几位馆员戴着钢盔，把夜里落在院子里的弹片收集在一起，嚇，足足有小半麻袋。

一旁，有人喊了起来："大使的车被击中了！"

大家围过去，只见停在院角的大使乘坐的那辆奔驰轿车前窗，被流弹击穿一个核桃大的洞。

局势极其危急！

3月29日，从荷台达港撤离还有一天时间。

从萨那到荷台达港，只有一条路可走——当年我国援建的萨那至荷台达的"萨台"公路，这条"中也友谊路"全长220公里，全程绝大部分都是盘山路，弯急坡陡，时而峭壁千刃，时而深渊万丈。

比路更危险的是沿途多个检查站，分属内政部、胡塞武装、酋长部落把控，变数多多，不可预测。

使馆决定先派先遣组赴荷台达港，一是探路，二是与港务局、移民局、海关联系有关军舰靠泊、人员出境等事宜。

先遣组共三个人，组长李庆生，昨晚刚刚加入中国共产党，党龄还不足一天。他向大使主动请缨，表示在这关键时候党员应该不畏艰难、冲锋陷阵。考虑到他曾经参与了2011年利比亚撤侨，有勇有谋，大使同意了。副组长副武官肖望洋，也曾经参与了利比亚撤侨，精明能干，智谋双全。组员是领事海吉伟。司机是使馆聘用20多年的老雇员、当地人大阿卜杜拉。

早晨5时半，李庆生、肖望洋、海吉伟和大阿卜杜拉穿上防弹衣，戴上钢盔，准备出发。

田琦一一检查了一遍，叮嘱道："你们辛苦一趟！这一路肯定会遇到各种各样的风险，但你们要坚信一点：我国老一代领导人建立起了中也两国之间牢不可破的友好关系，我国政府在也门问题上秉承公正立场，从来不搞拉一派、打一派。也门老百姓对中国人民怀有深厚的情谊。一路上，要充分发挥你们的智慧和胆略，不管是哪一派，要告诉他们，我们是中国人，暂时撤离，等局势稳定后，我们一定还会回来的！"

田琦问："'说贴'（类似大使馆介绍信）带上了吗？"

李庆生答道："带了。"

刘永选武官交代说："如果路上遇到什么麻烦，马上来电话。"

胡要武参赞又叮嘱李庆生："现金要保管好。"

万里晴空，无风无云。

出城道路已被炸得坑坑洼洼，车辆稀疏。

不想，到城西第一个检查站，汽车便被拦住了。几位荷枪实弹的军人走了过来。

李庆生对肖望洋和海吉伟说：“看他们的穿戴，像是内政部的。”

李庆生打开车门，迎上前去，给那位小头目递上了“说帖”。

小头目看完“说贴”，问：“中国朋友，你们要去哪里？”

李庆生告诉他，因为也门局势的问题，中国政府决定撤侨。明天将有几百名中国公民经过这里前往荷台达港，今天他们是去打前站的。

小头目皱起了眉头，说：“哎呀，你们为什么要撤侨呢？也门政府会保护所有中国朋友的安全的。”

李庆生又做了解释说明：“目前这种局势，不仅人身安全无法保证，而且无法进行正常的工作。不过，等局势平稳以后，我们还会再回来的。”

小头目想了想，又说：“这一路你们要经过胡塞武装检查站，还有一些部落设的哨卡，你们的安全谁保障？弄不好会被绑架的。还有，你们要出城，我们也没接到上司的通报。这样吧，中国朋友，为了你们的安全，先不要着急，你们上车休息片刻，我们跟上司请示一下。”

他们只好又回到车上。肖望洋嘀咕道：“不顺，第一个关卡就被卡住了。”

这一等，过去了半小时。李庆生急了，让肖望洋给阿鲁斯打电话，阿鲁斯让他们别着急，他会帮助协调的。

片刻，那位小头目小跑着来到车前，友好地说：“中国朋友，中国朋友，你们赶紧赶路吧！”

接着几关还比较顺利。

第五个检查站，是胡塞武装设的，旗杆上高高飘扬着一面白色旗帜，上面有两行绿字：美国去死，真主伟大！

几支钢枪黑洞洞的枪口对准了他们。

李庆生赶紧从背包里取出“说帖”，去跟领头的交涉。

肖望洋马上给刘永选武官打电话，告诉他现在他们的位置，检查站是胡塞武装设的。

片刻，那位领头的从屋里出来，客气地说：“走吧，中国朋友，愿真主保佑你们！”

汽车在盘山道上爬行，经过一个部落检查站时，那几个哨兵不会说英语，他们说的当地土语，别说是李庆生、肖望洋，就是连大阿卜杜拉都听不懂。

麻烦！

这时候，一位哨兵发现他们“说帖”上的中国国徽，好像明白了什么，与其他几位低声说了几句，做出了一个放行的动作。

200多公里走了八个多小时，下午3时到达荷台达市。

荷台达市是也门第三大城市。荷台达港位于也门西海岸中部卡希布湾内，濒临红海东南侧，是也门主要港口之一，具有重要的战略地位。海路西北至阿萨布港130海里，苏丹港436海里，苏伊士港1070海里；东南至吉布提港232海里，亚丁港257海里。

此时的荷台达市，政府部门虽然还在运行，但权柄已经被胡塞武装控制。原本破旧的街市，近几日遭遇多国联军一轮轮轰炸袭击，到处是残墙断壁，硝烟翻腾。

在酒店住下，肖望洋立即与当地胡塞武装的负责人那伊夫联系，他非常友好，在电话里说：“你们的大使已经与我们的上司沟通过了，情况我都知道了，具体问题你们先去港务局协调，解决不了再告诉我。我们争取晚上见面。”

李庆生他们立即赶到码头，与港口管理局、移民局、海关、船务公司、特别安全部队等单位协调明天撤离事宜。

明天在荷港撤离的有四百多人，但编队出于安全考虑，军舰靠码头后停留的时间只给了90分钟。短短90分钟，海关要检查行李，移民局要一个个登记出境人员信息，登舰时还要再一次核实安检，时间肯定来不及。李庆生提出明天海关给予免检，移民局开绿色通道，经过一番商榷，对方均同意了。

肖望洋回想起2011年利比亚撤侨时，外交部从马尔代夫租了艘游轮，准备搭载中建集团的员工回国。不知从哪儿得到消息，一些外国侨民也涌到码头，要求上船。一时，港口、码头乱成一锅粥。游轮船长见状，吓得要返航。后来，费了好大劲，搭起临时隔离区，重新登记检查，才把问题给解决了。肖望洋琢磨如果明天也有其他国家的侨民，或是难民涌入码头，要求跟随撤离，势必干扰我方人员正常登舰。他将自己的担忧告诉李庆生，李庆生也觉得应该多做几手准备。于是，他们又提出要用集装箱专门在码头上围成一个安全区，为我方开辟一条安全快速撤离的“绿色通道”。

港方工作人员面露难色，直摇头，“这工作量太大了，做不到，根本做不到！”

肖望洋有经验，与外国人打交道，必须晓之以理、动之以情，实在不行再多给些费用，便说：“我们这次撤侨，中国政府、14亿中国人民都非常关切。你们今天帮助了中国人民，到时候我们会好好回报你们的，中国人民是讲信用的。”

对方口气开始变了：“是的，是的，中国人民是也门人民的老朋友！

肖望洋又说：“至于费用嘛，我们可以多付一些。”

对方一听，连忙说：“中国人是好朋友！这样吧，我们现在就开始着手准备，不会耽误你们明天的行动的。”

夜里10时，他们才回到旅店。

新一轮空袭又开始了，爆炸产生的强烈曝光不时将整个市区照得一片雪白。

肖望洋拨通了那伊夫电话，本来约定晚上见面的，这时候他却告知有急事来不了了，“明天见”。肖望洋听说他来不了，急了，一再强调明天的安保问题不能出差错，那伊夫满口答应“没问题”。

肖望洋有些口干舌燥，想找水喝，屋里连饮用水都没有。他又突然想起来，早晨走得匆忙，忘了带信封了，明天到码头得给方方面面送小费，你总不能直接递美元，怎么也得含蓄些用信封装上吧。他对李庆生说："我出去买点水，还得买些信封。"

听着外面的爆炸声，李庆生劝他："空袭还没停歇呢，明天再买吧。"

肖望洋说："不行，明天上午就得用。"

一旁的海吉伟说："我陪你一起去！"

李庆生一再叮嘱："一定要小心，不行的话马上回来！"

肖望洋、海吉伟出了旅店，街上灯光隐约，空空荡荡。商店几乎全部关闭了。突然，传来一声巨响，一百米外浓烟翻滚。他俩本能地匍匐在地，肖望洋在利比亚工作时，经历了战火磨砺，积累了经验，他甚至可以通过辨别枪炮声，判断它的远近、方向。

走了一里多地，找到了一家小超市，好不容易敲开了门，买了一箱矿泉水和一打信封。

为了临时有事便于商量，当夜，李庆生他们4人挤在一间小屋里……

455双焦虑的目光

辽宁舰！

长沙舰！

南昌舰！

……

海军军舰的命名，一般人会觉得有些不可捉摸。

人民海军军舰的命名最早可以追溯到1950年。

1950年4月23日，华东军区海军迎来了组建一周年纪念日。

为了检阅一年来人民海军的建设成果，增强全军指战员对海军建设事业的信心，华东军区决定举行庆祝大会和舰队、军舰命名授旗典礼。

南京，草鞋峡。江风轻拂，阳光灿烂。

第一、第二舰大队和江防舰队的数十艘舰艇悬挂满旗，停泊在码头旁。

大会司仪舰设在大型坦克登陆舰“井冈山”号上。

军舰的舰桥四周挂满了华东地区党政军各界赠送的锦旗和贺幛。朱德总司令、刘少奇副主席、周恩来副主席分别为部队题词。

华东军区、第三野战军副司令员粟裕，军委海军副政委刘道生，第七兵团司令员王建安，第八兵团司令员陈士榘，第九兵团司令员宋时轮，第十兵团司令员叶飞，江苏省省长吴芝圃，中共南京市委书记江渭清等党政军领导出席大会。

大会总指挥、华东海军第一副司令员林遵宣布大会开始。

在雄壮的《解放军进行曲》中，华东军区海军第二副司令员袁也烈宣读了中央军委命名各舰的舰名：

华东军区海军江防舰队整编组成华东军区海军第五舰队，所属538、102、“美盛”“万忠”“万福”“达星”“和星”“永安”“英豪”“常德”等16艘舰船，分别命名为“井冈山”“太行山”“黄河”“淮河”“运河”“古田”“陈集”“珠江”“湘江”“赣江”“乌江”号等。

华东军区海军第一舰大队整编组成华东军区海军第六舰队，所属“长治”“元培”“威海”“接5”“黄安”等8艘舰艇，分别命名为“南昌”“广州”“济南”“武昌”“长沙”“西安”“沈阳”号等。

华东军区海军第二舰大队整编组成华东军区海军第七舰队，所属“永绩”“德州”“丁香花”“金香花”“民权”8艘舰船，分别命名为“延安”“遵义”“盐城”“瑞金”“兴国”“长江”号等。

华东军区海军扫雷大队，所属“海联”“伟仪”“美安”“兰星”“益丰”5艘舰艇，分别命名为“张店”“沽河”“周村”“枣庄”“碾庄”号。

张爱萍司令员将命名状、中国人民解放军军旗（代海军军旗）、舰艏旗、舰长旗，隆重地授予各舰舰长、政委。

覆盖在各舰舰名钢牌上的红布揭开了，顿时，一个个令人激动的舰名在阳光下金光闪闪——“井冈山”“古田”“瑞金”“兴国”“遵义”“延安”……

各舰官兵在甲板上站坡，高呼“万岁”。

张爱萍走到毛主席、朱总司令的画像前，举起握紧拳头的右手，带领全体官兵宣誓。震天动地的誓言，犹如滚滚春雷，响彻云霄！

当时，军舰命名的条例是：

国内的省会城市作为海军主力军舰护卫舰的舰名，如南昌舰、广州舰等。

老革命根据地的城市作为炮舰的舰名，如延安舰、瑞金舰等。

著名的山岳作为大型登陆舰的舰名，如井冈山舰、沂蒙山舰、长白山舰等。

著名的河流作为中型登陆舰的舰名，如黄河舰、淮河舰等。

以老革命根据地村镇名字作为登陆艇的艇名，如卫岗艇、枣庄艇等。

此后，人民解放军海军先后在1978年和1986年颁布、修订了更完善的舰船命名规范，其中1986年制定的《海军舰艇命名条列》沿用至今。

随着海军舰艇装备建设的发展，1986年的《海军舰艇命名条列》需要进行相应的调整和修订。例如以行政省（区）来命名巡洋舰的这条规定，就扩大适用航空母舰，中国海军的第一艘航空母舰被命名为辽宁舰，就是源于这一规定。参照辽宁舰的命名，国产第一艘航空母舰的舰名，将可能仍会选择行政省（区）的名字来命名。

潍坊舰与临沂舰一样，同为某新型导弹护卫舰，2012年7月下水，2013年6月入列。

首任舰长张在歌——潍坊人，从潍坊大地走出来，出任潍坊舰舰长，或许有几分巧合。

张在歌眼睛不大，两道浓眉却又粗又壮，当他在指挥室虎着脸下达口令时，有一种气吞山河之势。

1976年11月，张在歌出生于山东省潍坊市安丘县景芝镇前张家庄，庄严厚重的乡土，滋润了他正直厚道的性格；朴实无华的乡情，培育了他吃苦耐劳的精神。高中毕业时，出于对军旅生涯的向往，他的前三个志愿全部填的是军事院校，最后如愿以偿被海军工程学院蒸汽动力系录取。大四毕业那年，海工13名毕业学员乘火车赴南海舰队报到，途经衡阳时列车脱轨颠覆。危难时刻，学员们自发组织起来投入现场抢险，抢救遇险伤员近百名。年仅21岁的学员刘晓松在抢救乘客时壮烈牺牲。“衡阳抢险英雄群体”，谱写了一曲新时代的英雄主义凯歌。这些近在身边的同年龄英雄，在张在歌的眼前竖立起了一座精神标杆，成了激发了他建功立业的正能量。

1999年大学毕业，张在歌先在导弹驱逐舰西宁舰任机电部门分队长、副机电长；2003年被选派到海军广州舰艇学院舱面业务班、副舰长班、多兵种合训班学习；2004年年底学习结束后，在导弹护卫舰黄石舰任副长；2008年任芜湖舰副长。当年12月，他参加了“全训合格舰长”考核。先是理论考试、方案答辩、港岸考核，再是海上实操考核，最难的是作战指挥考核，既要考核战术思想，又要考核应变能力。主考官是舰队一位副司令员，张在歌发现，指挥室里，副司令员的脸色严峻得如同一块钢板。当年年底，他拿到了那枚梦寐以求的“全训合格舰长”徽章。

2010年3月，张在歌出任海军黄石舰舰长。

2012年1月，张在歌被任命为某新型导弹护卫舰首舰烟台舰实习舰长。第一次走进驾驶室，张在歌禁不住心头一震，这是海军最先进的导弹护卫舰，他意识到肩上的重任。接着，随舰赴亚丁湾、索马里海域参加了海军第十一批护航。护航任务结束后，编队访问了乌克兰、罗马尼亚、土耳其、保加利亚、以色列，通过开展高层互访、文体交流、军舰参观、甲板招待会等活动，展现了中国海军风采，加深了彼此了解，增进了双方友谊。

作为一名海军主力战舰的舰长，时时向往闯荡大洋、砺剑深蓝。张在歌随舰通过马六甲海峡、曼德海峡、红海、苏伊士运河、地中海、达达尼尔海峡、博斯普鲁斯海峡、黑海等海峡水道，大大提高了官兵们的素质和战舰远洋航行能力。

有一次，烟台舰靠泊吉布提港补给，隔个泊位停靠的是法国“卡萨尔”号驱逐舰。

站在驾驶室，张在歌远远瞥了它一眼，觉得这个“邻居”，像法国人一样有些傲慢，还有些神秘……

隔日，“卡萨尔”号舰长科诺上校邀请烟台舰舰长上舰参观交流，编队首长派遣张在歌前往。第一次单独执行外事任务，还得与外军舰长进行交流，张在歌心里有点打鼓、有些紧张，不知道对方明天会提什么“刁钻”的问题，要是万一回答的不符合上级精神怎么办？他利用有限的时间临阵磨枪，赶紧进行准备。

当天下午，张在歌一行四人登上“卡萨尔”号驱逐舰。科诺上校对张在歌的来访表示热烈欢迎，希望双方保持良好的交流合作，共同致力于维护经亚丁湾、索马里海域船舶的安全。双方分析了当前亚丁湾、索马里海域安全形势，并就近期反海盗情况进行了交流。其实，各国海军反海盗方法基本一样，比如判定海盗母船，首先看其是否拖带小艇，船上是否装有油桶；在阻止海盗登船上，也都是以威慑为主，一般不采取打击和抓捕海盗的做法。科诺上校还邀请张在歌一行参观了卡萨尔号驱逐舰，双方互

师吧？”付书强反问：“你怎么会做这样的判断？”司机说：“你身上这股味儿，谁都闻得出来。”付书强尴尬一笑：“您的鼻子好灵啊！”。他结婚后好几年，妻子都不习惯他身上的那股味儿。

付书强将副机电长高祥和主机、电工、舱段三个分队长招呼到一起，说：“考验我们的时候到了，关键时刻绝不能掉链子。从现在开始，我24小时坚守在集控室，你们也要分兵把守，力争万无一失。”

28日5时45分，经过连续34小时高速航行，潍坊舰和微山湖舰抵达荷台达港外指定就位点待机。

港外锚地有几艘抛锚的商船，其中一艘是中国香港商船。张在歌立即通过甚高频与其联系，了解航道、港口沉船、碍航物、灯浮等情况。对方非常热情，提供了一些资料、信息。

考虑到微山湖舰吨位大，码头不具备靠泊条件。编队决定由潍坊舰进港接侨，出港后再与微山湖舰并靠转运人员，护送至吉布提港。

面对复杂严峻的战场环境和交战双方可能对我的误击、误伤和袭击，张在歌组织有关人员紧贴实战背景，搜集当面海空情报，对各参战方武器装备进行针对性分析，预想预判可能遭到的袭击方向与种类样式。

经过反复研究，制定了“舰艇防御及战备状态保持”、“海空情及特情处置”等方案、预案；同时，根据任务进程，合理转换战备状态，有效缩短对空武器快速反应时间，确保稳妥快速处置各种突发情况。

天一黑，多国联军又开始轰炸，一架架F-15战机从空中飞过。张在歌命令潍坊舰提高战斗部署等级，对空雷达兵不断报告着目标情况。和着远处隆隆的爆炸声、冲天的火光，更增加了凝重的战斗气氛。

此时，所有的商船全部起锚离开了。

海上刮起6至7级大风，涌大浪高。荷台达港长约10海里，宽不足200米，港池宽度不过400米，港内靠泊条件好的位置已被其他船舶占用，舰艇已无回旋余地。

张在歌数次与副长、航海观通部门研究进港、靠泊方法。

为安全快速进港，张在歌和航海长仔细研究进港航法，结合香港商船提供的信息，使用大比例尺透明图、方位避险线等方法，将航线位置精确到每米，航向精准到每半度。

为保证舰艇安全靠、离码头，张在歌带领相关人员针对有无拖船协助、不同的泊位、不同的风向风速等情况制定了9种靠、离码头方案，通过精确计算、融合丰富的操纵经验，方案科学、严谨、实用。

同时，舰领导针对重点任务进行了分工：张在歌位驾驶室负责操纵舰艇进出港、靠离码头，以及舱面、近距离情况处置，郭希宾副长协助；董方亮副长位作战指挥室负责组织全舰防御；范冠卿政委带领肖立光副长、祁伟光副政委负责码头安检、人员登船以及后勤保障等工作。

经与港口控制方沟通，舰上还采取了靠泊期间拖船不解缆、引水员不下舰的办法，尽量缩短舰艇靠、离码头时间，减小安全压力。

这决非一项普通任务——在已经护航115天，航行23000多海里，舰员身心极其疲惫的情况下，突然接到撤侨任务，范冠卿政委意识到潍坊舰将面临着一场硬仗。

范冠卿是山东冠县人，1998年毕业于山东大学国际政治系。憧憬军旅生涯，本想报考解放军南京政治学院马克思主义思想政治教育系，攻读研究生。恰遇海军招人，便入学海军政治学院基层政治工作专业（“4+1”学员）。一年后，分配到海军驱逐舰某支队。

范冠卿前后在四艘驱护舰工作过，有着丰富的基层思想政治工作经验。他认为，思想政治工作决不是光讲空洞大道理，而应该是春风化雨、润物无声，以真理铸魂，以真情暖心，以真实助人。

护航以来，他将思想政治工作做到了细部。每位舰员过生日，他都会送上一碗“生日面”，已经做了150多碗。为了做好“生日面”，他到青岛好几家面馆吃过面，还当面向师傅学习。和面、醒面、揉面、擀面、切面、煮面，再到佐料的搭配，每道工序都特别认真、特别严格。他说：“送‘生日面’就是送祝福，让战友感受到家的味道，对战友的关怀和尊重，也是思想政治工作。”

他还是位太极拳“达人”，护航以来已经带出了十几位学员。他说：“太极拳蕴含着中国文化的精髓，传授太极拳，传承中华优秀武德文化，同样包含着思想政治工作。”

春节前夕，从网上传来了军嫂们的《慰问信》，范冠卿最先读到，读着读着，泪水模糊了他的双眼，他不由得在心中赞道：我们的军嫂多么可敬可爱，军功章里怎能没有她们的一半？

晚上，全体舰员在后甲板集合。

范冠卿走到队伍前，说：“同志们，现在，我要给大家解读一封信，一封《慰问信》，写信的或是你们的妻子，或是你们的嫂子，或是你们的姐妹。”

“请听听，她们是这样来形容军人的：‘军人是坚强的，你们是大山；军人是宽广的，你们是大海；军人是飞翔的鹰，从天到地都充满战斗的勇气；军人是奔腾的豹，每一步都洋溢生命的气息；军人还是诗，为我们诠释男儿深情；军人更是歌，把真爱播撒每一寸土地。’这里用了‘大山’‘大海’‘鹰’‘豹’，还用了‘诗’‘歌’。同志们，大家想过没有，我们配当‘大山’吗？配当‘大海’吗？我们怎样才能成为‘鹰’？怎样才能成为‘豹’？怎样才能不辜负人民的重托？”

队伍变得格外安静，只有海涛在浅唱低吟。

"'有人问：做军嫂苦吗？苦！但，是自豪而幸福的苦！有人问：做军嫂累吗？累！但是舒心而执着的累！尽管疲惫写在脸上，步履却是那样的坚韧，军嫂的心中铭刻着四个大字：无怨无悔！'我不由得要为我们的军嫂们点一个赞，点十个赞！正是有了她们默默无闻的无私奉献，才换来我们的驰骋海疆、建功立业！"

"我曾经觉得自己是最了解军嫂们的，因为她们就生活在我们身边，然而，错了，我对她们并不是十分了解。我没有想到这些生活在我们身旁普通的公务员、教师、打工者、家庭妇女……竟然都是诗人，都是歌手。请听听这样的诗句：'550舰全体军嫂预订了新年第一缕阳光，祝你们新春快乐；预订了东海第一阵春风，祝你们一帆风顺；预订了春天第一声鸟啼，祝你们喜事连连；预订了边关第一声号角，祝你们平平安安！'这些诗句都是她们真情真心真爱的心声，是她们发自心底的最真诚的祝福！"

写出这样诗句的，难道不是诗人吗？难道不是歌手吗？"

范冠卿扫了一眼队伍，发现舰员们目光闪烁，激情满怀。

末了，范冠卿又说："再补充一句：我们舰上还有五朵铿锵玫瑰，她们同样很棒很棒！"

大海也被感动了，波涛发出了震天动地的赞歌。

第二天，《慰问信》贴在通道宣传墙，许多舰员将它抄录在笔记本上，将它铭刻在心间……

任务明确了。

大使馆通报，潍坊舰将要撤离的人员共有455人（含6名外籍人员）。

455人！这个数字，让范冠卿倒吸了一口气：455人，全部舰员的两倍还多！

455人，吃喝拉撒睡，哪一项都不能不考虑到。

范冠卿把副长、副政委、士官长和炊事班长招呼到一起。

范冠卿说："咱们长话短说，现在最大的问题是食宿，一下子上来455人，吃什么？睡哪儿？"

副长说："这么多人，怎么睡，我的头都大了，总不能让他们站着啊？"

"头再大，也得让同胞们有个地方睡觉啊！不说别的，人家客人上你家，你能自己睡床上，让客人躺地板？"

"话是这么说，可舰上可丁可卯就那么些固定的铺位，"

范冠卿说："咱们先合计合计，现在一共能腾出多少间舱室？多少个铺位？"

士官长唐启新打开了笔记本，说："除了几个舱室因为指挥、作战、机要等原因必须保证外，其它舱室全部腾出的话，一共可以腾出251个铺位。"

范冠卿想了想，说："把这251个铺位全部腾出来，当然还保证不了一人一铺，但可以在舱里挤一挤，起码不用睡走廊通道。要重点照顾好老人、儿童、妇女。"

副长问："那我们的舰员怎么办？"

范冠卿说："除了值更执勤的，其他舰员全部在走廊通道、战位休息。"

这么多人同时上舰，吃饭同样是个问题。

范冠卿问炊事班长李正："舰上现在有多少套餐具？"

"一共是400个餐盘，250个碗，400双筷子。"李正回答道。

范冠卿说："看来每人一套是不可能了。"

李正说："这个问题我考虑过了，政委，只能是到时候多派几个洗碗的公差。"

"卫生能保证吗？"

"高温消毒。"

范冠卿又问："咱们餐厅一次好像最多只能保证78人就餐吧？"

李正说："是的，就78张凳子。"

范冠卿算了起来："舰员加同胞一共700多人，每次78人，得要分10次就餐。每次就算15分钟吧，所有人员一顿饭吃下来快要两个多小时。条件所限，也只能是这样了，吃流水席。同胞们先吃，舰员们安排在后面。"

范冠卿又问："李正，四五百人上舰，咱们拿什么给人家吃？"

李正说："本来再过几天就应该补给的，所以库存的食品都不多了。主食没问题，肉类也没问题，还有一些冷冻鱼，主要是蔬菜、瓜果已经基本清空了。"

"像青椒啊南瓜啊，还有吗？"

"青椒已经没有，南瓜、土豆还有些存货。"

范冠卿说："编队要求不少于四菜一汤，这是必须做到的，怎么样，有困难？"

李正当即表态："我们尽力。同胞们这些日子一定吃不好睡不安，上舰后怎么也得让他们吃点可口的饭菜。"

范冠卿点了点头，"是啊，这几天同胞们担惊受怕，上舰就等于回到家里了。"

副长插话："炊事班工作量一定会很大，很辛苦的，舰上尽量多给派些公差。李班长，到时候你招呼好了。"

范冠卿站了起来，"同志们，这是中国海军第一次执行军舰撤侨任务，也是咱们舰组建以来执行的最重大的一次任务。怎么进港？怎么撤离？怎么保证舰艇安全？这些大事情舰长带人在做。把你们找来，主要解决吃住问题，同时还要考虑一些细节，比如说，老人上舰病了怎么办？儿童需要奶粉有没有？穆斯林的饮食习惯考虑了没有？真空马桶怎么使用？等等……副长、副政委，散会以后，你们再召集有关部门、有关人员，一件件细化，一件件落实。"

在舰上当"大厨"（炊事班长）不是谁想干就能干得了的。众口难调，200多人一日三餐，要达到编队要求的“强化早餐、丰富午餐、调剂晚餐、营养夜餐”，本来就很难，何况这又是在远离母港的护航途中。

刚上舰时，李正是个“导弹兵”，每当坐在操纵屏前，他便身不由己地挺直了胸膛。没想到才干了小半年，由于工作需要，舰上安排他去当炊事员。

从“导弹兵”到“伙头军”，情绪低落了一阵子，好在小伙子有一股心气，不是说“三十六行，行行出状元”吗，我非干出点名堂让你们瞧瞧！

刚开始连切菜刀都拿不稳，切出来的土豆丝跟筷子一样粗，更别提炒菜了。李正虚心向老兵学，还买来烹饪方面的书，跟着菜谱练。从最简单的炒白菜、西红柿炒鸡蛋做起，慢慢的，肉末豆腐、木须肉，再到红烧肉、干烧鱼等。一年后，他是班里第一个考取国家二级厨师证的水兵炊事员。

一晃14年过去了，当年的那棵“青葱”，成了潍坊舰的“厨师长”。“只要用心，就没有做不好的饭菜。”这是李正常常挂在嘴边的一句话。有一次，一位炊事员把中午要吃的带鱼直接放在热水里化冻，被他狠狠地“尅”了一顿：“像这样的冻鱼冻肉，必须头天晚上就要拿出来化冻。你图省事，不仅破坏了鱼的营养，也影响了它的味道。”为了让舰员们吃得舒心，他将大锅菜变成小锅菜，尽管多炒几锅炊事员累些，但菜品的质量提高了。这次护航起锚前，李正专门去兄弟舰学习取经，又去地方蛋糕店，学习花色蛋糕的烘烤方法。

护航途中，编队领导高度重视“吃饭问题”。每周组织“最佳炊事员、最佳帮厨人员、最佳菜肴”评选，每月由后勤组对各舰伙食进行民主测评以及进行官兵喜爱的十道菜肴评比活动。编队还组织三艘舰炊事员换岗交流，让舰员们都能品尝到各舰的“拿手菜”。

有一度舰员反映夜宵单调，今晚面条，明晚还是面条，都吃腻了。夏平听说后，上网查找资料，现学现做，亲自掌勺，做出了扬州炒饭、皮蛋廋肉粥、燕麦粥、阳春面等，极受值更人员欢迎。一些不当更的舰员闻讯也来“蹭”夜宵，后来舰上不得不予以制止，担心舰员夜里吃多了就睡，造成身体肥胖。

几个月来，李正带领炊事员，千方百计变换菜谱，自制了豆腐、豆芽、豆浆，深受舰员欢迎。范冠卿点赞炊事班：“伙食的好坏直接影响士气，关系到战斗力。感谢你们帮我做了一半的思想工作。”

回到炊事班，大伙儿听李正说一下要多保证455人吃饭，一个个瞪大了两眼。

“多四五百人吃饭，连餐盘都不够！”

“本来等着这几天补给，现在不仅不能补给，还来了这么多人，吃什么？”

“四菜一汤，标准太高了，非常时期，能保证吃饱就不错了。”

李正一本正经：“不仅要吃饱，还得吃好。正餐要争取六菜一汤，这是政治任务，必须完成。”

老班长发话了，谁还敢讨价还价。大家马上研究起菜谱来：红烧肉，麻辣鸡翅，白菜粉丝，西芹土豆条加上紫菜蛋花汤。

“看看，大家一合计，四菜一汤不就出来了吗？以后别什么活儿还没干就先叫唤困难，没有困难还要我们干什么？”

李正又说：“这次的任务意义重大，大家要高度重视。平时炒菜咸了淡了，还有补救的机会；这回同胞们要是吃不满意了，回国后说，原来潍坊舰的厨师就那么个水平，那是什么影响？明白了吗？”

“明白！”大家齐口同声。

3月30日1时00分。

编队转大使馆通报：已确定潍坊舰获准进入也门领海；已同意潍坊舰靠3号码头，靠泊所需的拖船、引水服务已经得到落实；鉴于撤离人员分别来自萨那、塔伊兹、荷台达三地，交通状况不佳，且多国联军加强了空袭，行程不确定因素多，为压缩舰艇在码头停靠时间，暂定潍坊舰13时00分靠泊，14时30分离码头，具体时间视撤离人员集结情况最终确定。共掌握计划撤离447人（含6名外籍人员，其中罗马尼亚3人、印度2人、埃及1人；使馆10人，新华社记者1人，医疗队61人，留学生43人，其余人员为中资企业、个体户等），实际撤离人员数量还可能增加。

8时00分，潍坊舰、微山湖舰开始向荷台达港机动。

9时23分，潍坊舰进入也门领海线。

“撤离人员已就绪，进港手续已办好！”联络参谋报告。

“开始进港！”指挥员果断命令。

“战斗警报！”

“各部位加强观察！”

“综合战集中指挥！”

张在歌下达一个个口令。

同胞安危未卜，舰员心如火燎。

潍坊舰开足马力向荷台达港疾驰，海面上被犁开了一道深深的航迹。而此时，港口附近的巴拿马籍商船紧急起锚，快速驶向外海，潍坊舰成了驶向荷台达的唯一逆行者。

这艘唯一逆行的战舰肩负着祖国的重托！

这艘唯一逆行的战舰雄赳赳、气昂昂，无所畏惧！

此前，他们已经翻译对比中英版海图资料，下载最新海图改正，跟踪进出港商船AIS位置、航向和航速信息，综合分析港内海流情况及进港航线，对于进港航法已胸有成竹。

张在歌操纵舰艇按预定方案驶入进港航道，谨慎地规避着每一处碍航物、浅滩。

微山湖舰位航道外待机。到了这时候，使馆提供的撤离人员名册还在更新变化，要求撤离的侨民信息不断从使馆传到舰上。

一进港，副长董方亮便带领情电长、对海长、对空长、反潜长、观通长等一干人马坚守在作战指挥室，他分工负责舰艇的自身防御。

防空导弹已连接点火电缆；

干扰弹已装填至发射位置；

主炮弹已挂于弹链；

副炮弹已装入弹鼓；

……

“报告舰指，方位XXX，距离XXX，不明空中目标一批，航向XXX、航速XX，高度X万米。”对空警戒雷达兵报告。

董方亮下令：“识别威判！”

顿时，电子战等设备对目标进行观察。

经综合识别，情电长报告：“初判为全球鹰无人机。”

“严密跟踪！”

董方亮全神贯注坐在综合台前。后来，他都回忆不起来那几个小时是怎么度过的，只觉得责任实在太重了：首先必须及时发现敌情威胁，绝不能漏情；第二，要为指挥员提供准确判情的依据；第三，当我舰受到威胁时，必须立即组织各种武器，做好自身防御。而此时，董方亮发现训练大纲上讲的与实际操练许多不一样。他十分感慨，机会难得，这种实战背景对部队的锻炼太难得也太重要了。

距港口三海里处，瞭望更发现两艘小艇向我接近，艇上人员持有武器，张在歌立即下令加强戒备、舱面人员注意隐蔽。经沟通，说明我舰意图后，两艘小艇离去。

12时2分，引水员在港外一海里处登舰，潍坊舰开始进入荷台达港。

迎着7级大风，张在歌操纵舰艇（舰长130多米），在狭小的港池中（最宽处仅400米），旋回、靠泊……

“我看见舷号了——550！”

荷台达市。

昨夜多国联军一波接一波轮番轰炸，火光伴随着爆炸声，惊天动地。

大清早，空气中飘荡着硝烟硫磺味，街上冷冷清清，难见行人。

大使馆先遣组李庆生他们早早起来，急匆匆赶到码头。一看，港务局已经用废旧的集装箱，在3号泊位旁围起来一个独立区。一向办事效率不高的也门人，为了中国朋友，这回动了真格了。

李庆生他们三人做了分工：李庆生负责绿色通道、行李转运，肖望洋等待那伊夫，海吉伟在门口迎接大部队。

到码头后，肖望洋便开始给那伊夫拨电话，信号不好，没有拨通，正在着急时，一辆越野车疾驰而来，车上下来一个中年男子，穿一身白色长袍，围着一条宽款的彩色腰带，佩戴一支奥地利格洛克手枪，眉间透出一股英气，看来不是一般人物。果不其然，他自我介绍是胡塞武装荷台达市负责人那伊夫。

那伊夫问了问情况，很客气，也很直率，说：“也门现在处于一个非常时期，也门人民正在遭受战争的蹂躏。没想到这场战火也给你们带来了灾难。不过，我想告诉你们的是，现在在也门的所有外国人中，最好用的就是中国护照，因为中也友谊源远流长，这种友谊已经深深扎根于人民心中。也门人民深深体会到中国人民对也门的帮助是最真诚、最实在的。我记得我们也门第一家纺织厂，就是中国政府帮助援建的‘毛泽东纺织厂’。还有也门的第一条公路——从萨那到荷台达的这条公路，也是中国政府援建的。我还记得小时候得过一次病，当地医生看了好些日子没看好，后来找到中国医疗队治愈了。所以，也门人民对中国人民的情感是发自心底的。”

他又介绍了昨夜空袭的情况，荷台达机场被彻底炸毁了。

那伊夫问李庆生：“还有什么困难需要我帮助解决吗？”

李庆生感激地说：“通过这次撤侨，我们也深刻体会到也门人民对中国人民的深情厚义！”

“这是应该的！”那伊夫又对一旁的港务局、移民局、海关等部门负责人分别交待了一番，要求一定要全力以赴帮助中国人，不得有任何的疏忽。

他说了声“愿真主保佑你们”，匆匆离去。

见一切安排得差不多了，李庆生赶紧给田琦大使报告……

萨那。

清晨。

380多名中国公民、侨民及使馆部分工作人员，在我国援建的国家图书馆工地集合。国家图书馆建设方来自江苏南通三建，再有半年工程即可竣工。然而，战乱却使它被迫中断。

南通三建155名员工最先集合完毕；

中国医疗队塔伊兹分队赶来了；

华为公司员工赶来了；

江苏牧羊集团员工赶来了；

萨那留学生赶来了；

深圳中兴通讯员工赶来了……

站在人群中的南通三建职工张洪兵，满脸紧张、心有余悸。离他们工地不远的国会大厦，是多国联军轰炸的重要目标。巨大的爆炸声不时在墙外响起，不时会有流弹穿透工人们住的简易房。张洪兵哪见过这种场面，风声鹤唳，听到爆炸声大家就往地下室跑，一晚上折腾了好几次，最后索性直接住在地下室。

中兴通讯的潘小强是3月19日刚刚抵达萨那的，住在公司代表处。第二天，萨那一个清真寺发生爆炸，当时电视新闻播了，小伙子并没感到特别害怕。

3月24日，潘小强如约与也门的客户见面。对方笑言："感谢你在这个非常时期来到也门，但黑暗很快就会过去的，我们可以好好做生意！"他们约好4月1日做正式的宣讲交流。

28日凌晨，一颗炸弹在离办事处不远的小山上爆炸，炸弹的火光照亮了整个夜空，整座小楼被震得发抖。紧接着，一架联军的战斗机从屋顶呼啸而过，潘小强感到了紧张和恐惧。他们赶紧转移到地下室，正在考虑如何逃生时，接到大使馆撤离的通知。

撤离人员基本到齐了。

刘永选、胡要武、金辉、林聪几位跑前跑后，与各单位联系，统计人数、安排车辆。

胡要武的手机响了，来电话的是索科特拉岛医疗队队长秦拓，他非常着急："胡参赞，听说你们今天要撤离了，真的吗？你们撤了，留下我们怎么办？"

胡要武告诉他："使馆没有关闭，大使、武官、我们还坚守在这里。请转告诉队员们放心，使馆、祖国不会丢下你们的，到时候一定会把大家安全接回国。"

田琦大使亲自赶来送行，他问胡要武："人员都到齐了吗？"

胡要武说："已经全部到齐了。"

田琦走进人群中，举着电喇叭："同胞们：鉴于也门当前的局势，我国政府做出了安全有序撤离的决定。昨天，我们有一批同胞已经从亚丁港撤离，今天你们将从荷台达港离境。为了保证撤离顺利，希望大家一定要服从命令，听从指挥，相互照顾，注意安全。"

田琦对刘永选说："要及时与海军编队联系。一定要小心、谨慎，路上遇到什么情况，立即告诉我！”

这时候，田琦突然发现胡要武也要上车，一把拉住他，“胡参赞，刘武官带队，您就不要去了。”

胡要武说：“这条路我走过许多趟了，路熟；再说，我对这些企业也熟悉，有个什么情况，大家好一起商量，我还是一起去吧！”

田琦心头不由得一热，胡要武参赞快满60岁了，这次回国后，就将办理退休手续了。这位几十年来一直工作、战斗在外交战线的老兵，在这危险关头，和其他馆员一样，选择了勇往直前。

田琦一声“出发”，撤离人员分乘33辆大轿车，向荷台达港进发。

车队长达一公里，每辆车的前窗玻璃上都贴着两面五星红旗，显得格外醒目。昨天先遣组已经与沿途各方打过招呼，今天有一支中国车队经过这里，车头前窗玻璃上都贴有中国国旗。

车队经过政府军和胡塞武装检查站时，两旁的士兵立即移开路障，立正，向车队敬礼。

经过一些村寨，村民们哪见过如此庞大的车队，都露出惊奇的目光，孩子们藏在大人的身后，不时地露出小脑袋张望。

蜿蜒的山路两侧时而可见三三两两背着枪支散兵游勇，有的嘴里嚼着“卡特”，有的满脸憨笑向车队挥手致意。

巴吉尔镇距离荷台达70余公里，是萨那至荷台达的必经之路。

巴吉尔水泥厂扩建工程是中国机械设备进出口总公司承建的一个项目。原水泥厂是上世纪六十年代由苏联建的，用的是干法式。2009年11月，中国进出口银行提供优贷，中国机械设备进出口总公司承建改造、扩建工程，将其改为湿法式水泥生产流水线。2011年3月，也门局势动乱，工程不得不中途停工。2013年1月再度复工。2015年3月，中方加班加点，紧锣密鼓，眼看着工程已经接近尾声，想不到局势日益失控。项目部已经组织部分非必要员工于3月27日至4月4日分四批搭民航回国。

谁料，26日夜多国联军大空袭。

接到大使馆撤离的紧急通知，项目总指挥李连海和副经理吴昊、彭若愚立即告诉业主、总经理莫达，鉴于形势所迫，中方准备紧急撤侨的决定。莫达先是有些惊诧，“撤离？一定要撤离吗？问题不会那么严重吧？”但获悉中国政府已经决定了，又马上友好地说：“请中国朋友放心，我们一定全力支持配合好你们，看看，需要我们做什么？”

当时遇到了一个非常棘手的问题，项目部与当地供应商还有一部分沙石、水泥的货款没有付清，临时取款显然是来不及了。吴昊十分担忧地说：“这个问题严重，要是供应商坚持不付清货款不让走人，那就麻烦大了。”李连海皱着眉头说：“我们把眼下发生的特殊情况给人家说清楚，建议先开给远期支票，试试看，也只能是这样了。”一般情况下，你们都回国了，万一出了差错，万里迢迢，人家去哪儿找去？这的确是个严重问题。供应商很快被请到了一起，李连海把也门现在的局势，中国政府为什么要撤侨，一时半时取不出那么多的现金等情况，一一如实向他们做了说明。没想到，出于对中国人的信任，供应商都非常通情达理，有的说“谁没有难处”，有的说“就按你们说的办”，有的说“你们赶紧先回国吧，欠款以后再说”。有的还拉着李连海的手，说：“我们相信中国朋友，友谊比金钱更珍贵！”李连海好一阵感动，连说：“谢谢！谢谢！”供应商说：“应该感谢的是你们，是你们不远万里来支援我们建设！”

李连海估计此次撤离，也会同前几年利比亚撤侨一样，租外国客轮，送他们到第三国，再转机回国。于是，他要后勤人员赶紧采购些方便食品、水果和饮用水，让大家带到路上吃。

监理公司三位罗马尼亚籍专家，原想自己走，联系了几天，打了无数个电话，没有结果。最后，还是找到中方项目部，请求带他们一起走。李连海请示大使馆，大使馆又上报外交部后，同意将他们三人一起带走。

9时许，从萨那出发的大部队经过巴吉尔镇，中国机械设备进出口总公司的60余名员工和3名外籍专家，搭乘的12辆车，并入了大部队。

当地许多居民纷纷跑来送行。两年多的交往，彼此间熟悉了，了解了。他们非常认可中国人的淳朴厚道和吃苦耐劳的精神。这时候，有的拿来了食品，有的依依不舍地说："你们一定要再回来哦！""愿真主保佑你们一路平安！"

车队路过莫巴亚尔镇时，马路两旁的老百姓热烈鼓掌，挥手致意。

中午11时许，车队安全抵达荷台达港。

400多人的到来，原先空空荡荡的码头，变得热闹起来。但人们心事重重、表情木然，不住地翘首凝望港外茫茫大海，此时，他们还不知道是什么船来接他们，有人议论：

"肯定会是大游轮来接我们，2011年利比亚撤侨，就是租外国的大游轮。"

"会不会是咱们自己的远洋轮？"

"听说亚丁湾海域是个大渔场，说不定派远洋捕捞船来接我们！"

猜什么的都有，就是没想到中国海军军舰。

两天前，参照临沂舰在亚丁港撤侨的经验，潍坊舰靠码头前，已与使馆沟通好，请使馆将撤离人员按单位分组，排队集结，并对人身和行李先进行初步安检。规定好了哪个单位通过哪个安检通道，实行单位领队负责制。

胡要武指挥各单位排好队伍，各单位负责人对所属人员进行预检。有的单位员工带的行李比较多，胡要武不高兴了："不是规定一个人只能带两件行李吗？你看看，你们的工人想把锅碗瓢盆都搬回家！”

那位负责人不住地点头认错，说：“是我们的责任，我们的责任。虽然一再强调了，但还有一些人不自觉。”

胡要武黑着脸：“这样做会给军舰增加多大的困难？扔掉，凡是多带的统统扔掉！”

负责人说：“好，我去落实。”

一听说他们真要扔行李，胡要武的心又软了下来，觉得同胞们出国打拼也很不容易，又说：“唉，一会儿看看情况再说吧！”

刘永选手拿卫星电话，站在一旁，不时地与海军编队联系。

海天之间，远远的出现一艘船的影子。

有人大声喊了起来：“船，船，来了，船来了！”

慢慢的，船离得近了，可以看清楚轮廓了。

“不像商船，甲板上有大炮，好像是海军军舰！”

“是军舰，我看见舷号了——‘550’！”

“550，是550！”

“祖国万岁！”

“祖国派军舰接我们来了!”

码头沸腾了!

大海沸腾了!

他被眼前的一幕怔住了……

“向左五度！”

“两退一！”

“两停车！”

“带一缆!

“带四缆！“

3月30日中午12时19分，潍坊舰靠泊荷台达港3号泊位。

舷梯刚刚放下，特战队长兰正武率领12名特战队员，闪电般扑向码头，快速建立警戒区。

兰正武是海军陆战某旅侦察科长，他曾经参加了第五批护航编队。这次率特战队15名队员随潍坊舰执行第十九批护航任务。在旅里兰正武是个传奇式人物，从军19年来先后获得全军“军事五项”比武5公里武装越野第一名、全军特种兵比武荣誉奖、全军优秀指挥军官等。

兰正武在广州体育学院上学时，一次五公里越野，他打破了尘封已久的学院记录。训练部在查阅资料时，发现原记录竟然是兰正武的三哥当年在校学习时创造的。兰氏兄弟的这个传奇故事，至今还在广体流传。

护航以来，兰正武积极探索特战分队反海盗部署的突破点。为确保重机枪能在闪光弹爆炸照亮空中的2秒内快速精准打出一条拦阻线，他把固定靶缩小至原来的四分之一，组织大家练习准确性。他在波光闪耀的海面上布设气球靶，训练队员们的快速反应能力。

每次组织体能训练，37岁的兰正武身先士卒，穿着20多公斤的装具，顶着烈日，练攀爬、机降、小组战术，一练就是几个小时。为了提高格斗技能，他不断挑战身体极限，短短数天内便完成了“正劈叉”柔韧性训练。每次有随船护卫任务，他总是精心组织。

3月26日接到撤侨预先号令后，特战分队先后8次召集干部骨干会，反复推敲修订完善《单双舰靠港撤侨方案》《港外锚地接护方案》《随员警戒方案》和特情处置预案。在研究接护大使方案时，分队考虑由谁来执行任务。田勇第一个举手，他说：“我来吧，我在警卫连任职时，对随员警卫有过研究，并且执行过护送旅指挥所转移演练任务，两者在护送方式、特情处置方面有很多相似之处，我一定能完成好这项任务。”

3月30日，战舰驶抵荷台达港，舰员们进入临战状态。

上午9时，王博、郑家源、潘新宇三位特战队员提前1小时到达战位，担负观察和火力警戒重任。

此时，12名特战队员快速组成一道安全警戒线，紧紧守护着同胞们。

兰正武发现不远处有一些荷枪实弹的武装人员，他不停地通过对讲机提醒特战队员们注意警戒。

码头上，刘永选、胡要武立即与舰上对接联系。

6条安检通道快速建立起来。

开始登舰安检，单位领队站在通道口，他们熟悉本单位人员，喊一个人名字，通过一个人，不再对照查验个人护照，这样大大加快了安检速度。人们只要一过通道，便快速往军舰跑。

副舰长肖立光负责行李转运。在研究预案时，张在歌问他："四百多人的行李，你怎么保证每一件行李都不出差错？"

肖立光说："我们研究了多个方案，最后决定采用民航登机的方法，每件行李做两个标签，行李上贴一个，个人拿一个，一般不会出什么差错。"

张在歌又问："你准备做多少个标签？"

肖立光说："不是规定每个人带两件行李吗？我多做一些，一千二三百应该差不多！"

果然，被张在歌言中了，尽管已经规定每人只能带两件行李，但许多人还是多带了，最后总数达到1300多件。肖立光组织20位舰员，采用接龙的方法，将1300多件行李转运到飞行甲板，高高摞了两层，像一座小山似的。

13时30分，撤离人员登舰完毕。用时1小时11分钟，完成455名撤离人员（使馆10人；记者1人；医疗队42人；留学生47人；中资企业355人，其中埃及1人、印度2人、罗马尼亚3人）的全部接收工作。

舰靠码头时，特战队员是最先冲向码头的；而在离开码头时，他们慢慢收拢警戒区，最后一批上舰。

使馆刘永选武官、胡要武参赞、金辉主任，站在码头上，朝渐渐远去的潍坊舰挥手，祝同胞们一路平安！

潍坊舰离码头后，以航速22节高速向吉布提港机动。根据海况恶劣的实际情况和海军首长指示，预备指挥所放弃了与微山湖舰并靠转运人员的预案，由潍坊舰搭载人员直奔吉布提港。

原有200多舰员，加上临时上舰455位中外公民，近700人将潍坊舰挤得满满当当。从没来过这么多人，连空气都变得紧张了起来。

面对这个陌生的、数量庞大、成分复杂的人群，如何组织管理是个大问题。

夏平政委似乎早就预料到了，他给范冠卿的“锦囊妙计”是6个字：“组建临时党委”。

范冠卿茅塞顿开。400多撤离人员中，除去6个老外，其他基本分属几个单位：南通三建、水泥厂、医疗队等。

他立即与大使馆的李庆生、肖望洋商议，成立撤离人员临时党委，下设6个临时党支部、36个党小组。时间紧迫，选举是来不及了，特事特办，采用指定办法。刚刚入党两天的大使馆商务参赞李庆生，被指定为临时党委书记。

临时党委召开了第一次党委会。

李庆生说：“同志们，在这个特别时间、特别地点，我们召开这次特别的党委会。临时党委的主要任务是配合海军编队完成这次撤侨任务。首先，我们要充分认识到这次撤侨的重大政治意义，这是国家第一次派遣军舰到海外执行撤侨任务，是海军军舰第一次靠岸接侨，它与往常的接侨是不一样的。我曾经参与了利比亚撤侨，那时候，我们只能租用别国的游轮，如果那时我们的军舰能直接靠岸，那么国际影响会完全不一样。正因为这样，我们临时党委一定要配合海军编队共同完成好这次任务。”

肖望洋插话：“潍坊舰满负荷载员也就200来人，现在我们一下子上来400多人，舰艇承受的压力是可想而知的。海军官兵们已经尽了最大的力量，专门印发了《登舰须知》，大家一定要服从指挥，遵守规定。有困难找组织。”

李庆生说：“大家回去后，各临时党支部立即召开支委会，落实临时党委会精神，一定要管理好自己单位的人员，服从命令，听从指挥，全力以赴，圆满完成这次任务！”

7位临时支部书记也表了态。

后来，范冠卿说：“事实证明，成立临时党组织这一做法非常高效管用，加强了撤离人员的凝聚力、组织力和执行力，让我们腾出更多精力为被撤人员服务。”

为了确保撤离人员和舰艇两个百分之百安全，人员登舰后，实施封闭式管理，专门安排武装警戒人员，保护同胞们安全。在舰艇各重要通道口设立安全引导员，防止无序流动。在舰艇重要核心部位增设武装岗、悬挂警示牌，防止侨民误闯误入。

开饭时间到了，广播响了：

“同胞们，现在是晚餐时间。由于本舰餐厅座位有限，采取分批用餐，每批用餐时间约15分钟。现在请第一批人员进餐厅，第一批人员进餐厅！”

在舰员的引导下，第一批用餐人员走进餐厅。

他们拿着餐盘，到配餐台取菜时，看见红烧肉，麻辣鸡翅，白菜粉丝，西芹土豆条，紫菜蛋花汤……两眼一亮，禁不住心头一热。

考虑到穆斯林的习俗，舰上还专门为他们准备红烧牛肉等清真食品。

“这是这些日子来吃到的最可口的一顿饭。”

“这么多人上舰，还为我们准备了这么丰盛的晚餐，真是太感谢了！”

“没想到舰上厨师的手艺这么棒，顶得上星级饭店的水平了。”

“战舰是流动的国土，远离战火硝烟，能在祖国的军舰上吃顿热饭饱饭，终身难忘！”

炊事班长李正站在一旁悄悄望着，听同胞们赞扬，见他们吃得那么开心，尽管自己一身疲惫，依然十分舒心。

撤离人员上舰前，舰上已经将《登舰须知》、矿泉水、一次性水杯和呕吐袋等摆放到位。

舰上为每个舱室配备了一名“服务员”，全程服务。

白乌依汉负责02—6室8位女留学生，她们来自甘肃、宁夏和新疆，多为回族和维吾尔族，是到也门的几所大学学习语言和宗教的。

这些惊魂未定的留学生，进了舱室后才摘下脸上蒙着的面纱，神色放松了下来。

一位女留学生怀里抱着7个月大的婴儿，不住地擦着满脸的汗水。她告诉白乌依汉也门战乱一开始，她每天都在担惊受怕中度过，炮声震天，她一步都不敢离开地下室。

白乌依汉接过她的婴儿，说：“我来抱抱，你先歇歇。”

一位留学生好奇地问：“军舰上还有女兵？女兵在舰上都干什么？”

白乌依汉说：“操舵兵，无线电兵，还有……能干的多了。”

一位留学生又问：“你们出一次海多长时间？”

“这可不一定，几天，一两个月，三四个月……”

“天啊，这么长？你晕船吗？晕船了怎么办？”

白乌依汉淡淡地说：“当水兵没有不晕船的，该值更值更，该上岗上岗。”

几位留学生都露出佩服的目光。

让这些穆斯林没有想到的是，舰上专门为他们设立了净手室和祷告区，开始，他们还以为自己听错了，待证实确实无疑时，非常感动。

接到去荷台达撤侨的命令后，夏平问范冠卿："都准备好了吗？"

范冠卿回答："凡是想到的都准备了。"

夏平说："有件事你们肯定没考虑到！"

范冠卿不吭声了，赶紧过脑子，想想会把什么事情给忘了。

夏平问："明天上舰还有60名穆斯林，他们的祷告区，舰上准备了吗？"

"祷告区？还要准备祷告区？"范冠卿疑惑。

夏平告诉他："信奉伊斯兰教的穆斯林，每天都要做五次祷告，这是他们最看重的礼仪。穆斯林朋友即便在军舰上，也肯定要做祷告的。他们在祷告前，还要净手，你们还得准备专门的净手室。"

"哎呀，这件事首长要是不提醒，还真给疏忽了。"

"赶紧落实，找的地方必须是比较干净的，最好能见到海天。"

范冠卿表示："首长放心，我们马上落实！"

放下电话，范冠卿立即将副政委祁伟光找来，对他说："赶紧去找个干净些的地方，再找个单独的卫生间。"

祁伟光一脸狐疑。

"做祷告用！"

"做祷告？"祁伟光丈二和尚摸不着头脑，"政委，您要做祷告？"

范冠卿笑了，"你想哪去了。明天上舰同胞中有些是穆斯林，他们要做祷告，做祷告前还要净手。"

祁伟光这才明白了过来，说："明天一下上来四百多人，我正发愁呢！有个休息地方就不错了，你让我去哪儿找个干净的可以做祷告的地方？"

范冠卿严肃了起来，“穆斯林把做祷告看得与生命一样重要，你懂吗？”

祁伟光说：“我懂，我懂！不过政委，这是特殊时期，您不能跟穆斯林朋友商量商量，上舰以后先就别做祷告了？”

范冠卿两眼一瞪：“这是事关宗教政策问题，也体现了我们对穆斯林的尊重。这件事没什么可商量的，赶紧去落实，出了问题拿你是问，伟光！”

费了一番周折，最后在通道里找了一个地方，又找了个单独的卫生间。祁伟光让舰员用干净的毛巾，将祷告区和卫生间擦拭了一遍。

范冠卿不放心，还专门来检查了。

晚上8时，穆斯林来到了这个通道。他们神情肃穆，双腿并拢，膝盖着地，双手高举，虔诚地祷告……

在中国海军战舰上，这是第一次为穆斯林设立祷告区。

来自宁夏的留学生马宗民说：“我过去对解放军说了解是了解，说不了解也不了解，其实还是不了解，因为没有近距离接触。这次在潍坊舰生活了十几个小时，给了一次近距离了解解放军的机会。大事小事，点点滴滴，十分感动。让我没有想到的是，他们会考虑得那么周到，连我们做祷告的地方都给准备了。他们对宗教的尊重，让我们所有穆斯林，对这支人民军队充满了敬意！他们不愧是威武之师，文明之师！”

范冠卿政委带着医生和卫生员巡诊来了，由于大部分人是初次坐船，加上舰速较高，红海海域风大浪高，舰艇离码头不久，陆续有人晕船，医疗队的几名女医护人员，吃完饭趴在床上就吐开了。吃了晕船药也不管用，后来不得不给她们打镇静催眠针。两位女舰员一直守护在她们身旁。

江苏南通三建一名技术工人是用担架抬上舰的。五天前，他不小心让电锯把左手手指连着骨头切开了一道，露出了骨头，同事赶紧把他送往附近诊所，医生缝了四针没完全缝合好。第二天再去处理伤口时，诊所早已人去楼空。这名员工上舰时已四天没换过药，缝合处严重感染。舰上军医对他的伤口重新做了紧急处置。卫生员当夜一直陪护在病人身旁，他总算度过了危险期。

凌晨1时，女兵舱服务员薛舒文发现新疆维族三岁小男孩突然发烧。军医闻讯立即赶来，配药输液，第二天离舰前巡诊时，小男孩已经退烧。

六名外籍人员是重点服务对象，舰上专门安排翻译全程陪同，不断询问他们的需求。他们都是第一次登上中国海军军舰，第一次近距离接触中国海军军人。来自华为公司的三位罗马尼亚技术人员，在房间的小白板上留言：We thank you for your excellent organization and hospitality! (我们感谢你们的精心组织和热情款待！)

烽火科技技术服务公司邢烨说："那晚可算睡了个踏实觉，很多人是刚躺下就鼾声四起，恨不得把这几天没睡的觉都补回来，真香！但是苦了舰上的官兵，一直忙前忙后，他们里面很多人都跟我弟弟一般大小，十八九岁的年纪，令我们所有人心生敬意！"

风急浪高。

靠在走廊通道休息的肖立光，半夜被一阵摇晃晃醒。他用手抹了一把脸，让自己清醒一下，突然想起飞行甲板上的那堆行李，可千万别出什么意外哦！

肖立光站起来，快速来到飞行甲板。战舰前后晃动剧烈，那堆行李尽管上面罩着绳网，却已经开始倾斜。

不好！肖立光在心中喊了声。他立即将情况报告指挥所，建议将所有行李转移到尾二甲板。张在歌命令他立即组织人员转移。

肖立光先是喊来唐启新，为了不影响同胞们休息，不用广播，让他通知各部门派舰员参加转移行李。

片刻，十几位舰员来到飞行甲板，连两位飞行员都来了。尽管从飞行甲板到尾二甲板直线距离不到百米，但两处甲板不在同一层，转移起来非常麻烦。且尾二甲板不像飞行甲板那么空旷，还置放一些装备和器械，行李只能分处堆放。

1300多件行李转移堆放完毕，整整用了两个小时。参加行李转运的所有舰员的迷彩服都被汗水湿透了。

潍坊舰在夜海中疾驰。

凌晨两点多，从战舰靠码头前算起，特战队员负责安保警戒已经16个小时了。

“班长，你去休息片刻，我来巡视！”说罢，黄少青不由分说地夺过班长的钢枪。

黄少青端着95式自动步枪，在前甲板警惕地巡视着。

2011年，首届澳门跆拳道国际公开赛中，来自广东的选手黄少青一路过关斩将，获得男子49—51公斤级项目的金牌。正当人们看好他的运动前景时，黄少青却作出了一个令人意外的选择：当海军特种兵去!

2013年底，黄少青成为海军陆战某旅一名特种兵。一年后，他参加了特种兵比武集训。这次集训，也是护航任务的人员选拔。面对各路精英，黄少青每次耐力训练都主动跑15公里以上，每周一次徒手20公里和武装10公里越野。一个月磨穿两双训练鞋。在一次武装10公里越野中，队长对所有人员的装具进行例行检查，发现黄少青的子弹袋里满满的放了8枚手榴弹，重量是其他人的两倍。

黄少青如愿以偿随第十九批护航编队来到亚丁湾。直升机海上滑降、小艇攀爬等科目都是难度大、风险高的训练项目，稍有不慎就可能受伤。黄少青次次主动请战，以出色的军事技能，回回圆满完成任务。

1月15日，第十九批护航编队首次采取特战队员随船护卫的方式，成功将“振华8号”重大件运输船安全护送至解护点。

“振华8号”近45000吨，长度228米，但干舷只有5米，且航速远远低于其他被护商船，无法跟随编队航行。编队根据其航速慢、干舷低、操作性差、易遭海盗袭击等实际情况，决定派特战队员随船护卫。

特战队员们纷纷主动请缨。13日清晨，黄少青与其他3名全副武装的特战队员，乘坐小艇，迅速驶向附近海域的“振华8号”。上船后，他们立即与船长对接相关工作，确定巡逻区域、观察警戒位置和火力点配置，进行人员编组、任务分工和武器分配。

两天两夜里，4名特战队员白天一人一班，带一名船员；晚上两人一班，带两名船员，主要在驾驶室和甲板流动巡逻，重点对两侧及后方海域进行巡逻警戒。他们还指导船员们正确使用“柴油燃烧瓶”、高压水枪等自制的“防海盗武器”，进行防海盗操演。

与黄少青一起上船护卫的特战队员王积伟，最爱说的一句话是:“我们是上膛的子弹！”

2012年，全军首次从各大单位选拔特战队员出国进行狙击手集训。王积伟暗下决心，拿出好成绩，与全军甚至是世界的精英一比高低。王积伟以海军第一名的成绩，与兄弟军区的15名精英一道赴哥伦比亚标枪手学校参加国际狙击手集训。这是一种近乎“魔鬼训练”，训练基地属于赤道地区，每次到了训练场，火球般的太阳把人烤得都快流油，嗓子干得直冒烟。为了体会、感悟、把控射击的每一个细节，王积伟在一个位置上一趴就是五六个小时。

王积伟在国际狙击手集训考核中最终获得总分第3名的成绩，毕业典礼上，当校长将奖牌挂在他的胸前时，王积伟心里并不服气:“考核时间别人都是白天，轮到我的时候天已经差不多黑了。要是同等条件，我绝对不会是第三，而是第一！”

15日12时30分，“振华8号”通过危险海域，船员们拉起“感谢中国海军”的横幅，挥手向潍坊舰和特战队员们告别。

亚丁湾的风，亚丁湾的浪。

夜里，巴吉尔水泥厂项目部经理李连海上卫生间，经过通廊时，他被眼前的一幕怔住了，热泪一下模糊了双眼……

回到舱室，躺在铺上，辗转反侧。李连海眼前仿佛浮现起半个多世纪前上海街头的那一幕：上海刚解放的那天夜晚，为了不搅扰市民，解放军官兵们就睡在屋檐下、马路上……

李连海轻轻叫唤身旁的工友："起来，大家都起来！"

正在睡梦中的工友睡眼迷蒙，有的还以为吉布提到了。

李连海说："大家起来，跟我出去看看，动作轻点儿。"

工友们神情疑惑地跟着李连海出了舱室，走不几步，在通廊另一头的通道里，他们看到了这样一幕：几位身穿作训服的舰员，有的躺在凉席上，有的靠着舱壁，和衣而眠……

在另一条通道，他们看见同样的一幕。

回到舱室，大家一时无法入眠，还在感动着、议论着：

"为了让我们休息好，他们自己却在通道里将就，实在过意不去！"

"这些战士跟我的孩子一般大，太辛苦他们了！"

"98年抗洪、08年抗震，每当人民危难之时，最先出现的是人民解放军！"

"不是所有的军人都叫人民子弟兵，只有中国军人才配得上这个光荣称号！"

……

31日5时31分。

潍坊舰靠泊吉布提9号泊位。

潍坊舰与我国驻吉布提使馆工作人员履行移交手续。

几十名战士接起长龙，将1300多件行李安全传递到码头，按照每人手持的号码发放行李，做到了一件不乱、一件不损、一件不少，确保了撤离人员快速平安下舰。

7时05分，撤离人员离舰完毕。

临沂舰前天夜里将撤离人员送到吉布提港后，便靠泊10号泊位待命。清晨，潍坊舰运送撤离人员靠泊吉布提9号泊位后，夏平带领有关人员马上来到潍坊舰，现场指挥撤离工作。

此时，东方天际露出一抹鱼肚白，天刚麻麻亮。

站在甲板上，夏平发现码头上有几位中国记者正在收拾器材，准备离去。

夏平像是突然想起什么似的，对身旁的范冠卿说："范政委，你马上将记者们请回来，就说我要见他们；你再通知炊事班，准备几份丰盛一点的早餐。"

记者们又被请回舰上会议室。

几天来，一定是没吃过一顿像样的饭，这些中央媒体驻海外的记者们，此时已顾不得斯文，狼吞虎咽地吃着早餐。

夏平坐到了他们身边，待他们用完餐后，自我介绍说："各位记者老师，早晨好！我是海军第十九批护航编队政治委员夏平，欢迎你们的到来。这几天情况特殊，顾不上照顾你们，表示歉意！现在，我想问你们一个问题：在也门撤侨前线，你们最想获得什么新闻？"

记者们一时没有反应过来，这位政委同志大清早怎么会提这么个专业的问题。

夏平自问自答："中国海军第十九批护航编队，奉习主席、中央军委的命令，赴也门战区撤侨，这是新中国成立后，首次实施武装撤侨。使命重大，意义深远。我想这么重大的事件，应该是你们最想了解、最想报道的。"

记者们说："我们当然想了解啰！"

夏平反问："可这几天没见你们来采访、报道啊？"

有记者回答："我们领导说了，海军撤侨属于军事机密，不让公开报道。”

夏平笑了，“海外的新闻媒体，这两天都在热炒中国军队武装撤侨，公开的秘密，何密可保？”

有记者说：“只要你们同意公开报道，我们愿意！”

夏平说：“刚才我说过了，这次撤侨是我国首次实施军舰撤侨，意义不同寻常。这么重大的新闻，应该告知全世界，应该让全国人民知道！我现在表个态，只要你们上级部门同意你们随舰采访报道，海军护航编队将打开大门，欢迎你们！为你们提供方便，保护你们的安全。现在，我向你们提前透露个消息，我们海军编队马上要派舰二进亚丁港，撤离200多名外国公民，欢迎你们一起前往！”

7位记者的情绪被激励了起来，他们像战士一样，等待一起出征……

国等10个申请国共计二百多名侨民搭乘我军舰一同撤离。

放下电话，马冀忠心头不由得一沉，长长吸了口气，感觉接受了一项几乎不可能完成的任务。多方武装力量混战，加上多国联军的一波波空袭，他自己和胡海能否安全撤离心中都没底，何况还要组织这么多来自不同国家的侨民一起撤离？

此时的亚丁省政府已是名存实亡，拟好的照会不知送往何处，获得军舰靠港许可困难重重。但外交官从来都是把自己看做是不穿军装的军人，军令如山，马冀忠告诉自己，必须克服一切困难完成组织交给的任务。他和胡海利用平时工作中积累的人脉关系，尽最大的努力通过各种方式最终联系到一些掌有实权的官员，通过他们向有关部门递交闭馆及办理军舰靠港许可的照会。经过多方积极不懈的努力，终于于4月1日下午办妥了军舰靠港许可等相关手续。

马冀忠第一时间将情况报告大使馆和海军编队。

紧接着，便是与那些申请国联系。申请的国家多，人员还老变动，马冀忠和胡海两人做了分工，每人联系几个国家，一个个核对名单，对护照编号，不敢有任何差错。外国人的名字不像中国人那么简单，一个个字母对起来，还得核对护照号，费时费力。加上战时通讯不畅，电话时通时断，嗓子都喊哑了。

闭馆撤离，还有许多内部事务需要处理，按要求领事馆设备硬盘、财务账簿、现金、两部海事卫星电话、馆舍建筑蓝图等，撤离时必须随身带回；馆内存放的档案文件、内部专用电脑硬盘都必须销毁。闭馆前一天晚上，马冀忠在屋内并排摆放了三台碎纸机，同时进行文件销毁，文件太多，不久碎纸机发烫“罢工”。后转到三楼用焚烧炉焚烧，但由于焚烧炉容量小，销毁速度很慢。马冀忠想到官邸正门廊檐立柱处有所遮挡比较安全，便将所有文件运到立柱旁，浇上汽油焚烧。不时有流弹划过领馆的上空，马冀忠紧靠廊檐立柱来躲避，能清晰地听到子弹击中院里的椰枣树发出的“嗖嗖”声。处理电脑硬盘时，由于没有专业工具，马冀忠只好用铁锤和凿子把硬盘生生地砸开再扔到火里烧毁。

这当中，马冀忠接到大使馆电话，告知4月2日巴基斯坦有舰艇在木卡拉港接侨民，他立即将消息转告哈达拉毛省伊斯兰学院的中国籍学生，让他们当天一早赶到木卡拉港，搭乘巴基斯坦舰艇撤离。

4月2日凌晨。

马冀忠和胡海一边通过监控屏幕观察总领事馆周围的动静，一边等待着从馆里出发到港口的时机，可直到早晨7时，枪炮声仍然没有减弱的迹象。

马冀忠对胡海说:“兄弟，没时间了，只能冒险冲出去了，我们的军舰马上就要进港，码头上还有200多外国侨民在等着呢！”

他俩乘坐防弹车驶出总领事馆。

一阵风刮来，迎面扑来呛人的硝烟味。

经过阅兵广场时，马冀忠一抬头，突然发现在马路对面的丁字路口，有一辆坦克的主炮正对着他们，他的脑子顿时“轰”的一下，感觉心脏瞬间停止了跳动。但他很快让自己镇静下来，告诉司机放慢车速，以便让对方看清车上挂的外交牌照，以免造成误伤。

马路上到处是用石块和燃烧物设置的路障，两旁不时可见荷枪实弹的武装人员。

上午8时许，终于到达亚丁港。

马冀忠走进港务局，整栋大楼一片狼藉，办公室里办公桌、文件柜东倒西歪，墙面上弹痕累累。

好不容易找到一位官员，他皱着眉头，摊开双手，对马冀忠说:“我去做祷告了，离开不到半个小时，这里就变成这个样子了，真主啊真主！”

这位官员看了马冀忠带来的文件，还算帮忙，又找来几位官员，以最快的速度，协助马冀忠和胡海办好军舰靠港手续，按照申请国提供的名单，为相关人员办理好出境手续……

3月31日18时15分，编队再接海军命令，立即组织力量赴亚丁港撤离11国225名公民。编队令临沂舰向亚丁港外高速机动。

二赴亚丁港，临沂舰劈风斩浪。

航渡中，编队根据军委、总部、海军指示，针对亚丁战事紧张、撤离人员多为外国人、身份甄别难度大等难点，借鉴前期撤离行动成功经验，立足危险困难局面，充分预判各种情况，紧急下发政治动员令，进一步细化完善了兵力运用、区域警戒、安检组织、危机管控等方案预案，全面细致做好各项准备。

直前准备会结束后，姜国平和夏平将高克、高景新留了下来。

姜国平说："尽管这是第二次进亚丁港，但战事越来越紧，上次整个撤离过程比较顺利，但不能保证这次也顺利。我们一定要将困难预想得多一些，不排除有第三方国家难民强行登舰，或个别可疑人员乘机上舰。"

夏平说："这次主要是撤离外国公民，是一次前所未有的国际人道主义救援行动，我们缺乏经验，现在最担心的是，这些外国公民，人员身份复杂，无法预测的因素很多，务必高度重视，确保万无一失。"

姜国平布置："军舰靠码头后，舰上人员和下舰人员务必要做好警戒工作；外国公民上舰后，各重要通道和岗位都要分兵把守。"

夏平叮嘱："同时还要做好接待工作，文明、礼貌、周到，展现中国海军的风采。要充分尊重穆斯林的风俗习惯，伙食要保障好。祷告区、净手池都要准备好。"

31日22时45分，临沂舰抵达亚丁港外17海里处。

4月2日8时25分，根据马冀忠通报，临沂舰进入也门领海向亚丁港机动。马领事同时组织撤离人员位码头集结。

9时35分，亚丁港引水员上舰。港口派来的两艘拖船到位。

10时15分，临沂舰靠泊马拉多功能码头1号泊位。

特警队排长李晓伟率领特战队员首先冲向码头，建立警戒区。

姜国平、夏平快步走下舷梯。

马冀忠迎上前来，向姜国平、夏平报告。

姜国平和夏平紧紧握着马冀忠的手，“马冀忠领事，你们辛苦了！”

他们一起来到正在排队等待安检的外国公民前，夏平手持电喇叭，说：“女士们先生们：遵照中华人民共和国习近平主席的命令，中国海军舰艇前来执行国际人道主义撤离行动。我们将用军舰把你们送到吉布提港，帮助你们尽快返回自己的祖国。中国有句古话，叫同舟共济，你们即将乘坐的军舰，就是你们值得信赖的‘中国方舟’！”

许多外国公民热泪盈眶，用各自的语言表达谢意。

核查身份的确太复杂。

中国人的名字简单，最简单的两个字，一般的三个字，复姓四个字。外国人的名字复杂多了，巴基斯坦人的名字一般是两节，前面是名，后面是姓，如果有第三节，最后的一般代表家族或部落名称。更复杂的是阿拉伯人名字，一般有四节，第一节为本人名，第二节为父亲名，第三节为祖父名，第四节为部落或地方。如：费拉尔 · 王本 · 阿卜杜勒 · 阿拉兹 · 王本 · 阿卜杜勒 · 阿拉曼 · 沙特。整个名字读下来像是一部长篇小说。

穆斯林女性的名字也非常复杂，一般都是由15个以上字母组成，再加上九位数的护照号，核对起来非常麻烦。而且，她们还都戴着面纱，根本看不见脸。

正在这时，高景新悄悄把夏平拉到一旁，低声说：“坏了，政委，安检门出了故障！”

夏平，皱起了眉心，“怎么搞的？早不出故障，晚不出故障，怎么偏偏在这时候出故障？”

“怎么办？把它给撤了？”高景新问。

夏平两道眉毛竖了起来，“撤什么撤？原封不动安在那里！”

高景新不解：“都坏了，安在那里有什么用，那不成了聋子的耳朵？”

夏平不容置疑：“这是命令！”

片刻，夏平对高景新解释道：“现在这种危急时候，谁还有心思判断这个安检门是好的还是坏的，你架起安检门，本身就是一种威慑。这叫‘兵不厌诈’！”

一个埃塞俄比亚人有4个老婆，9个孩子，24件行李。在核对身份、人数时，怎么也对不上，总是少一个。

安检员朱泽东急了，说：“他不是说全家15口人吗，再数数。”

三位舰员又一五一十地数了起来，还是少了一个。

朱泽东纳闷了，让翻译再问问那男的，全家到底有多少人？

对方也疑惑了，不是告诉过你们一共15口人嘛。他又重复了一次：“15口人。”

朱泽东正准备再数一遍，一位女舰员喊了起来：“那位妇女的袍子里还有个孩子呢！”

果然，一个小脑袋从那位妇女的黑袍子里露了出来，可能是在妈妈的袍子里待的时间长了，觉得闷，他出来透透气。

嘿，这个淘气包，大伙儿都笑了。

这些外国公民，许多人都是举家逃难，行李特别多，大包小包、锅碗瓢盆、电视机、自行车，什么都带。

舰员们细心地将每件行李都编上号，系上号牌。

这批撤离人员中，有66个孩子。这些日子，孩子们也饱受战争的磨难。来到码头，看到大人们神情放松了下来，他们一下子便活跃了。

来自埃塞俄比亚的小男孩纳特内尔，推着自己心爱的自行车准备登舰，他告诉翻译叔叔，这些天他和爸爸妈妈都是躲在地下室的。马上就要回家了，真高兴！

10时51分，位临沂舰左舷60度、距离两公里处发现爆炸浓烟，随即舰艏方向传来激烈枪炮声。

10时58分，警戒哨报告：疑似坦克并列机枪或重机枪子弹，落在舰艏20米处的塔吊上，同时听到坦克轰鸣声、看见发动机烟雾。

码头上所有人的心都悬了起来。大家纷纷将目光投向姜国平和夏平。

姜国平问高景新："撤离人员上了多少？"

"差不多一半吧。"

姜国平与夏平交会了一下目光，说："初步判断，在我舰前方两公里处，有两支武装正在交战。刚才这发炮弹可能是打偏了，也许是一发流弹，不像是冲我们来的，如果真是冲我们来，决不会是一发。所以，没有必要停止撤离行动，但要注意警戒。"

说罢，姜国平快速回到舰上指挥所。他通过扩大器对夏平说："政委：加快安检速度，加快速度！"

正在这时，一位舰员急冲冲跑来，向夏平报告说一位加拿大籍男子和一位英国籍女子晕倒了。

夏平赶了过去，只见地上躺着一位男子和一位女子，几位战士展开衣服，搭了个"凉棚"，为他们遮阳。两位军医正在给他们测量血压。

军医报告："两人都是过度焦虑，加上高温，中暑了。"

马冀忠低声对夏平说："首长，他们两人都不在申请国名单之内，是临时挤进来的。"

夏平问马冀忠："跟国内请示了吗？"

"请示过了，不在申请国名单之内的人员，我们带他们上舰，到了吉布提，如果没有申请国使馆来接，交不出去，麻烦就大了。”

带，还是不带？

大家等着首长定夺。

夏平让高景新把姜国平请来。

姜国平快速赶来，夏平简单介绍了情况，轻声对他说：“我看到警戒区外有一些不明身份的人，正在进行拍照和录像，如果将他们扔在码头上不管，有人也许要恶意宣传，说中国海军‘见死不救’、‘违背人道主义原则’，必将给这次重大行动造成负面影响。我的意见是先将他们带走，车到山前必有路，如果真出了什么问题，上头追究下来，处分就处分我！”

“老夏，我同意一起带走，”姜国平当即表示，“要处分我们一人扛一个！”

刚走到舷梯口，姜国平一想不对啊，说一声“带走”容易，明天到了吉布提，这两人要是交不出去，还能叫他俩在舰上住着？那真成了“烫山芋”了。他交代外事组，立即通报我国驻吉布提大使馆武官，让他务必联系上加拿大和英国大使馆，明早靠码头时，将他俩接走。

（第二天，互联网上登了一条消息，英国路透社报道，有一股不明身份的武装，昨天登陆亚丁港。事实证明，将这两人带走是非常正确的决策。）

11时25分，名单内的所有外国人登舰完毕。计有11国225人：中国3人、巴基斯坦163人、也门14人、埃塞俄比亚29人、新加坡5人、意大利2人、爱尔兰1人、波兰3人、德国2人、加拿大1人、英国2人。

11时30分，临沂舰紧急离码头。

这时候，值更官报告，帮助拖带的两艘拖船中的一艘，不知道何时悄悄跑了。

姜国平转脸问高克：“怎么样，一艘拖船拖带没问题吧？”

高克胸有成竹地回答：“没问题，首长！”

“好！小心谨慎！”姜国平叮嘱道。

高克下令：“离码头部署！”

“解前后缆！”

……

离港后，两架不明国籍的战机在亚丁港上空长时间盘旋。

13时15分，临沂舰驶出也门领海。

后来有一则外电报道，临沂舰离开码头不久，某国一艘军舰到了，它不敢靠码头，在港外泊着，租用当地的驳船转运本国公民，万没想到第一船送上来的几十人，几乎全部是也门本地难民。舰长火了，这叫什么事？我是来撤侨的，又不是来接也门难民？吵吵嚷嚷，来来回回折腾，最后总算把100多名本国公民接上舰，当然也混进了几十位也门难民，想赶已经无法赶下舰了。那艘军舰也真够绝的，所有撤离人员不得进舱，全部在后甲板待着……

11国200多位外国公民上舰，临沂舰成了一个小“联合国”，安全、生活诸多问题对于临沂舰都是个考验。

舰上在重要设备、舱室旁，悬挂英文安全警示牌；在机库、01甲板、02甲板、02甲机舱通道等要害部位设置武装岗哨；在舰艇前后段各安排特战队员应对处置突发情况，保证航渡安全。

舰上腾空11个兵舱，共179个床位。室内配备两箱矿泉水、一个水壶、一个垃圾桶及10个垃圾袋。

每个舱室安排两名舰员（含1名兼职翻译）全程提供服务保障和引导工作。

安顿完毕后，撤离人员分四批用餐。

炊事班准备的中餐是：咖喱米饭，土豆炖牛肉、沙拉酱拌紫甘蓝，西红柿鸡蛋汤。

为了让撤离人员吃得可口，舰上成立了专门小组，研究食谱。他们上网查阅了巴基斯坦、埃塞俄比亚等国民众饮食习惯，最后定下了咖喱米饭、土豆炖牛肉等食品。

平常很少做咖喱米饭，他们上网查找了做法，试做了三次，还经过大家的品尝认可。

萨蒂亚一家人在一起吃饭，10岁的儿子美美地吃着土豆炖牛肉，坚持要妈妈喂，他一手拿着一面五星红旗，一手搂着一只熊猫玩具，说什么也不肯放下。

几位新加坡人一边吃着，一边赞道：这是这些天吃到的最好的一餐美食！

在餐厅里，夏平遇到马冀忠，他们取了自助餐坐在一起。

夏平问："几天没吃到安生饭了？"

马冀忠苦笑了一下："差不多有一个星期了。"

"上舰就到了家里了，慢慢吃，多吃点儿。"

"饱了，饱了。"

夏平又说："马领事，四天前我曾对你夫人承诺，一定将你安全接回国。现在，我的诺言实现了。一会儿，给你夫人打个电话，报个平安！"

马冀忠感动地说："首长，真的非常感谢，感谢人民军队！"

夏平说："我们应该向外交官学习，为了中国公民的安全，你们在火线勇敢地坚守到最后。"

餐后，舰上的文艺小分队，到各舱室演出，以缓解撤离人员紧张的情绪。考虑到这批人员中巴基斯坦和埃塞俄比亚人数最多，他们有针对性地排练了几个小节目。

02—6舱室，住着二十几位巴基斯坦侨民。

小分队表演的器乐小合奏第一支歌曲是巴基斯坦国歌——《保佑神圣的土地》。

当那豪迈的颂扬般的旋律响起时，侨民们两眼闪亮，情不自禁地哼唱：

巴基斯坦，
你是坚强不屈的象征，
你是信仰的干城。
神圣祖国的命令，
就是人民的力量……
祝福你，祖国，
你最美丽，你最神圣……

歌声越发激昂，达到高潮：

过去的历史、现在的光荣、未来的企望，
象征真主保护！

“你好！”

“我爱中国！”

一位巴基斯坦中年男子用不太流利的中文对翻译小吴说。

小吴问他：“你会讲中文？”

中年男子自我介绍叫艾克塔夫，是个做丝绸生意的商人，他多次到过中国，热爱中国，自己一直在自学中文。

艾克塔夫说，中国是巴基斯坦的好邻居、好伙伴，中巴友谊比山高、比海深、比蜜甜。

艾克塔夫告诉小吴，他是巴基斯坦北部城市吉尔吉特人，当地有一座中国烈士墓。1966年至1978年中国援助巴基斯坦建设巴北部地区唯一的对外经济生命线——喀喇昆仑公路，公路穿越喀喇昆仑、喜马拉雅、兴都库什三大山脉和帕米尔高原，修建难度极大，堪称“天路”。12年间，数百名中国工程技术人员为此献出了生命，其中88人永远留在了异国的土地上。

中国烈士陵园坐落在吉尔吉特东郊的丹沃尔村。艾哈迈德是丹沃尔村人，他亲眼目睹了中国人为巴基斯坦的发展进步不辞辛苦，甚至牺牲了宝贵的生命，深受感动。1978年陵园落成后，年仅22岁的艾哈迈德自愿向当地政府递交了看护陵园的申请，获得批准。

37年来，他每天都会到陵园工作，风雨无阻，他说："陵园就是我生活的全部。"他还说，到了我生命终结的一天，我的儿子会继续这项工作。

在巴基斯坦，有千千万万像艾哈迈德这样普通的民众，默默地守护着中巴友谊。

小吴说："有那么多的人在维系着中巴友谊，真让人感动！"

艾克塔夫又说："在巴基斯坦的小学课本里，就有讲述中巴传统友谊的故事，从小在孩子们的心灵里播下中巴友谊的种子。这次中国海军军舰帮助我们撤侨，再次印证了这种牢不可破的友谊。"

舱室里其他几位巴基斯坦人，也纷纷伸出大拇指点赞。

02—9舱室。

小分队弹奏的埃塞俄比亚国歌——《前进，亲爱的母亲埃塞俄比亚》旋律响起，侨民们情深无比地跟唱了起来：

……
美妙的是传统的舞台，
优秀的继承者，
美德的母亲，
勇敢人民的母亲，
我们要保护您，
我们有责任；

我们的埃塞俄比亚永在，
让我们为您而骄傲！

通道里，一个巴基斯坦小女孩怯生生地对翻译说：“我弟弟一直哭着吵着要喝橙汁！”

橙汁？

有位外国小孩要喝橙汁的消息，在通道里传开了。

片刻，几位舰员都是空手而归。

橙汁将大家难住了——已经在海上航行了好几个月，离上次靠港休整也已30天，这时候谁还存着橙汁？

舰上的广播突然响了：“有位外国小朋友想喝橙汁，谁有橙汁，请送到02—10舱室。”

不一会儿，航海部门的赵飞拿着一瓶橙汁跑来，他刚才在柜子里找到最后一瓶存货。

喝着橙汁，小男孩露出了笑容。

舰上的医生隔一小时便到各舱室巡诊一次。

那两位晕倒的加拿大籍男子和英国籍女子已无大碍。他们都因为焦虑加上酷热所致，上舰后，服了药，心情放松，情绪稳定。听说我国驻吉布提使馆纪明周武官已经联系上加拿大和英国驻埃塞俄比亚使馆，下舰时，使馆会派员来接他们，他们的脸上露出了笑容，一再表示对中国海军的感谢。

19时11分，临沂舰靠泊吉布提港10号泊位。

在码头迎候的有我国大使，吉布提外交部长，还有巴基斯坦、埃塞俄比亚、德国等国驻吉布提大使。他们握着编队首长和官兵们的手，一再表示谢意。

外国公民走下舷梯，与舰员们一一告别。

一位埃塞俄比亚男子拥抱着一位舰员，不停地拍着其后背，热泪满面。

一位巴基斯坦母亲拉着她的女儿，一步一回头地向舰员们挥手致意。

20时，人员离舰交接完毕。

昏暗的灯光映照着空空荡荡的码头。

临沂舰也有些疲乏了，该歇口气了……

中国应有关国家请求开展的这场人道主义救援行动，申请国通过不同方式表示感谢，国际社会也纷纷点赞。

田琦讲述了一个细节："巴基斯坦大使给我打电话时，激动地说，感谢中方的援助，这次行动再次证明了巴中是全天候战略合作伙伴。中国人民是巴基斯坦人民最亲的亲人。我听得出，他在电话那头哭了。"

4月3日，163名巴基斯坦公民安全抵达首都伊斯兰堡。一位叫坦维尔的女子，几乎用哽咽的声音对《人民日报》记者说："中国太伟大了，中巴两国是真正的好朋友。中国海军官兵把自己的铺位让给我们住，他们自己就睡在通道里，世界上哪还找得到这样的军队？这一次，我亲身感受到什么是中巴友谊！"

英国《每日邮报》评论称，这是中国前所未有的举动，表现出中国正在更多地参与全球人道主义救援工作，中国的国际影响力也在愈发增强。

新加坡外交部在一份声明中表示："对于中国政府在撤离雪琳女士及其子女给予的积极和快速反应，新加坡外交部表示感谢！"

德国外交部发言人说："我们非常感谢中国政府的支持。"

波兰外交部发表公告，对中国帮助撤离4名波兰人表示感谢。

《爱尔兰时报》称，这是中国军队第一次帮助外国公民在国际危机中撤离危险地区。

吉布提外交部长优素福说："感谢中国帮助撤离外国侨民，你们的所作所为令人感动！"

美国《纽约时报》评价，把本国侨民从也门首都送到港口，再接到吉布提，说起来容易，做起来需要巨大的外交协调能力，这表明中国在全球保护公民的能力增强。

《纽约时报》特别提到，与2011年中国政府从利比亚撤离35800名中国公民相比，此次也门撤侨行动的规模并不算大，但此次中国海军派遣了两艘护卫舰和一艘海军补给舰来到也门，撤离了几乎所有在也门的中国公民，还有其他国家的公民，其声势也可见一斑。

编队回国后，高克舰长在接受媒体采访时，有记者问："我们的队伍有很多和外国军队不一样的地方，对吗？"

高克从容对答："对！在整个撤侨过程中，我们时刻体会到了'人民军队'中的'人民'这两个字，给予我们多少战胜艰难险阻的力量！美国有世界上最强大的海军，能在波斯湾同时部署两个航母战斗群。就在4月9日，我们在亚丁港外待机时，还有一支航母编队，共5艘军舰，从曼德海峡经亚丁湾向东航行。在也门局势恶化的时候，他们的舰艇却靠不上亚丁港，撤不走一个美国人。因为没有普通也门老百姓的信任和支持，哪怕世界上最强大的军事力量，也换不回侨民的安全。有个国家，受到我们成功撤侨的启发，在接下来的行动中，也跟着我们进入亚丁港。刚开始他们没有靠码头，而是雇佣当地渔船摆渡侨民上舰，可是很快发现，没有军舰做后盾，渔船送来的都是也门难民，本国侨民根本上不了。安置上，我方侨民上舰后，第一时间进入舰员腾出的舱室，享受热水澡、可口饭菜，舰上还为他们开通长途通讯，安排安全警戒值更，确保舰艇自身和侨民的绝对安全。那个国家的侨民上舰后，被安置在起降平台、甲板上，任凭风吹日晒。"

讲信义，重情义，树道义。一场坚定有力的国家行动，彰显负责任大国的能力与担当。

“我已经踏上中华人民共和国的流动国土了！”

夜。萨那之夜。

一轮猛烈如飓风般的空袭停歇了。

站在使馆院子里，田琦大使抬头仰望天空，第一次发现萨那的夜空竟然是如此的明净，一弯残月高悬半空，几颗星星从云层中钻了出来，闪闪烁烁。

一想到明天一早便要离开这里，一种莫名的伤感不由得爬上田琦心头。两个月前，壮怀激烈，踏上也门国土。身为一国大使，田琦渴望成就一番事业，书写一段历史，为中也友谊再添砖瓦。讵料，一切都被突如其来的战争撕破了。

鉴于已无法保证正常的工作，甚至连馆员们的生命安全都时时受到威胁，两天前，外交部做出了闭馆的决定。

大使馆紧急启动闭馆程序——

向也门政府外交部递送了闭馆照书；

申请办理海军编队临沂舰进荷台达港接侨的许可和引水事宜；

按规定对各种文件采取保密措施；

安排闭馆善后事项……

而此时，又接到外交部告知，斯里兰卡政府向我国外交部申请，要求协助撤离该国在也门的45位公民。田琦立即布置办公室，确认撤离人员名单。

田琦问胡要武：“胡参赞，咱们自己的人员，最后确定的人数是多少？”

“除了大使馆14位同志，还有24位公民和侨民。”

“你们几位辛苦一下，再想想有没有遗漏的，一定要将能联系上的全部带走。”

“好的，我们再捋一遍。”

4月5日一早，田琦派遣使馆办公室主任金辉带着一名也门雇员作为先遣组赴荷台达办理各项手续。此时，港口工作人员出于安全原因拒绝上班，港口秩序越来越混乱。办理港口的各项手续显然比之前更加困难。但金辉沉着应对，提前办妥各项手续。

考虑到从萨那到荷台达路上的安全问题，为保证撤离时万无一失，田琦决定约见胡塞武装的主要负责人。

下午，那位负责人如约而至，一落座，便问："听说你们准备闭馆撤离？"

田琦将情况向他做了通报。

负责人竟然落泪了，他说："中国人民是也门人民的好朋友，现在因为我们的原因，给你们带来了麻烦，实在是对不起了！你们能不撤离吗？"

田琦告诉他，现在也门的局势已经严重威胁到中国公民和侨民的财产和生命安全，使馆也无法开展正常的工作，所以中国政府才做出撤侨的决定。希望能够得到也方的理解，同时也希望也方协助做好撤离的安全保卫工作。

负责人问："现在你们需要我们做什么事情？"

田琦说："第一，明天我们使馆有14位工作人员，还有28位中国公民，将从萨那出发赴荷台达港，希望能派员护送；第二，应斯里兰卡政府请求，明天还有45名斯里兰卡公民，将从荷台达港乘坐我国海军军舰出境，希望当地政府和港务局给予协助；第三，中国驻也门大使馆闭馆后，请贵方按照国际惯例给予保护。"

"这三条，都没问题，"负责人说："我们一定照办，请中国朋友放心！"

负责人像是突然想起来似的，快速走到院子里，从汽车后备箱里取来一把精致的手枪，对田琦说："按照我们的习惯，枪是最好的礼物，送枪意味着将生命托付给了自己的朋友。这把手枪是我护身用的，现在送给大使先生做个纪念，请收下吧！"

田琦吃了一惊，哪接受过手枪这样的礼物，连忙说："这样不合适，还是你留着自己用吧！”

负责人将枪交到了田琦手里，说：“中国朋友请收下，一定要收下！”

盛情难却，入乡随俗，不收怕还会引起误会，田琦只好收下了。

负责人又说：“放心吧，大使先生，也门2300万人民都是中国朋友的保镖！”

田琦心里一阵发热。

4月5日晚，田琦在大使馆最后一次接受新华社记者采访。

新华社萨那4月6日电（记者刘万利）：我国政府在也门的撤离行动是综合国力提升的一次重要展现。这充分体现了中国政府以人为本、外交为民的执政理念，保护我海外公民安全的坚定决心以及果断高效的执政风格和执政水平。这是各部门团结协作、共同努力的结果，是中国特色大国外交的重要实践。”中国驻也门大使田琦在也门首都萨那接受新华社记者专访时说。

“在撤离问题上，中央决策果断科学，为使馆明确了方向，这是撤离工作取得圆满成功的根本保障。”田琦说：“而且撤离行动涉及多个部门和驻其他国家的使馆以及多国政府。中央的统筹安排使得所有部门能在一个大平台上迅速行动起来，才能取得这样的成果。”

田琦说：“其他国家非常重视中国的影响力，撤离行动中得到也门、吉布提、埃塞俄比亚、巴林和沙特阿拉伯等国家的支持。”

从战乱地区撤出人员，风险大、变数多，需要决策者和执行者当机立断。

“撤离在亚丁的中国公民时遇到很大困难，当时冲突非常激烈。原定撤离时间与荷台达同步，都在3月30日，但在29日上午冲突双方突然暂停交火。我驻亚丁领事馆抓住这个窗口期，决定提前撤离在亚丁市的人员。在我方人员撤离后，亚丁市又爆发激烈冲突。”田琦说。

“经荷台达港口撤离时，我们做了详细的预案，400多人登舰只用了半个小时，比原定时间缩短了一个多小时，”田琦说，“在岸上多待一分钟，就多一分危险。所有人上舰后，我悬着的心也就放下了。”

“从26日开始制定撤离方案，到30日将大部分人送上军舰，这5天我每天几乎只睡2个小时。为了跟国内及其他方面沟通，一顿早饭从8点吃到10点还没吃完。使馆里所有人在这段时间过得都是‘白天枪炮声中工作，晚上空袭声中入眠’的日子。”

在安全撤离中国公民的同时，中国政府还协助撤离了278名外国公民。

田琦说：“撤离行动既体现了中国政府以人为本的理念和人道主义及国际主义精神，也是我与有关国家互帮互助、真诚友好、患难与共的真实写照。”

“这几天时间，我每天都要接一二百个电话。30日撤侨后，有很多外国公民找到我们，希望我们帮助他们撤离也门，他们都很羡慕中国公民能在危难时刻得到政府的帮助。”

2014年，中国公民出境达1亿人次，走出去的企业有2万多家，保护中国公民的安全合法权益是中国驻外使馆的首要工作。

田琦说：“保护海外中国公民的安全合法权益已经深深地刻在所有外交人员的心里，我们将继续恪守‘忠诚、使命、奉献’的核心价值观，保护我国海外公民。”

4月6日清晨，14名馆员在使馆小院里集合：田琦、刘永选、胡要武、金辉、林聪、两名机要员、厨师和6名武警官兵。

大家神情显得格外严峻，与其说他们即将从坚守的阵地撤退，不如说他们是即将出征的战士。

田琦本来想安排来自西安的厨师第一批撤离的，厨师说："大使，我走了，谁给你们做饭？吃不好饭，你们怎么工作？"大使批准了他的请求，他每天都给大家做可口的饭菜，刚才又备好路上的食品和饮料。

再举行一次升旗仪式。《义勇军进行曲》奏响了，此时此刻，那熟悉的旋律显得格外壮烈。大家仰望着冉冉升起五星红旗，眼中饱含热泪。

五星红旗，您永远是中华儿女的精神支柱和力量源泉！

田琦与留守使馆的7名当地员工一一握手，叮嘱他们一定要看守好馆舍，并注意自身的安全。员工们依依不舍，情绪激动。

胡塞武装派来的两辆警车到了。

田琦庄严地下达口令："出发！"

馆员们转身面朝那座办公楼行注目礼，6名武警官兵行军礼。

使馆租来了两辆大巴车，在两辆警车一前一后的护送下，离开使馆，驶出萨那，一路往西，直奔荷台达。

车队在坑坑洼洼的路面上颠簸着，望着破败不堪的街市，田琦心中不由得五味杂陈。今年一月出任也门大使，至今尚不足3个月，便被迫撤离——是被迫，一种无可奈何的被迫！当车队驶出萨那郊区时，田琦包含深情，朝萨那投去最后一瞥……

由于事先已经打了招呼，沿途哨所、哨卡全部放行。

车队抵达荷台达港时，胡塞武装当地负责人和港务局负责人已经在码头迎候，并用当地的最高礼仪——向田琦大使敬献了花环。

斯里兰卡撤离人员陆续到齐。

刘永选武官一直在与编队联系，临沂舰此时正在进港途中。

4月6日凌晨4时45分，正在吉布提港待命的临沂舰，接到了再赴也门荷台达港撤离中外公民的命令，紧急起锚。

码头上，人们翘首眺望，几位使馆工作人员打开了一面五星红旗……

在当今这个网络时代，海军一支舰队的航迹有多远，国人的目光便会追随多远。

海军第十九批护航编队启航以来，特别是临时奉命奔赴也门撤侨以来，它每时每刻都在吸引着国人的眼球，每时每刻都在拨动着国人的心弦……

网友热评：

这件事情估计会是中国转变世界地位的一个标志！

很多发达国家的护照是门禁卡，中国护照是回城卷轴。

一张照片，振奋人心：一名海军女战士牵着一个小姑娘准备登上军舰，小姑娘手里拿着一瓶水，一脸幸福。网友给照片配了解说词：别害怕，姐姐带你回家！

《战狼2》塑造的是一个好莱坞式的超级英雄，我们的人民子弟兵则是无名英雄。

只有经历过战争动荡，才能更深地体会和平的珍贵；只有身处异国困境，才能倍感祖国的强大和温暖，更加深爱她！

此次帮助撤离外国公民，体现了一种人道主义情怀，更向世界展示了中国的大国担当。“谢谢中国！”这句用各国语言道出的心声，成为中国军舰上最动人的风景。

撤侨以来，编队政工组每天都会收集一些网友的热评供首长参阅。

4日2日，一封署名“一位老归侨”的网友《致海军护航编队官兵信》，引起姜国平、夏平的注意。信写得很长，全文如下：

海军护航官兵：

你们好！辛苦了，孩子们！

近几日，从电视里看到你们赴也门撤侨的消息，我的心便提了起来，几乎每隔个把小时就要打开电视看看，有什么新的消息没有。

电视画面中那些镜头：军舰在战火中驶进也门港口，侨民们举着五星红旗焦虑等待，两个外国人被抬上军舰，一位女战士拉着一位小女孩的手等等，禁不住老泪纵横！

在感动的同时，我不由自主地想起来半个多世纪前的那段往事、那段血泪史。

我是一名归国华侨，今年70岁了。大概是上个世纪的二三十年代，因为国内动荡、民不聊生，我的祖父从广东汕头下南洋，到了印尼的苏门答腊棉兰地区，从事经营杂货生意。爷爷肩挑货郎担，走街串巷买卖日用品。到了父亲时，家里才开了间杂货铺。

我记得有个数字，到新中国成立时印尼华侨有二百多万人。华侨为当地经济的发展和文化事业做出了重大的贡献。华侨和当地的老百姓相处得很好，他们到店里买东西可以赊账，华侨有什么困难，他们也会真心相帮。

西方国家利用华侨问题大肆渲染“红色政权”威胁，宣称华侨是红色中国输出革命的载体。1959年6年，印尼突然掀起排华恶浪，禁止华侨从事一贯的商业零售业，并对丧失生计的华侨采取了强迫迁移的手段，造成50余万华侨流离失所，多地还发生了武力逼迫华侨事件。

中国政府向印尼发出照会表示抗议，并决定迅速安排派船接印尼自愿归国的华侨。开始了新中国第一次大规模撤侨行动。

当时国家派不出远洋商船，只能租借香港、东南亚侨商和苏联的船只。我记得到棉兰接我们的是一艘叫“福生”号的货轮。船进港时，当局军警捣乱，阻止靠码头。而码头上400多侨民在烈日下苦苦等待。折腾了两天，才上船。

因为是艘货船，没有住舱，到了船上，侨民全部挤在舱面上，两天三夜，又是风又是雨，又缺吃又缺喝，苦不堪言。

当年共从印尼接回6万多侨民，政府在广东、云南、福建、广西建了华侨农场，集中安置归侨，主要种植亚热带经济作物。回国的华侨学生和青年，送进学校培养。一些老人安置在归国华侨养老院。

你们年轻人或者听说过这段历史，或者不知道这段历史，但这段历史对于我这位亲历者来说，每每想起，总有一种切心之痛。

这几天，我一直在关注着也门撤侨的进展，一直处在紧张和激动之中。我不由得会想到，当年要是国家有能力也派海军军舰去接我们，那该多好啊！

孩子们，你们辛苦啦！向你们表示亲切的慰问！

孩子们，我为你们骄傲，你们是人民信得过的子弟兵。

一位老归侨　夏长生

姜国平放下手中那份打印好的老归侨的信，对夏平说："政委，我忽然想到一个问题，如果我们是当年那一代的军人，当侨胞们身陷水深火热之中，亟待救援之时，我们却束手无策、无能为力，那会是怎样一种心情？那会是遗憾终生！"

"是啊，军人当'黄沙百战穿金甲，不破楼兰终不归'，如不能报效祖国，无法与民同甘苦、共患难，那一定是可悲的。"夏平说："我们一直在强调使命意识，军人必须要有使命意识，但光有使命意识还不够，还必须具备完成使命的能力。你如果没有十八般武艺，所有的'意识'都可能成为空想。"

姜国平道："我们赶上了一个强军兴军的好年代、好时机，一定要强化官兵当兵打仗、带兵打仗、练兵打仗思想，牢固树立战斗力这个唯一的根本的目标。"

"这封老归侨的信，是一份最生动的教材啊！"夏平对姜国平说："我建议三艘舰在待命时，在航渡中，将这位老归侨的信给官兵们念一念，大家再议一议，它将会激发官兵们的使命感和斗志。"

姜国平表示赞同。

"一位老归侨"的信，在舰员中引起了强烈的反响。

祖国嘱托、人民期望、战士责任交汇在一起，如大海涨潮，在官兵们的心头翻涌……

12时33分，临沂舰靠泊荷台达码头。

码头上响起一阵欢呼声。

姜国平、夏平走下舷梯。

田琦迎上前去，他们虽然还没见过面，这时却像是久别重逢的战友似地打量着对方，紧紧地握手。

田琦分别向他们献了花环。

姜国平说："大使同志辛苦了！"

田琦由衷地说："指挥员同志，最辛苦的是海军编队官兵，算上这一次，你们已经是四赴战火硝烟的也门了。"

夏平手指舷梯，做了"请"的手势："田大使，上舰吧！"

田琦在前，姜国平、夏平随后，一起上舰。

踏上甲板一刹那，田琦猛地觉得心头一震，站在那里，不愿挪步——3秒钟、5秒钟，或许更长更长。田琦眼中似有泪花闪烁，片刻，他兴奋地说："我已经踏上中华人民共和国的流动国土了。"

夏平在一旁笑了，"按照舰艇条列，大使登舰，应该举行欢迎礼仪，挂满旗、检阅仪仗队的。今天情况特殊，只好免了，请大使理解。这里就是中华人民共和国的国土，大使已经回家了！"

田琦感慨道："回家的感觉真好！"

姜国平对田琦说："田大使，我得进指挥室了，让政委陪你转转，看看咱们自己的战舰。"

在驾驶室，夏平将高克介绍给了田琦。

"大使好！"高克向田琦行了个标准的军礼。

田琦打量着高克，赞道："这么年轻的舰长啊？"

夏平插话："他已经干过好几种舰型了，跑过十几万海里，出访过二十几个国家，海军现在许多驱逐舰、护卫舰舰长，都在这个年龄段。"

田琦说："我们都看到了，这几年海军发展很快，军队强大了，我们在海外的外交官腰杆也就硬了。"

伫立在驾驶室外的耳桥上，整个码头尽收眼底。撤离人员已经全部上舰，特战队员收拢了警戒区，田琦悬着的心终于放了下来。

晚餐时，田琦向姜国平和夏平介绍了也门的最新局势。

田琦说，也门局势剧变，国家做出了撤侨的决定，也门政府近乎停摆，但我们依靠经年积累的人脉关系，联系上了一些政府官员和胡塞武装负责人，对于我们的要求，他们近乎全部“开绿灯”式支持，我们的战舰才能四进亚丁港和荷台达港。也门各方都为中国海军军舰的撤离行动提供保障和便利。这与中国公民在也门人民中的良好形象和中国政府长年对也门的无私援助是分不开的。

田琦说：“政府部门一位官员告诉我，多国联军开始轰炸后，他们一般不接电话，怕遭遇电子跟踪。但来电只要显示是中国大使馆的电话，都会千方百计回过来。他说，中国兄弟是真正的兄弟，能帮忙一定要帮忙！”

田琦似在回忆往事，“我想起来刚到任不久，去萨那郊外祭扫中国烈士陵园。上世纪五六十年代，中国自己还是个穷国，大多数老百姓还没有解决温饱问题，但我们为比我们更穷的也门，修建了萨那到荷台达的公路。张其弦是第一位牺牲在也门的工程师，半个多世纪来，共有一百多位中国同胞，在也门为中也友好事业献出自己宝贵的生命。他们的精神深深铭刻在也门人民心中。由此，这次撤侨才能比较顺利。我们实际上是在享受前辈们的精神遗产。”

夏平说：“这次撤侨，让我们有机会与大使馆合作，近距离接触了外交官。过去，在人们的印象里，外交官或许更多的是西装革履、风度翩翩，可以周游世界。然而，几天来，我们一起战斗，紧密配合，我们感受到了你们身上的忠诚和胆魄。你们无愧于不穿军装军人的称号！”

“穿军装的军人和不穿军装的军人，一起打赢了这场‘特殊战斗’。”田琦感慨道：“我最大的感受是我们国家强大了，我们的军队强大了。一个负责任的大国，不仅要敢于担当，而且还得有担当的能力。海军编队一次次派舰进入战火纷飞的也门港口，充分展现了这种能力！”

田琦为海军编队题辞：

维护世界和平　保护人民安全

捍卫国家利益　展现国家形象

第十九批护航编队紧急受命，不畏艰险，圆满完成撤离在也门中国和十多国公民的救民爱民行动，得到海内外广泛赞誉。

谨向第十九批护航编队全体官兵致以崇高敬意和衷心感谢！

祝愿中国海军早日实现走向深蓝梦想，为实现中华民族伟大复兴的中国梦保驾护航！

田琦

中国驻也门大使

2015年4月6日

晚餐后，姜国平、夏平和田琦一起去舱室里看望撤离人员。

一位斯里兰卡男子，自我介绍叫布卡迪，听说田琦是大使，连说：“谢谢大使！谢谢中国！”

布迪卡告诉大家，早在一周前，他和同在也门工作的同胞就开始联系当地十几个国家的使领馆，请求援助。

“我们首先去了印度使馆，告诉我们：等等看，过两天再来电话吧。过了两天再去问，又说再等等看……”

他们又去了西方几个大国的使馆，均被告知爱莫能助。

最后，几近绝望的布迪卡拨通了中国驻也门大使馆电话。

“说实话，我没有抱什么希望，但是仅仅一分钟后，使馆的官员对我说：我们是兄弟，你们的困难就是我们的困难，中国会帮助你们的。”

布卡迪说：“挂了电话我就忍不住哭了，我整个后半生都会记得那个时刻，那个电话，真的是没有什么语言可以表达我对中国的感情。”

他身旁的一位老人插话：“我做梦都没有想到上舰以后军方会给我们安排得这么好，住的、吃的比在家还好。中国是个大国，但她从来都平等对待我们这些小国，斯里兰卡人民永远会记住中国人民的情谊！”

大家都被他们的话语感动了。

在中国积贫积弱的年代，远赴海外的华人华侨遭遇战争和面对危机时，只能眼睁睁地看着其他国家的侨民安然撤离。如今的中国，我们的军队不仅能保护我国的公民和侨民的安全，同时，还有能力帮助其他国家撤侨。

2017年12月28日，田琦回国参加外交工作会议，挤出时间接受了我的采访。

这位看上去显得十分儒雅的外交官，有些像是北京某高校的文科教授。他握着我的手说：“见到海军的同志觉得格外亲切！”

他带来了一盒也门产的咖啡，让我品尝。

我问：“也门出咖啡？”

田琦说：“一般人都知道咖啡产于巴西、埃塞俄比亚，其实，也门也是世界咖啡的主要出产国。摩卡咖啡的名字就是来自于也门的摩卡港，它已经成为咖啡的代名词。您喝喝，摩卡咖啡有着一种独特的香味和酸味。”

我端起杯子又品尝了一口，因为平时喝惯茶了，感觉不到摩卡奇妙之处，倒是它的苦味，让我立即联想起战乱的也门。

我们的话题又转向两年前的那场撤侨行动。

也门局势突然恶化，战火迅速蔓延，海军编队紧急驰援——那难忘的九天九夜，一幕幕、一场场，依然惊心动魄。

诚如外交部新闻发言人所言：“新中国经历了大大小小十几次中国公民在海外撤离行动，这次也门撤侨是最扬眉吐气的一次！”

这是一组亮眼的数字：2015年，中国公民出境人数超1.3亿人次，留学生人员超60万，在外劳务人员93万，3万余家企业遍布全球近200个国家和地区。

中国公民享受到实实在在的便利。截至2017年7月，已有131个国家与我国缔结各类互免签证协定，中国公民持普通因私护照可以免签或落地签前往64个国家和地区。

然而，还有一组不可不知的实情：部分地区局势动乱，传统与非传统安全威胁交织，战乱、政局变动、自然灾害、传染性病疫等多种因素都可能给身处海外的中国公民和企业带来威胁。

田琦介绍，我国驻外大使馆一项很重要的工作，是根据本国的国家利益和对外政策，于国际法许可的限度内，保护本国公民的权利和利益，小到丢失钱包、护照，或是生病、受伤，大到被逮捕、被拘留或被监禁，都可以向大使馆请求帮助。我们领保工作的目标是：在发生意外的时刻，让中国公民第一时间感觉到，祖国就在身边。

田琦告诉我：“也门撤侨产生了很大的国际反响，这种反响现在还在延续着，在许多外交场合，一些国际同行提起那次撤侨，都要伸大拇指，称赞中国政府有国际担当。”

“人民的利益大于天，”中国外交部长王毅在全国人大一次新闻发布会上说，“同胞们走的哪里，我们的领事保护就应该跟随到哪里。我们将全力为大家撑起一把越来越牢固的保护伞、安全伞。”

第七章

回　家

期　盼

别忘了，在遥远的索科特拉岛上，还有两位中国女游客。

战争突如其来，让人猝不及防！

3月29日，阿联酋王子的飞机飞走后，阿美和布蓝一下子陷入了一种无助的深渊。

布蓝愁眉不展：“这可怎么办？我的假期只有十天啊！”

阿里一大早来到旅馆。自己接来的客人无法正常离岛，他显得非常内疚。见到阿美，先是自言自语：“唉，真是糟糕透了……”又问：“今天，你们有什么打算？”

阿美双手一摊，说：“待着呗！你有什么消息？”

阿里站在床角，有些尴尬地整理着自己的裙子，又掸了掸鞋子上的灰尘。

片刻，阿里说：“对了，刚才路上我想起来，我们岛上有一支中国医疗队。”

“中国医疗队？”阿美两眼一亮，“是中国政府派来的医疗队吗？”

阿里点头，“对，对！记得我很小的时候，中国政府就派医疗队来索岛了，过去我们生病都是巫医看的，现在有了病都去找中国医生。”

阿美嗔怪道：“你为什么不早说？”

阿里腼腆地说：“我也是才想起来的。如果真出什么大事，医疗队也会走的，你们可以跟他们一起走！”

阿美和布蓝心中燃起了一种希望。

阿里又说：“我有个哥哥就在医疗队干些杂事。我马上给我哥哥打个电话，问问他们那边有什么情况没有？”说罢，阿里用手机联系上了哥哥，兄弟俩用土语叽哩哇啦说了一通。

放下电话，阿里说：“我哥哥说了，医疗队那边没听说要准备撤离。我的意见是这样的，王子昨天走的时候，告诉省长答应回去以后帮助想想办法，我们再等等他的消息。”

也只能是这样了。

晚饭时，布蓝吃着吃着，流起泪来。阿美自己也难受，但还是宽慰她：“哭什么？没那么严重，还没到哭鼻子的时候。”

第二天早晨，吃过早餐，回房间时，见门口的简易沙发上坐着一位先生，四十来岁，穿着短衣短衫，再定睛一看，昨天在机场好像也见过这位亚裔先生。

先生朝她俩笑了笑，然后又用嘴巴努了努手里端着的电脑，用蹩脚的英语解释这个位置网速比房间里稍微快些。寒暄中，得知他是日本人，名上鹤久幸。上鹤久幸吃力而缓慢地说着英语，而布蓝是日语翻译，他们便改说日语。上鹤久幸告诉她们，他是前天上岛来旅游的。昨天导游带着他走了七八个小时，观看了一个山洞，回到旅馆便被告知：战争爆发了。才刚刚玩了一天，实在是倒霉透了！昨天想搭乘王子的飞机离岛未果，他不知道接下来该怎么办。

不知是什么原因，岛上的游客很自然地分成了欧洲帮和亚洲帮。接下来的日子，上鹤久幸和阿美、布蓝组成了一个“互帮互助”小组。为了方便联系，上鹤久幸买了一部当地手机，大家共用。由于时常需要跟阿里导游联系，而上鹤久幸基本听不懂阿里的英语，这部手机通常放在阿美身边。

阿美和布蓝回到房间，忽然传来一阵敲门声。

阿里站在门口，手里拿着手机，兴奋地说：“中国驻阿联酋大使馆的电话打到我的手机上，‘找两名中国来索岛旅游的游客’，要你们赶紧回电话。”

“大使馆？阿联酋大使馆怎么知道我们到这里旅游？电话怎么会打到你的手机上？”阿美满脸糊涂。

阿里说：“王子走的时候，不是要大家的国籍、姓名和联系方式吗？当时你们留的是我的手机号码。”

阿美这才想起来，上岛以后，从国内带来的手机没法用，昨天给王子留的联系方式的确是阿里的手机号码。

阿里催促道：“还不赶紧给你们的大使馆打电话！”

阿美用阿里提供的号码拨通了电话，“嘟—”“嘟—”，在等待对方接听的短短几秒钟内，兴奋、期盼、忐忑不安各种心情交织在一起，布蓝也用焦急的目光望着她。

“您好！这里是中国驻阿联酋大使馆。”话筒里传来亲切的乡音。

阿美使劲儿控制住才没让泪水流出来，“大使馆的同志，您好！我叫阿美，是中国公民，现在我和同伴布蓝在也门的索岛旅游，遇到了困难，无法回国了。”

对方说：“阿联酋王子已经将你们的情况通报使馆了，我先核对一下你们有关信息。”

阿美将她俩的姓名、护照号码、目的地等一一告诉了对方。

对方说："好，现在请你把具体情况说说。"

于是，阿美将怎么想起来索岛旅游、什么时候出国、什么时间到索岛以及也门局势突变无法离岛的情况一一说了。

对方说安慰道："你们先别着急。咱们国家已经考虑从也门撤侨了。鉴于索岛归属也门共和国，建议你们将自己目前的情况向我国驻也门亚丁总领事馆汇报，便于他们收集在也门中国同胞的信息。请你记一下亚丁总领事馆的电话号码。"

一旁的布蓝将号码记在手掌上。

阿美把阿联酋大使馆的建议告诉阿里，阿里马上说："太好了，赶紧跟亚丁总领事馆联系啊！"

阿美知道索岛通讯费用很贵，但此时只能向阿里借用手机。阿里赶忙将手机递给他："你尽管用，千万别客气。"

阿美拨号码时手指有点发抖，电话很顺利拨通了，传来一位男子有些沙哑的声音："你好，这里是中国驻也门亚丁总领事馆，我是马冀忠领事。"

阿美又将情况向马领事汇报了一遍，说完之后，她有些像是小时候做错了事等着大人狠狠教训一番的惴惴不安。马领事似乎用笔在记，片刻，他说："咱们国家已经决定并实施撤离在也门的中国公民，请你们放心，肯定不会忘了你们俩！"

"国家""公民"这两个原来司空见惯的词语，此时，听起来却感到特别的亲切。阿美憋了一天的泪水，奔涌而出。

马领事又说："索岛有一支中国医疗队，建议你们与他们取得联系，看看他们得到也门大使馆的撤离消息没有？"

当然，阿美不知道今天马领事他们刚刚将一百多名中国公民送上中国人民海军第十九批护航编队的临沂舰，为此领事馆已经整整忙乎了三天……

放下电话，阿美一般擦着泪水，一边将马领事说的跟布蓝和阿里复述了一遍。一旁的阿里说："还等什么？走，赶紧去医疗队！"

中国医疗队在当地一家医院里，离旅馆走路也就十几分钟。

医院显得十分简陋，只有两排平房，房前有几株椰枣树。

他们进了一间屋子，两张桌子面对面摆着，一位戴眼镜、扎马尾辫的年轻中国女医生，抬起头有些惊讶地望着他们；她身旁是一位梳丸子头、长相俏皮的姑娘。

“马尾辫”医生姓孙，“80后”；“丸子头”姓崔，“90后”，是医疗队的阿语翻译。两人一口浓郁的东北口音瞬间便拉近了彼此的距离。

孙医生说：“今天早晨吃饭时，听秦队长说，有两位中国姑娘来索岛旅游，因为航班取消，走不了了，没想到是你们俩？”

阿美说：“真是急死人了。”

“没那么严重，多国联军炸不到索岛，这里平静得很。对了，小崔，你去把秦队长喊来。”

不一会儿，小崔带着秦拓队长来了。秦拓中等个头，瘦瘦的，显得很精干。

一见面，秦拓便说：“嘿，两位姑娘真是贼大胆，竟敢跑来索岛旅游，怎么样，走不了了吧？哭鼻子了吧？”

说得阿美布蓝有些不好意思。

秦拓介绍，这所医院是七八年前阿联酋政府帮助建的，是索岛最好的一所公立医院。驻索岛中国医疗队是中国赴也门医疗队中的一支小分队，共七名医护人员，主要由辽宁抚顺市卫生系统组建，于2013年11月27日上岛。

秦拓关切地询问了她们目前的状况，宽慰道：“我们现在是患难与共、风雨同舟了，有什么情况我会及时通知你们的！”

从医疗队出来，阿美和布蓝觉得放心多了。

回到旅馆，两人靠在床上休息。

布蓝舒了长长一口气，说：“累，真累死了！”

阿美说：“这种累是心累，期盼、焦虑、担心都交织在一起……”

布蓝:“昨天，当阿联酋王子飞走的一刹那间，我有一种无助、孤独、陷入绝境的感觉。”

阿美:“现在好了吧？流失的孩子找到亲娘了！”

阿里又来了，告诉她们:“滞留索岛的十几位外国游客，打算包一艘小渔船，前往阿曼的塞拉莱港逃难。今晚8时在中心大街西边那个饭馆开会商议。”

阿里看了看阿美，又看了看布蓝。

布蓝似乎有点动心，望着阿美。

阿美非常决绝地说:“不行，不能跟他们走！”

“为什么？万一咱们这边一时半时走不了，我超假了怎么办？”

阿美说:“我们刚才不是与亚丁领事馆取得联系了吗，而且还联系上了医疗队，既然选择政府，就要相信政府，不能节外生枝。如果领事馆安排救援我们，却发现我们不在了，他们会多着急？”

布蓝解释:“我不是不相信政府，而是怕不知会拖到哪天，我们单位管理特别严格。”

阿美问:“从索岛到阿曼赛拉莱港，不是几公里、几十公里，而是几百公里，十几个人乘坐这么条小渔船，这一路会不会遇到海盗？会不会遇到风浪？就算运气好顺利靠到赛拉莱港，我们事先没有签证，阿曼能接受吗？”

布蓝不吭声了……

“兵王”

4月1日。

海军第十九批护航编队在完成了亚丁港、荷台达港两批撤侨任务后，又恢复在亚丁湾、索马里海域护航行动。

第826批次护航任务由微山湖舰采取伴随护航的方式组织实施。被护船舶由西向东航行，临时申请船舶3艘：巴拿马籍散货船“太阳湾”号；巴拿马籍集装箱船“汉堡之桥”号；希腊籍散货船“伊卜特罗佛斯”号。

4月1日9时00分，护航编队由B点启航，航向072度，航速12节，航程590海里。3艘被护船舶组成单纵队，微山湖舰位A1左正横8—10链处阵位。

晴。风力三四级。轻涌。

微山湖舰弥漫着一种气氛——一种说不清的压抑、憋屈甚至还带几分委屈的气氛。

舰长汪科、政委李思伟在会议室里，两人的脸色都十分严峻。

李思伟自言自语：“看来，得做点安抚工作了。”

汪科眼睛瞪了起来，“怎么安抚？连我自己还想不通呢，人家临沂舰、潍坊舰都执行了一次任务，我们却连一次都没捞着。启航前基地首长送行时，千叮咛万嘱咐；誓师大会上，全舰还表了决心。可现在……昨天基地首长专门打电话来问：‘微山湖舰，你们这是怎么啦？是胆怯了，还是能力不够？汪科你告诉李思伟，关键时候不能掉链子！’我现在都不知道回去以后有什么脸面见江东父老？”

李思伟像是突然明白似的，“哎呀，我现在才明白，舰员们有情绪，根子原来在舰长你这里呢！”

汪科没好气地说：“部队求战心切，谁挡得住？”

李思伟点了点头，说：“是啊，虽然有些牢骚怪话，但反映出的是一种昂扬的士气，正能量！如果眼看着兄弟舰在执行任务，我们的舰员们却无动于衷，那倒真可怕了！”

正在这时，士官长符广海找上门来。

符广海抓过桌子上一只杯子，“咕噜咕噜”灌了几口水，说：

"舰长、政委，情况有些不妙，你们可能也听到反映了吧？"

李思伟问："说说，都有些什么不妙的情况？"

符广海反问："领导想听真话，还是假话？"

汪科火了，"符广海啊符广海，我们什么时候要听你说假话？严肃点！"

符广海摘下帽子，扇了扇，说："咳，有些情况其实你们肯定也听说了、了解了。一起出来执行任务，临沂舰去了亚丁港，潍坊舰去了荷台达，我们微山湖舰却只能看着人家吃香的喝辣的。上次与潍坊舰一起去荷台达，我原以为会让我们进港靠码头接侨，让潍坊舰在港外守护的；后来却让潍坊舰进港，我想潍坊舰承接不了400多侨民，一定是先让他们进港将侨民接上，再转运到我们舰，万万没料到，潍坊舰马不停蹄、一个猛子扎到吉布提。难怪有些舰员抱怨编队领导偏心，给临沂舰、潍坊舰吃独食。有些舰员还有些自暴自怨，说：谁叫我们是补给舰呢！还有舰员说：'编队再不给任务，我们要写血书了。'"

汪科用手指点着符广海："好你个符广海，身为士官长，不去做战士们的思想工作，反倒带头说牢骚怪话！"

符广海无奈地说："实际情况明明摆在那里，说几句牢骚话免不了。不过，舰长，我可没有带头，实在憋不住跟着说几句倒是有。"

李思伟又给他杯里添了水，说："如果让我也说真话，我也有想法。眼看着自己的同胞遭遇战乱的煎熬，想赴汤蹈火，想冲锋陷阵，这种精神值得肯定。有些舰员想不通，发些牢骚话，也是有情可原的。我们一定要做好思想工作，要正确引导，要服从命令听指挥，要相信编队领导的决策。比如说，荷台达港港池浅，让我们舰靠码头，没有拖船到时候可能就出不来，但谁能保证一定有拖船呢？所以，编队一起出来执行任务，是个战斗集体，大家要有大局观念。只要对撤侨有利，谁靠码头都行。"

符广海说：“政委，这些道理我想大多数舰员还是懂的。只是遇到具体情况，还是有些想不通。”

李思伟说：“我们要抓住骨干力量，去做舰员的思想工作，要正确引导。”

符广海说：“就怕一时半时转不过弯来。”

“你自己要先想通了。”

符广海站了起来，戴上作训帽，说：“舰长、政委，我回去以后马上召集各部门的老班长，开个座谈会。”

临出门时，汪科又问：“你那个宝贝儿子，最近情况怎么样？”

符广海说：“每次打电话，都不接，我母亲说，还是贪玩，但这些日子作业还能完成。”

汪科叮嘱说：“十三四岁，正是男孩性格叛逆期，要盯着点儿，别光顾了你那些机器，忘了孩子的学业。你能管好那么多的兵，怎么就管不好自己的儿子？”

符广海尴尬地笑了笑，走了。

在微山湖舰，符广海被称为“兵王”。何谓“兵王”？有几条硬杠杠必须达标：首先，兵龄，符广海的兵龄比舰长、政委还长，其他舰员更是无法望其项背；其次，经受过的风浪，符广海算上这一次是七赴亚丁湾，舰上还有补给长王杰、液货班班长凌章权、主机二班长李同超等21位舰员也是七赴亚丁湾。七赴亚丁湾，经受了多少惊涛骇浪啊！第三，见过的世面，符广海随舰出访过23个国家，靠过50多个国外港口，在海上航行了1200多天；还有，便是遭遇过的磨难……

七赴亚丁湾护航，在海上战斗、生活1200多天，20多万海里的航迹，相当于饶地球赤道9圈；

入伍23年，5次荣立三等功，1次荣获全军士官优秀人才一等奖；

这几个简单却不平凡的数字，书写了一名海军水兵的传奇。

1992年初冬，符广海从苏北建湖农村应征入伍，那时候，他并没有更远大的理想，只是想离家越远越好，出去见见世面。

在东莞海军某基地完成三个月的新兵训练，又学了半年的机电专业，他被分配到西沙某水警区，在一艘护卫艇当轮机兵，成了一名“天涯哨兵”。

西沙远离大陆，条件艰苦，交通不便。没有电视，打不了长途电话，与亲人通一次信来回一两个月算是快的。

护卫艇，吨位小，吃水浅，有点风浪就颠簸。机舱狭小，高温、高湿、高噪音。好在符广海能吃苦，又爱动脑筋。别人擦机舱地板只擦表面，而他把每一块地板揭开来擦，顺便把地板下的管路、阀门都摸得一清二楚。上艇不到两年，他便熟悉了柴油机拆装流程、维修和排除故障的方法。

一次，在强台风到来之前，护卫艇奉命去中建岛补给。准备返航时，主机突发故障。艇长望了望满天翻滚的乌云，对符广海说:“广海，我只能给你一小时时间，必须将故障排除。这里没有避风港，强台风一来，后果无法设想！”

符广海带领两位轮机兵将所有管路检查了一遍，没有发现故障点。

时间一分一秒消失，汗水湿透了符广海的工作服，他觉得全艇官兵的目光都在盯视自己。他让轮机兵休息片刻，自己快速在脑海里将主机的构造图过了一遍，然后，果断地将进油管系统止回阀及燃油滤器卸下，原来是泄压弹簧断裂。换上配件后，主机恢复正常。

战艇抢在强台风到来之前返回琛航岛。

还有一次，新上任的水警区司令员乘护卫艇去小岛调研。也是机电长出身的司令员当众“考”了符广海三个问题:“柴油机为什么要配气定时？”“提前角是什么意思？”“曲拐差测量的方法有哪些？”

问题提得非常专业刁钻，中队领导为符广海捏了把汗，符广海用棉纱擦了擦手，以立正的姿态站好，对首长出的三个问题，一一作答。

司令员下艇时交待装备部领导，说："这个兵技术好，又懂理论，要好好培养。"

2005年年底，符广海因为专业技术过硬，被选拔到驻香港部队舰艇大队。

大队一艘交通艇，即将执行一次重要保障任务，却突然发生故障，主机转速到达1500转时就熄火。厂家派来的师傅愣是找不出故障原因。不得不向国外原厂家求助，外方专家一番拆卸检修，到海上试验时，转速一到1500转，主机还是熄火。

符广海闻讯后，主动请缨。他下到机舱，围着主机观察了片刻，似乎是心中有了数，建议明天出海试车。

交通艇离开码头，加速，再加速，当主机转速到达1500转时，连续四次都是自动熄火。符广海下到机舱底部，又检查了海底门系统。

符广海对大队长说："海底门和滤网器堵塞了，赶紧找潜水员探摸吧。"

大队长问："你有把握？"

符广海回答："八九不离十吧。"

返航回到码头，符广海对潜水员交待了一番。潜水员下水后，果然发现海底门内部有大量垃圾。清理完毕，再次试车，主机运转正常，轻松达到2000转。

大队长问他："你怎么能超过外国专家？

符广海说："他们哪有我与主机打交道的时间长？""

"符广海胜过外国专家！"

一时，符广海成为驻港部队舰艇大队"明星人物"。

2008日4月，符广海四级军士长接近最高服役年限，他离开驻港部队，申请回到他魂牵梦萦的西沙，想从那里退伍结束军旅生涯。水警区领导说：“符广海这样的人才要是走了，是部队建设的损失……”因没有三级军士长编制，把领导也难住了。

关键时候，正好微山湖舰准备赴亚丁湾护航，急需专业技术骨干，符广海调任微山湖舰机电部门主机班长。

2008年12月26日，微山湖舰随中国海军第一批护航编队，奔赴亚丁湾、索马里海域执行护航任务。

符广海在护卫艇干了16年，积累了丰富的实操经验。来到两万多吨的综合补给舰，下到机舱，站在几间屋子大的机舱里，符广海觉得自己站在了一个新的平台上，他渴望新的挑战。

护航期间，符广海始终坚持脑勤、眼勤、耳勤、腿勤、手勤，无论值班与否，他睡觉前必到机舱去转一圈，这儿摸摸，那儿看看，没什么情况，才去休息。

有天午夜，符广海蒙眬中被一阵“嘭嘭”的敲缸声惊醒，他一个激灵翻身下床，直奔机舱。

“主机声音不对，立即减速！”符广海一边命令值更舰员，一边向舰指报告。

待打开声音异常的那台主机安全阀一看，果然是高压泵出了故障。拆下螺丝，原来是底部一根弹簧断了，造成高压泵无法弹起。符广海让新兵小刘踩在高压泵顶上，自己用手掰住高压泵的加油杆，试图慢慢把高压泵抬起来，不想小刘脚底突然一滑，高压泵迅速弹起，加油杆顶到旁边的进气管，一下将符广海左手小拇指夹住了。鲜血顺着手套往下滴，符广海感到撕心裂肺般疼痛，但他咬紧牙关坚持操作，直到把新的高压泵装上。

摘下手套，符广海手上一块肉被夹掉了，军医给他缝了7针。

机电被看做是舰艇的“心脏部位”，而大伙称符广海是机电部门的“定海神针”。

第六批护航，舰上右主机传动齿轮箱突发故障，偌大战舰靠一台主机工作，必将严重影响正常航行。符广海一连几天吃不好睡不着，一直琢磨着怎么尽快解决问题。

停靠国外码头抢修时，国内专家组赶来支援。经过几天琢磨，符广海判断故障是由于螺母松动、脱落造成的，专家们表示认可。

但在拆齿轮箱盖时，遇到了难题：齿轮箱上有上百个螺母，每个螺母都有拳头大，而且有的还藏在犄角旮旯里，可舰上没有专用的拆卸工具。

符广海想了想，跑到仓库里找来两个大套筒，加工做成高强度的工具，问题迎刃而解。箱盖打开了，一检查，果然是一只螺母尾部断裂、脱落。

专家们称他是从实践中走出来的专家。

2000年，符广海从西沙回家探亲。经姨妈介绍，结识了县城蚕丝厂一位姑娘。西沙与苏北，遥遥几千里，鸿雁传情，将两位青年的心连在了一起。来年春节后，两人相约在三亚登记结婚。姑娘赶到三亚第二天，符广海便接到紧急出海的命令。姑娘央求符广海："结婚登记是人生大事，你能不能不去？"符广海摇了摇头，告诉她："我是艇上的机电长，缺了我艇就开不动了，我怎能不去？"符广海毅然出海，姑娘只得含泪而返。

2002年7月，他们的儿子出生了。一家老少大事小事，全靠妻子一人操持。

符广海经常对班里的战士说："想让一部新主机运转自如，先要不断磨合好。"然而，小两口如何磨合好，他却一筹莫展。与妻子分多聚少，小矛盾不断。加上性格原因，双方误解和埋怨日益增多。

不久后发生的一件事，让这个本已风雨飘摇的小家庭雪上加霜。那天傍晚，符广海母亲带1岁多的小孙子去邻居家玩，不慎碰翻一锅开水，孩子的左小臂和前胸被烫成重伤，孩子在重症监护室抢救了8天。

听说孩子的父亲是“天涯哨兵”，院方十分重视，专门请南京的烧伤专家前来会诊治疗，一周后，孩子总算转危为安。

孩子出事第二天，符广海接到了妻子的电报，心急如焚，却没有去三亚的班船。十天后，经特批，他搭乘一架军用运输机回海南，几天舟车奔波，急匆匆赶回苏北老家。看到上半身缠满绷带的儿子，硬汉子符广海落泪了。尽管孩子没有留下残疾，但前胸和左臂的两处疤痕，给孩子造成心灵创伤。更严重的是这场飞来横祸，给母亲与妻子之间撕裂开一道无法弥合的沟壑。

长期军旅生涯，符广海对部队产生了深深的依恋。他渴望家庭生活，但更热爱部队的事业。妻子要求并不高，只是想遇到困难时，身旁有个依靠。她希望他能转业，却被他一口拒绝。双方各执一词，小家庭解体了。

符广海排除主机故障，得心应手、游刃有余；面对婚姻危机，他却措手无策。

离异后，符广海接过了孩子的抚养权。前妻把儿子带到三岁。儿子上学后，前妻又带了三年。符广海说：“就凭这一点，说明她是个有情有义的人，我感谢她。”

主机所有的参数，符广海门儿清，但他却不知道儿子运动鞋的码数；一听声音，他便能知道主机的转速或哪儿出了故障，可是，儿子和几个同学在窗外玩耍，他却辨不清儿子的声音；别人是看着儿子一点一点慢慢长高的，因为一年只能见儿子一次，在符广海的眼中，儿子却是一截一截长大的……

2009年3月，符广海随微山湖舰正在执行第二批护航任务。

一天，与大哥通话时，得知二哥十天前因肝病去世。符广海悲痛不已，小时候，自己是在二哥的背上长大的，春日，二哥背着他去挖野菜；秋天，二哥拉着他去捉螃蟹。前几年，二哥不幸得了肝病，符广海十分担心，多次督促他治疗，经常给他寄营养品。没想到，二哥突然去世，临终前都没见上一面。

不久，符广海的父亲查出贲门癌。母亲原本身体就不好，符广海只好雇了个护工照顾两老。

2010年2月，微山湖舰准备赴亚丁湾执行第五、六批护航任务。

这一回，符广海真有些犹豫了，他刚把做了手术的父亲接到三亚休养。老乡们说："广海啊，这些年你吃了那么多的苦，现在功也立了，该照顾一下父母孩子了。"也有战友说："老班长，该成个新家了。"不去亚丁湾，调到大队其他舰船，领导也会照顾的。

然而，他清楚机电部门人员少，值更任务重，作为主机分队专业骨干，很难选调其他人替代。他刚刚提出自己的申请，见领导面有难色，又马上改口说："只要舰上需要，个人困难我自己解决吧。"

父亲看出儿子的矛盾，对他说："广海，你是国家和部队培养起来的，咱们老百姓要懂得感恩，现在部队需要你去护航，这是我们老符家的骄傲，你必须去！"

符广海说："我这一走又得小一年，您刚动了手术，妈妈身体也不好，还有孙子……"

老人家深明大义："我体格慢慢能够恢复，你安心去护航吧，我和你妈会帮你带好儿子的。"

编队启航的那天上午，老人家专门到码头送行。符广海站在耳桥上，看见父亲伛偻着身子站在人群中，手里抓着一顶帽子，慢慢地挥动着。谁料，这一走与父亲竟是诀别！

护航的日子里，稍有点空闲，符广海的眼前便会浮现父亲已经变得伛偻的身影。每次通话，他总是叮嘱老人不要劳累，多吃点营养品，要经常去医院复查；而老人总是乐呵呵地说："你放心工作，我身体好着呢！"

有一天，符广海与大哥通话时问到父亲情况，大哥有些支支吾吾。符广海一再追问，大哥哽咽地说："阿爸神志不清已经一个多星期了，他说的最后一句话是：‘千万别告诉广海’。”

符广海意识到父亲已经来日不多了。按照苏北老家的习俗，老人去世后，儿子无法赶回奔丧，必须捎回一缕头发随葬。此时，微山湖舰正靠泊吉布提休整补给。符广海剪了一缕头发，委托海军后勤部一位准备回国的机关干部，带回国寄回老家。

那位机关干部回京后，立即将符广海的头发快递至他的老家，然而，他的父亲已与世长辞。

一个家庭，父亲走了，家庭的顶梁柱塌了；母亲走了，家便散了。身为人子，却无法尽孝，每每想起，符广海痛心疾首。那几日，战友们见他走路都有些迈不动步子，人整个廋了一圈。

父亲下葬那天，符广海悄悄跪在后甲板，朝着祖国和家乡的方向，磕了三个响头。

迎着亚丁湾强劲的风，这位坚强的老兵擦干泪水，又走上战位！

七赴亚丁湾——符广海开始了一次新的征程。

几天来，他几乎将所有的心思都放在主机上，深怕有任何疏忽。

没靠上码头，没能亲自接侨，战友们着急，他也着急，恨不得插上双翅，解同胞脱离战乱。不过，舰长政委说的对，一定要以大局为重，绝不能感情用事。

中午，他把几位老士官召集在一起，分析了当前舰员们的思想动态。这些“老家伙”心中有数着呢，都说发点牢骚、发泄发泄，属于正常现象，不必大惊小怪，只要正确引导便行了。符广海又传达了刚才舰长、政委的讲话精神，强调要服从命令听指挥，要有大局观念，要相信编队首长的决策。

凌章权冒了句：“其实，舰长、政委比兄弟们还着急。”

符广海问：“你怎么知道？”

凌章权说：“他们带我们出来，最后什么任务也没抢着，将来回去，他们怎么见基地首长？”

盼啊，盼啊，终于盼来了任务！

赶赴所岛的航渡中，符广海将班里的战士召集到一起："大家都盼着这一刻，这一刻终于到来了。我对大家的要求是8个字：'全力以赴，全神贯注'！"

正在这时，广播响了："符广海士官长、符广海士官长，请立即到机舱，立即到机舱！"

符广海飞快下到机舱，只见油雾迷蒙，原来是高压泵进油总管破裂，好在值更人员采取措施得当，避免了一场火情。

机电长问："有配件吗？"

符广海说："带了一根，上次已经用了。"

他让舰员把进油总管、回油管、摇臂润滑系统管等6根主管全部卸下，用探伤剂对两根进油总管一点点仔细探摸，终于发现其中一根有裂纹。

主管长9米、直径5厘米，如何对其裂纹进行焊接？材质不一样，表面直接焊接肯定不行。符广海琢磨了片刻，决定在裂纹处先开槽，再填补，后焊接。

槽开好了，料也填补上了，就等着焊接了。

大家的目光都集中到符广海手中的那支焊枪上，他深深吸了口气，然后，先点焊，再铺焊，似蜻蜓点水，如蜜蜂采蜜，一系列近乎完美的工艺做下来，裂纹被修复了。

符广海抹了一把脸上的汗水，对值更人员说："马上报告指挥所，主机恢复正常。"

主机恢复正常！

"真是海军来接我们？"

3月31日中午。

阿里满头大汗又跑来了。他提着一只小塑料袋，里面装着一串香蕉。索岛不产水果，水果在这里特别珍贵。

阿里掰下两只香蕉递给阿美和布蓝，催促道："这几天让你们受罪了，吃吧，快吃！"

布蓝掰了一只香蕉，递给阿里，说："你也吃吧。"

阿里摇着头。说："我刚才已经吃过了。"

布蓝坚持，"你不吃，我们也不吃！"

阿里说："刚才中国驻阿曼大使馆的工作人员打来电话，问到索岛旅游的两名中国游客的联系方法，让你们赶紧给他回电话。"

昨天是阿联酋大使馆来电话，今天阿曼大使馆又来电话，布蓝觉得有些奇怪，阿曼大使馆怎么知道她们的情况。

"哎呀，真快，他们这么快就找来了。"阿美告诉布蓝，早晨趁着旅馆网速快的那个时间段，她与阿曼的一个朋友联系上了，把自己在索岛遭遇告诉了他，那位朋友正好在阿曼外交部工作，阿美请他将她们的情况转告中国驻阿曼大使馆。没想到，大使馆这么快就找来了。

阿美按照阿里留下的号码，回拨了过去，电话马上接通了。对方非常客气，再三安慰她们不要着急，我国政府一定会想办法救援她们的。

阿里笑着说："还有好事呢，就在刚才来的路上，先是中国驻也门大使馆一位叫林聪的工作人员从萨那打来电话，询问你们的情况；然后是田琦大使亲自打来电话，让你们赶紧回电。"

阿美很快拨通了田琦大使的电话，田大使亲切地说："你们的情况我们都了解了，联系上你们就好了。我真有些奇怪了，万里迢迢，你们怎么想到去索岛旅游？"

阿美笑着回答："网上不是把索岛宣传成'极乐岛''外星球岛'吗，所以就把我们给吸引来了。"

田琦说："我到也门上任以来，也是听说了索岛的大名，也想去看看，可以因为忙，尚未实现。一般人很难有这种机会，我建议你们不如在撤离之前来个索岛深度游，回国后别忘了给发一些索岛的美景照片来哦！”说罢，田琦哈哈大笑。

田琦让她们耐心等待，大使馆正在策划安排最佳的索岛撤离方案，一定会尽快带她们回国。

田琦的话语像是春风雨露滋养着阿美、布蓝的心田。

阿里赞道：“你们有个强大的祖国，真让我羡慕！”

阿美说：“你不是也有祖国吗？”

阿里陷入了沉思，片刻，又喃喃自语：“我们的祖国穷苦，内乱不断，现在又遭欺凌……”

阿美一时不知该如何安慰阿里才好？

阿美在电话里还报告说有位日本的游客在索岛，想到时候跟她们一起走，田琦告诉她，日本已经与我国外交部联系了，可以考虑一并安排撤离。

阿美将这个消息告诉了上鹤久幸，他连忙鞠躬。

旅馆里住着一位也门大叔，每次见面都很客气地点头示意，后来一聊，知道他是名工程师，是来索岛做测绘的。

中午，也门大叔主动提出请阿美、布蓝吃饭，她们觉得有些唐突，但见他情真意切，只好答应了。

吃的是纯正的阿拉伯餐——烤鱼，索岛的一种叫不上名字的鱼，抹上同样说不出名字的一种香料，在炭火里一烤，奇香无比。还有一种叫不上名的食物，好像是烙熟的大饼撕碎了与椰枣切碎了捏成一个球，抓着吃，别有风味。

也门大叔不停地说：“实在对不住，我们国家出了些麻烦，给不远万里而来的中国客人添了麻烦！”

旅馆里还住着十几个从亚丁过来的学生，这时候也围了过来，七嘴八舌地说着：“我知道中国！”“我爱中国！”“我将来要去中国学习！”

这顿饭吃得激情满怀。

这期间，阿里又带来一条消息，一艘印度商船答应带岛上的游客走，每人150美元，一天一夜送到安曼。上鹤久幸有些犹豫，但想了想，还是决定留下来，他觉得既然中国大使馆已经同意带他走，他不能不守信用。

4月2日上午，阿美、布蓝又去了医疗队。

秦队长自己心里也着急，但见了她们还是半开玩笑半认真地说：“看来你们应该做好长期在这里待下去的准备，索岛不是挺好的吗？你们万里迢迢来到这里，待这么几天哪够？我们来了一年多了，许多风景还没看够呢！”

布蓝急了，“秦队长，你别吓唬我们哦，我们到底什么时候能走？”

这时候，秦拓才告诉她们：“上级通知了，明天早晨可能有飞机来索岛，接我们去萨那与尚未撤离的同胞汇合，再从萨那飞第三国。”

明天早晨！布蓝和阿美一拍手，差点儿蹦起来。

布蓝怕秦拓逗她们，又追问：“秦队长，明天早晨我们真能走？”

秦拓说：“你们别太亢奋，还是应该耐心等待。一会儿走时，别忘了带几片安定。对了，中午就在这里吃饭，有几天没吃到中餐了吧？我给你们做个典型的东北菜：小鸡炖蘑菇。”

阿美笑了，“吹牛吧，秦队长，这里哪有蘑菇和小鸡？”

秦拓说：“蘑菇是东北带来的，小鸡索岛找不着，准确说应该是牛肉炖蘑菇。”

阿美说：“还是等回到东北，再品尝您的手艺吧！”

走时，秦拓又交代：“下午四五点钟，咱们再联系一下，这段时间你们不要离开旅馆。”

哪儿也去不了，阿美她们只好叫上上鹤久幸到楼顶观海景，说是观海景，其实，每人的心里都存着事，再美的风景也索然无味。

5点多了，没有接到秦拓的电话，她们心乱如麻。

上鹤久幸告诉她们，岛上的香烟已经售罄，这是一个信号——物资匮乏即将开始！

晚上，他们一起看电视，屏幕上滚动播出的多国联军轰炸首都萨那的画面，令人胆战心惊。

到了10点多，秦拓还是没来消息，阿美实在忍不住，给他发了条短信："情况如何？"

秦拓很快回复："耐心等待！"

4月3日，又是"耐心等待！"

4月4日，还是"耐心等待！"

阿美和布蓝即将崩溃！

漫长的48个小时像是一个世纪！

4月5日中午，阿里来电，田琦大使找她们，让她们立即去电，有要事相告。

阿美忙不迭地按照阿里说的号码拨了出去，电话刚接通又马上被挂断，田大使太细心了，他是担心阿美手机里钱不多了，因为接收电话是不需付费的，这样可以节省话费。电话又回拨了过来，田琦问了她们这两天的情况，安慰道："你们也真给赶上了，本来想好好出来旅游一趟的，谁料到会发生这种事情。我也没有想到今年1月20日上任，这才两三个月，局势会发生这么大的变化！"

阿美担心地问田琦："萨那这几天情况怎么样？"

"还好，还好。我们这代人没经历过战争，现在经历了。这几天，使馆院子里落下来的弹壳收集起来有几麻袋，我的坐骑都被流弹击中了。我们现在已经转入'地下工作'了，哈哈，姑娘，是转入地下室工作。现在麻烦的是萨那的通讯太糟糕，政府官员办公不正常，许多事情我们的馆员还得冒着生命危险出去联系。不过，还好，大使馆运转正常，还不到山穷水尽的地步……"战火硝烟在田琦的嘴里却变得风轻云淡。

田琦告诉她，大使馆原准备前两天派飞机接医疗队和她们到萨那会合，然后再转飞巴林回国，但现在不行了，也门政府不同意，担心飞机被胡塞武装扣留。

阿美挺着急："那怎么办？"

田琦笑了，说："国家将派海军军舰到索岛，接上你们去阿曼塞拉莱港，你们抓紧做好准备工作。我把我国驻阿曼大使于福龙的电话留给你，你记一下；还有我北京的手机号码你也记一下。"

阿美一边记着电话号码，一边泪水婆娑。

田琦又说："姑娘啊，因缘际会，人生难得有这样的一次经历，这也是一种财富。我建议你回去以后有空可以写小说了。"

放下电话，阿美还怔怔地站在那里，自言自语道："海军！真是海军来接我们？"

夜里10点多，阿美又被手机铃声震醒了，电话是阿曼大使馆打来的，告诉她医疗队的人员马上就到旅馆楼下，让她下去迎接。

阿美和布蓝赶紧起床，出了门，只见医疗队的面包车已经停在楼前。

秦拓他们都在车上，秦拓告诉她们，大使馆通知明天早晨直接去码头待命，我国海军的微山湖舰来接咱们。因为微山湖吨位很大，无法停靠索岛的码头，到时候得省长派小艇送咱们去微山湖舰。秦拓让她们回去后立即做好一切准备。

这之前，秦拓还接到微山湖舰指挥员的电话，因为军舰靠不了码头，要求当地政府必须派船送他们出港与军舰会后，船上要有GPS设备。秦拓专门去找了省长，省长满口答应，说船上什么都有。

送走了秦拓一行，阿美叫醒了上鹤久幸，上鹤久幸听说中国政府明天派船来接他们，连说"意义德斯哟""意义德斯哟"（好的、好的）。

他们敲开了也门大叔房间的门，算是告别，说着说着，大家都流泪了……

“两车前进4！”

4月3日。

10时15分，微山湖舰抵A点解护，完成第826次东向护航任务。

前一天，临沂舰又单舰赴亚丁港，撤离11国225人。

4月5日。

潍坊舰、微山湖舰分别位B、A点附近海域漂泊待机，听令执行后续任务。

4月6日。

1时00分。编队急电，命令微山湖舰向也门索科特拉岛机动，撤离岛上的中国医疗队7名队员、两名赴索岛旅游的中国女游客，应日本政府请求，帮助撤离一名日本游客。

读着电报，汪科和李思伟像是不相信自己的眼睛似的又对视了一下，异口同声地说：好啊，任务终于来了！

“航向160！”

“两车前进4！”

汪科下达口令后，第一感觉是全身的血液都翻腾了起来。

近几日，舰员们求战心切，恨不得插双翅奔赴战场，解同胞脱离苦海。然而，当战斗命令下达时，汪科又不免有些紧张和担忧。微山湖舰属于大型综合补给舰，吨位大，机动能力差，自身防御能力弱。更何况这是在战争背景下的一次行动，岛上情况不明，不可预测因素太多。

航渡中，舰上召开直前准备部署会，认真分析任务特点，研究制定兵力行动、区域、特情应对等5类8种方案，对撤离任务准备工作中存在的问题和困难逐项分析研究，特别对撤离方式、区域警戒、人员安置、生活保障、卫生防疫等主要工作，定人定责跟踪推进，迅速完成临战准备。

汪科还组织部门长和有关舰员学习任务海区、港口水文资料，严格落实规定准备等级，严密海上航渡和观察警戒。利用航渡时机按照航渡展开、小艇换乘、人员登舰、撤离航渡和人员移交五个阶段又组织了一次演练。

六天前，随着编队一声令下，微山湖舰和潍坊舰紧急向荷台达港疾驰，准备撤离在荷台达的同胞。航渡中，考虑到人员登记、安检、登舰比较复杂，容易出纰漏，舰上还专门组织了一次演练。

为了更真实、更贴近实际，机电部门20几位舰员扮演侨胞，他们身穿便服，背着背包，手提行李箱，奔走在干货补给平台。先是在登记区登记，依照花名册对照护照；通过安检区安检；然后将行李编号，交由行李组安放在指定地方。

两位负责女侨胞及儿童安置的女舰员，将“女侨胞”引入舱室，再介绍航渡中需要注意的问题，如呕吐物的处置、真空马桶的使用方法等。

经过近两个小时的演练，已是午夜，舰员们却兴奋得难以入眠，他们在期盼着第二天的行动。谁知，第二天等来的却是“接编指通知，我舰暂时取消撤侨任务，向亚丁湾B点护航区域航渡”。眼看着兄弟战舰一次次驰骋于战火纷飞的亚丁港和荷台达港，微山湖舰却不能在危难关头向同胞们伸出援手，舰员们急得像热锅上的蚂蚁。

终于等来了新的撤侨令，微山湖舰向会合点疾驰。

舰员们眼光发亮，神情严峻。

海军舰艇部队有句行话：“舰长不晕副长晕。”说的是当了舰长以后，哪怕遇上再大的风浪都不会晕，为什么？因为舰长责任太重，压力太大，没空晕，不敢晕！

晕船或许应该归属于精神范畴，与精神因素息息相关。有例为证：当年收复西沙海战时，海军某编队运送陆军一个步兵连前往甘泉岛驰援，航渡中，陆军官兵晕得东倒西歪，吐得一塌糊涂。编队指挥不禁担忧：晕船如此厉害，还怎么打仗？谁想，舰至甘泉岛，枪声一响，那些陆军官兵箭一般扑向海滩，向岛上发起进攻……

汪科还记得2008年北京奥运会刚结束不久，有一天，专门跑西沙的南运830船，奉命送羽毛球冠军林丹、体操冠军李小鹏、乒乓球冠军马琳、拳击冠军邹市明、游泳冠军刘子歌等十几位奥运冠军赴西沙慰问，当时汪科是船长。刚离开码头，这些世界冠军挤在驾驶室里，问这问那，兴趣昂然。汪科问他们："晕船吗？"一位冠军说："不会吧，都是健将级别的运动员，肯定不会晕！"一位冠军还夸张地摆了摆胯，说："我还真想尝尝晕船的味道呢！"

出港不久，便起风了，汪科扭头一看，驾驶室里的运动员少了一半；过了半小时，运动员已经一个不剩。片刻，舱段班长报告：舱室里呕吐声不断，狼藉一片。

看来，晕船与体格是否强壮无关。

还有一次，汪科他们船送地方一些作家去西沙采风。红男绿女，一个个意气风发。有一位长发飘逸、留着小胡子的青年诗人，站在信号平台上，夸张地吟诵道："啊，大海啊大海，你是何等的辽阔，辽阔得像是一碗菠菜汤……""菠菜汤"还没抒情完，只见他脸色铁青，趴在舷旁，"哇"地大吐了起来。

看来，晕船与有无激情无关。

汪科1998年7月从海军大连舰艇学院毕业，一直在给西沙各岛送水的水船、送油的油船、送客货的客货两用船任船长。这些常年为西沙补给的小运输船，被称为"西沙海上生命线"。吨位小，抗风浪能力弱，往往是船刚靠西沙码头，突然刮起了大风，运输船无法返航。有一次，他们在西沙最南端的中健岛整整待了一个月。最后，水用尽了，油耗干了，连吃饭都成了问题，补给船最后不得不靠岛上给他们补给。

在西沙琛航岛，汪科曾经带舰员们瞻仰了“西沙之战革命烈士纪念碑”。

1974年1月19日，南越西贡反动当局不顾中国政府再三警告，悍然出动军舰、飞机，侵犯西沙群岛。我军民奋起反击，英勇作战，击沉敌护卫舰一艘，击伤驱逐舰三艘，收复甘泉、珊瑚和金银三岛，全歼守敌，取得重大胜利，捍卫了国家的领土主权。

海战中，冯松柏等18位同志血染海疆、壮烈牺牲。

烈士墓位于小岛东端，水泥基座，纪念碑顶端是个红色五角星，正面镌刻八个鎏金大字：“革命烈士永垂不朽”。

汪科与舰员们在烈士纪念碑前庄严宣誓：用热血和生命捍卫祖国的每一寸疆土！

2011年8月，汪科被任命为微山湖舰实习舰长。

有一次靠码头，舰长说：“你试试！”

汪科不自信：“我，能行吗？”

舰长鼓励他：“有我保驾呢。”

不断用舵，不停用车，手忙脚乱，用了半个多小时才勉勉强强靠上码头，大冬天，汪科出了一身汗，这才知道，这艘两万吨级的大型补给船，对操纵能力要求是如此之高！

汪科在舰上分工负责装备，那些日子，他每天与舰员们“粘”在一起，熟悉装备性能及操作方法。

2012年、2013年，汪科分别随海军第十一批和第十四批护航编队赴亚丁湾护航。

自2008年12月以来，中国海军已先后向亚丁湾、索马里海域派出了19批护航编队。从首次护航到进入有序接替、常态化运行，微山湖舰参与了第一、二批，第五、六批，第十一批，第十四批，第十九批，共五批七次护航任务。微山湖舰见证了海军后勤保障的变化。

第一批赴亚丁湾，早晚洗漱时，只要广播“现在供水”，大家准会一窝蜂地涌向洗漱间排队等候，因为去晚了、过点了，水就没了。舰上严格控制用水，洗澡更难，十天半个月洗不上澡是常事。那时候，盼着下雨，一下雨，好跑到甲板上来个“天浴”。许多舰员为了图省事、节约水，索性理了光头。

第五批护航编队出发前，一些新舰员向参加过护航的老舰员取经，老舰员一再强调用水问题，于是，新舰员特意到超市采购了纸尿裤、湿纸巾以及维生素、蜂蜜等。让他们大跌眼镜的是，上舰后，并没有限制用水，舰员们不仅24小时都可以洗澡，而且还定时供应热水。原来，舰上新安装了两台海水淡化装置，平均每天能生产近40吨的淡化水，基本满足舰员洗澡、洗漱、洗衣服及舰上清洁扫除等日常生活用水。

过去舰艇出海半个月、20天后，舰员们就很难吃到青菜了。近两年，由于采用了新的冷藏气调包装保鲜技术和科学管理，有效提高了蔬菜的保鲜效果，大大延长了保鲜期，特别是绿叶菜的保鲜取得了突破性进步，彻底解决了舰艇远航期间绿叶菜保鲜难、损耗大的问题。编队出发时携带的菠菜、油麦菜、菜心、小白菜、芥菜等绿叶菜，三个月后依然鲜嫩如初。

海水淡化，让舰员从此不再为洗澡、洗漱发愁；蔬菜保鲜新技术运用，则让舰员们吃出健康、吃出战斗力。

微山湖舰的官兵们不断总结创新，针对不同气象、水文条件和任务需求，系统总结出的“远洋四补法”，为护航编队打造出坚强有力的保障生命线。

2014年4月，汪科由实习舰长升任为微山湖舰舰长。

至此，微山湖舰入列11年来，已安全航行两万余小时，总航程近30万海里，航迹遍及太平洋、印度洋、大西洋，成功访问亚、非、欧三大洲20多个国家，先后为50多艘舰艇实施了海上补给，在战风斗浪中练就了全平台、全时段、全海域支援保障能力，创造了首次进行夜间纵向横向同时补给、首次在远离岸基陌生海域组织后装保障、首次依托国外港口进行商业补给、首次依托商船捎带进行海上大规模补给等多项记录。

微山湖舰是我海军执行护航任务次数最多、时间最长、航程最远、海上补给次数最多、补给量最大、单船护送商船时间最长的一艘舰艇。

年底，汪科率微山湖舰随海军第十九批护航编队赴亚丁湾护航。

汪科自己也是三赴亚丁湾了，可以说是熟门熟路。不过这次身份变了，他已经身为一舰之长。

接任舰长后，他深知微山湖舰肯定是要随着编队走向远洋、走向世界的，怎么提升海上补给能力给编队“续航”，一直是压在他心头的一个石头。为此，他坚持向实战化训练要战斗力，设置各种情节最大限度模拟实战。补给训练时，模拟强电磁干扰环境下无线通信不通的情况，锻炼舰指挥员和战位长之间的配合；他还要求舰员蒙眼操作，模拟夜间及甲板照明不良情况，进一步提高舰员对补给装备的熟悉程度。正是在这种实战背景的不断训练下，微山湖舰综合保障能力得到较大提升。演练期间，微山湖舰作为编队补给舰，首次实现夜间“两横一纵”补给，大大提高了实战条件下的补给效率，最大限度检验了补给舰的补给能力和全舰的指挥协同水平。

使命拓展，打造作战支援的“全面能手”。

远洋综合补给舰被网友们称为“超级奶妈”，汪科认为，远洋综合补给舰的定位绝不仅仅充当“奶妈”这样的角色。当前，我国周边海域地缘政治形势复杂，海军遂行多样化军事和非军事行动需求日益凸显，这对补给舰的使命任务提出了更高要求和更严标准。从战场勤务到战斗支援的华丽转身，需要从两个方面寻找突破口：

摆脱思维局限，找准“多面手”定位。多样化的任务需求须对应多样化的使命担当。改革先改观念，要从思想上剔除单一的“奶妈”“保姆”的人设，在维护我国全球利益的行动里——远洋综合补给、编队护航、战备值勤等重大任务中，补给舰应当有更加精准的角色定位和更多的“身份证”。

深化作战理念革新，树牢“战斗队”标准。作战理念是战斗力生成的先驱，先进的作战思维和理念往往引导着作战模式维度的跃升和武器装备的快速升级。目前我国现有的补给舰在武备方面和自身隐身性能方面尚存在一定短板，相比之下，外军“摩周”级、“萨克拉门托”级补给舰已具备相当强大的战斗力。总的来看，补给舰作战能力提高是趋势所在。导弹无眼、战火无情，无论在战斗集群中抑或在单独执行补给任务中，补给舰首先是“战斗舰”，须具备与任务相匹配的作战能力，才能不断筑牢“海上生命线”。

汪科一直不放过向世界一流海军学习的机会。

有一次舰靠泊吉布提港，恰逢某国一艘军舰在组织物资装载，他召集所有舱面指挥干部近距离进行观察，了解外军编队补给实施流程、防御舰船的阵位配置，特别是一些往往容易被忽视的细节。

也是在吉布提港，微山湖舰与两艘某国海军驱逐舰靠在一起。汪科注意到一个细节，下午6时降旗，随着一声哨响，两艘军舰几乎同一秒钟开启外舷灯。外行看热闹，内行看门道。汪科一看便明白，不是训练有素，做不到这一点。

还有一次出访，微山湖舰与某国海军一起搞救生联演，特战队员在舷旁攀爬，我们的救生员穿着救生服在小艇等。而某国海军的救生员则是穿潜水服，一旦特战队员落水，他们的救生员便可立即潜入水中救援。救生服和潜水服，一个小小的细节，凸显出的却是训练的质量差别。

这种直观的学习，比翻教科书强多了。

亚丁湾护航，从某种意义上说，考验的是各国海军的持续作战能力，打的也是一场保障仗。补给舰是远洋战斗力的倍增器，补给舰能走多远，决定了海军能走多远。

8时55分，微山湖舰抵达距也门领海线外两海里的会合点漂泊待机。

“我的祖国叫中国！”

4月6日。

清晨，阿美她们早早就起来了。不到6点，阿里和他哥哥便来到旅馆，告诉阿美，经过码头时，没看见送他们的小艇。阿美觉得很奇怪，与秦拓电话联系，可信号不好联系不上。阿美急了，对布蓝说：“你和上鹤久幸先生在旅馆等候，我和阿里去医疗队看看，到底出了什么情况？”

到了医疗队，秦拓告知刚刚接到微山湖舰一位指挥员的电话，大使馆通知，岛上还有两名法国游客，要带上他俩一起走。现在省长正在派人找那两位法国人，这么大个索岛，到哪去找两个人啊？

真是越急越添乱。

好在10点多，田琦大使给阿美发来一条短信：“北京见！”算是给大家吃了定心丸。

后来在海关查到信息，那两位法国游客2月份就离开索岛了。唉，白耽误了几个小时。

快中午时，秦拓来电话让马上去码头集合。

装好了行李，阿美将一只电蚊香交给阿里，让他拿回家用。又再次要求他把这几天旅馆饭店的费用大致算一算，阿里一见阿美掏钱包，便生气了，说：“钱、钱、钱，你们只管走就行了，早就告诉你们不要考虑钱不钱的。”

一想起马上就要分别，大家都很伤感。

阿里没话找话："两位姐姐能不能跟你们的军舰商量商量，把我也带到中国？"

阿美本想开玩笑说"好啊，我再帮你找个媳妇"，却没说出口。

一路沉默，谁也不吭声。

到了码头，只见密密麻麻围着一大群人。

中国医疗队在索岛可以说是家喻户晓，救死扶伤，与索岛老百姓建立了深厚的情谊。听说中国医生要撤离了，许多民众赶来送行。

省长也亲临码头。

秦拓他们到了码头，见码头旁靠着艘小艇，像国内那种小交通艇，心里有些嘀咕。

省长拉着秦拓的手："我此刻的心情难以表达，中国人民是也门人民最可靠的朋友，是一种患难之交。谁会花这么大的代价，几十年来，一直派医疗队为我们服务，只有中国政府、只有中国人民能够做到。今天，你们要走了，我代表全省人民祝你们一路平安，愿真主保佑你们！"

秦拓也说了一番中也友好和感谢的话。他指着码头旁的小艇，问："省长阁下，送我们的就是这艘小艇？"

省长连忙点头，说："对、对、对！这是我们岛上最好的一艘海警艇，放心吧，保证安全把你们送到海军军舰上。"

秦拓问："艇上带卫星电话吗？"

省长摇了摇头，"卫星电话？连我都没有这种先进设备呢。"

刚才，与微山湖舰通话时，舰上叮嘱一定要带卫星电话，以便在海上联系。省长这一说，秦拓暗暗在心里叫苦：这可咋办？到了海上怎么与军舰联系？

阿美和布蓝发现阿里将她们的行李搬到小艇上后，便不见了。她们四处张望，喊着：“阿里！阿里！”不知道阿里躲到哪里，这个厚道、善良的小伙子，一定是觉得承受不了离别的伤感，索性躲藏了起来。

阿美和布蓝上了艇，两眼依然在码头上搜寻。

一位海警解了缆绳，跳上小艇，小艇慢慢离开码头。

“等一等！等一等！”码头上传来一阵急切的呼喊声，小艇又折了回去。

这时候，只见一个小伙子一手抓住系缆柱，用脚勾住小艇的栏杆，大声地嚷着：“让我跟着去吧，海警英语不好，我可以帮你们翻译。”

阿里不知道从什么地方钻了出来。

秦拓得知阿里的意思，冲阿美摇摇头，“小艇实在太小，再上人更加危险。不过，太应该感谢这个小伙子！”

阿美将秦拓的话翻译给了阿里，他不情愿地将脚收了回去。

烈日下，阿里站在码头上，卷卷的黑发，深深的眼窝，高举着双手不停地摇摆着摇摆着。

阿美后来在一篇文章里写道：“我怕这是此生最后一次见面，战火纷飞中，谁能保护阿里的安全？在当时的情形下，原谅我没法把索岛的未来想得很美好。向后飞速撤去的海面上，脑海中，一个个岛上鲜活的面孔如幻灯片一样闪现又消失……”

14时40分，撤离人员搭乘海警艇离岛，向会合点航渡。

微山湖舰。

等待！

等待！！

一直到14时许，才获悉法国游客已经离开索岛的消息。

秦拓在离开码头前，给微山湖舰来了最后一个电话，告知马上就要离开码头，并告知小艇上没有卫星电话。

汪科心头一紧，没有卫星电话，怎么联系？

当舰上再一次与秦拓联系时，已经处于无信号状态。这个问题实在是有些疏忽了，昨天与医疗队联系时，光要求他们要带卫星电话，没设想要是没有卫星电话怎么办？联络中断，岂不等于大海捞针！

汪科沉吟了片刻，下达两个口令：

“小艇人员备便！”

“瞭望更注意观察！”

海警艇在茫茫大海上飞驶。

秦拓将微山湖舰的方位告诉艇长，问艇上有没有GPS，艇长摇了摇头。一旁的一位海警晃了晃手中的望远镜，意思是就靠它了，秦拓的心又凉了一截，怕影响队员们的情绪，不敢显露出来。

小艇实在太小，愣挤上这么些人，严重超载。好在天气特别晴朗，海上没有风浪，否则，后果不堪设想。

在无边无际的海上，一条小艇像是一只水瓢，又如同一片树叶。

艇长把着舵轮，眉心蹙在一起，他像是胸有成竹，又像是心中无数，嘴里还在不停地叨念着：“真主保佑！真主保佑！”

秦拓手抓栏杆，伸长脖子，使劲盯视着远方。

半个小时过去了，微山湖舰无影无踪。

微山湖舰，你在哪里？

秦拓又将微山湖舰的方位对艇长说了一遍，只见他从前胸口袋里掏出一只指南针，左看看，右看看，嘴里不知嘀咕了几声什么。

医疗队员们的神色都显得有些紧张，两位女医生的手紧紧地攒在一起。

忽然，站在最前头的那位海警指着前方大声喊了起来：“船！

一艘大船！”

大家在颠簸的小艇上互相搀扶着，尽力抬起身子朝前张望，杨医生第一个喊了起来：“队长，我看到了，好像是一艘军舰……”

秦拓也看到了，说声“没错，是咱们海军的军舰”。

几位女医生几乎喊了起来：“咱们的军舰接我们来了！”

秦拓像是突然想起来似的，扭头在背包里掏啊掏啊，不知在找什么东西。忽地，他掏出了一面国旗。在大家的帮助下，秦拓将国旗小心地展开，四位医生站成一排，用身体作旗杆将鲜艳的五星红旗“升”起在茫茫印度洋一艘小艇上。

阿美悄悄撇了一眼身旁的同胞：

人人眼中噙着热泪；

个个心中充满自豪！

大家的嘴角都在微微颤动着，像是在心底默默地唱着《国歌》。

阿美后来对朋友说：“对我而言，国旗是小时候胸前的一抹红色，是学校升旗时目光凝聚所在，是奥运会奏国歌时运动员泪水中的倒影，是新闻中冉冉升起的一国尊严。我从未在如此近的距离内接触过国旗，也从未想过有朝一日，国旗竟会屈尊出现在这样的一艘小艇上，用自己的颜色帮助我们与军舰取得联系！”

微山湖舰。

站在耳桥上的信号兵大声报告：“报告舰长，左前方发现一个小目标，像是一艘渔船！”

汪科命令道：“继续观察！”

信号兵又报告：“报告舰长：我看见小艇上的五星红旗了，他们高高举着五星红旗！”

汪科的双眉一展，下达口令：

“放小艇！”

升降机将早已备便的小艇放在海上，舱段班长驾着小艇像箭般向前穿去，艇内坐着副舰长马明超，取证员刘艺、张明星和两名特战队员。

十几分钟后，两艇相距百八十米，医疗队员们使劲地挥着手。

减速。

靠帮。

马明超朝海警艇敬了个军礼，客气地问：“哪位是秦拓队长？”

秦拓连声说：“我是，我是！”

马明超握着秦拓的手：“祖国和人民派我们来接你们回家！”

这时候，两位男人全是热泪奔涌。

对方一位海警或许太紧张了，一直紧紧地端着枪。

秦拓看见了，赶紧说：“请你放下枪！”

那位海警像是突然明白了似的，立即收好了枪。

马明超问：“人员齐了吗？”

秦拓告诉他：“都齐了，还有一位日本人。”

马明超说：“好，你们跟着我们走，注意安全！”

说是“跟着我们走”，可这时候，那位海警艇长来了情绪，加大马力，竟然跑到了海军小艇的前面。

微山湖舰离得越来越近了，慢慢的它变成一座小山般的庞然大物出现在眼前。医疗队员们纷纷掏出手机，一阵狂拍。

不知道是谁喊了起来：“你们快看那副标语！”

大家都看到了军舰舷旁挂着的一副红底白字大标语：“祖国派军舰接亲人回家！”

“回家了！回家了！”

“感谢人民海军！”

“祖国万岁！”

大家再也控制不住，齐声喊了起来。

布蓝对阿美说：“阿美，我觉得自己好像在做梦！”

上鹤久幸站在一旁，伸出大拇指，说：“中国海军，太厉害了！”

海警艇慢慢贴近微山湖舰，大家依次顺着梯子登上甲板。

上鹤久幸登上甲板时，深深地向舰艉旗杆上的五星红旗鞠了两个躬。

16时10分，10名撤离人员登舰完毕。

海警艇要离去时，舰上送了一些饮用水和食物给五位海警，感谢他们一路护送。

登舰人员被引导到一张长桌前，一一核实身份信息，然后每人发给一张“登微山湖号舰牌”，分别由引导员带到为他们准备的舱室里。

四位女医疗队员和阿美、布蓝共住一间舱室。

这间舱室是舰上的女兵专门为她们腾出来的。阿美好奇地打量着，八张整洁小巧的上下铺，每张床上都铺着雪白的床单，放着一床叠得方方正正的藏蓝色的军毯，舷窗前的桌子上，摆着一盘新鲜水果。

一位穿着海军迷彩作战服的女兵妹妹，热情地说：“我叫符海媛，大家叫我小符好了。我代表舰上专门来为大家服务，大家有什么要求、困难，只管对我说。咱们是6点准时开饭，大家先吃点水果。”

小符得知阿美和布蓝就是那两位被困在索科特拉岛的游客，钦佩地说：“两位姐姐玩兴真够大的，居然跑这么远的地方来旅游！”

阿美掏出手机，展示在索岛拍的照片，龙血树、沙漠玫瑰、峡谷、海豚……

小符惊奇地问：“咿呀，这是什么树，像一把把雨伞似的？”

阿美告诉她那是龙血树。

小符一边看，一边赞道：“太美了，等退伍以后我也得去岛上旅游一趟。”

布蓝开玩笑说：“去索岛实在是太不容易，唉，早知道你想去，刚才应该顺便搭乘索岛的海警艇去，省得以后再麻烦。”

小符也笑说：“那国家到时候还得派军舰救我？”

阿美说：“我真没想到舰上还有女兵？”

布蓝问：“女兵在舰上都干什么？”

小符说：“操舵兵、电航兵、报务兵、卫生员……干什么的都有，男舰员能干的，我们都能干。而我们能干的，男舰员不一定干得了。比如，春节舰上要组织了一场‘春晚’，我们女兵表演好几个节目，最受欢迎的是我们表演的《花样女兵服装秀》，我们用蚊帐、被单、报纸、彩色塑料袋等现有材料，制作装扮精彩服装和特异造型闪亮登场，将晚会推向高潮。”

“太棒了！小符，舰上要我这样的大姐吗？如果要，我也想上舰当医生。”

其他几位也说：我们也想当女兵！

小符摸了摸后脑勺，说：“这个问题我可回答不了，你们可以问问我们的领导。”

大家又七嘴八舌地问：

“女兵晕船吗？晕船怎么办？”

“护航那么长时间，想家了怎么办？”

“身上来了‘大姨妈’怎么办？”

……

阿美说：“小符，我再问最后一个问题，这个问题有点私密性：舰上女兵能谈恋爱吗？喜欢上男兵怎么办？你恋爱过吗？”

小符的脸一下子红了，她说：“我还没谈过恋爱呢。不过，这方面是有规定的。过去女兵是不允许在驻地谈恋爱的，现在，没那么古板了，女士官可以谈恋爱，但本舰的不行。”

“为什么本舰的不行？真喜欢上怎么办？”

小符说："你不想想看，军舰就这么大点地方，两个人谈恋爱肯定影响工作。如果真喜欢上了，可以向领导报告，其中一方调离到其他单位。"

舰上想得很周到，知道大家现在最渴望的一件事情是给远方的亲人报个平安，晚饭前，专门开通长途线路，让大家给家人通个话，报个平安。

小符将她们带到餐厅，那几位男队员已经到了。

一位女医生拨通了家里的电话，兴奋地说："儿子，你放心，妈妈现在已经上了咱们海军的一艘军舰，好大好大的一艘军舰呢……"说着说着，眼泪止不住"吧嗒吧嗒"往下落。

轮到阿美时，她跟布蓝商量说："这个电话我想打给阿里，特别牵挂他！"

电话很快接通了，阿里惊讶地问："你真是阿美吗？你是在军舰上打的电话？布蓝好吗？…呃…哦，真想你们啊……"

阿美把上舰后的情况一一向他作了介绍，又是感谢他这些日子的照顾，又是叮嘱他要注意安全，又问欠他的钱怎么给他汇。阿里笑了："忘了钱的事吧，回国后来个电话，所有的索岛朋友，都盼望你们平安！"

上鹤久幸也给日本的亲人通了话，虽然听不懂他的日语，但从他脸上的神色，看得出紧张了几天，此刻已经放松了。

舰上为大家举办了晚宴。

李思伟政委首先致欢迎词，他说："同胞们，朋友们！你们好！你们受惊了，我代表微山湖舰向你们表示亲切的慰问！受祖国的委托，我们接你们回家！军舰是流动的国土，从你们踏上甲板的那一刻开始，你们便已经回家了！当然，我们也非常欢迎来自日本国的上鹤久幸先生！舰上条件有限，我们准备了一些家常菜，大家不要客气，一定要吃饱吃好。下面，我以水代酒，先敬大家一杯！"

布蓝将李思伟说的翻译给了上鹤久幸，他满脸激动。

医疗队平日都是队员们轮流做饭，尽管做的是家乡口味，但由于食材限制，也基本是管饱为准。阿美她们在岛上吃了半个月没有酱油、随意性极强的食物，差不多已经得了“厌食症”。而舰艇厨师都是有等级的，见桌上摆着的那几样色香味俱全的菜肴，一个个真有点儿垂涎欲滴了。

阿美夹起一只饺子，夸张地赞道：“哇塞，小时候妈妈包的水饺的味道啊！”

李思伟郑重地给大家介绍一道菜：“麻婆豆腐”。他说：“这道‘麻婆豆腐’，我们又叫它‘广海豆腐’，它是我们轮机班班长符广海的拿手菜，极受官兵们欢迎，大家尝尝。”

说起“广海豆腐”，还真有故事。微山湖舰首次出战亚丁湾，虽然做了充足的后勤准备，还是遇到许多难以想象的困难。4个月未能靠岸补给，任务后期，餐桌上不是罐头，就是速冻食品。看着舰员们端起餐盘却没有食欲的样子，炊事员们十分内疚。符广海喜欢动脑子，“什么食品既营养又新鲜？”他想起来小时候母亲做的豆浆，对啊，可以试着做豆腐和豆浆。舰上没有做豆腐的家什，他四处搜罗各种器皿、箱子，还把蚊帐剪了消毒当过滤网。卤水可是找不到，他尝试着把海水煮沸，在太阳下暴晒，拿来点豆腐。几经调试，2009年3月26日，第一箱海水豆腐在亚丁湾新鲜出锅，经过严格的质量检验，海水豆腐完全符合实用标准。海水豆腐让舰员们吃得心花怒放，舰领导说，应该给它取个名字。有人说，它诞生于亚丁湾，就叫“亚丁豆腐”吧；有人说，它是符班长智慧和心血的结晶，应该叫“广海豆腐”。“广海豆腐”，全票通过！有了“广海豆腐”，炊事班把豆腐做到了极致：麻婆豆腐、鱼头豆腐、凉拌豆腐、豆腐粉丝汤，还有豆腐羹、豆腐花等。符广海还把日臻成熟的豆腐工艺传授给了编队兄弟舰艇，如今，“广海豆腐”已经成为护航编队官兵餐桌上的一道美味佳肴。在各舰举办的甲板招待会上，“广海豆腐”也获得外宾的点赞。

上鹤久幸还是显得有些矜持和紧张，吃得很慢，忽然，他对布蓝说：“我也想说几句，你帮我翻译一下好吗？”

布蓝告诉他：“好啊！”

上鹤久幸起身，给李思伟鞠了个躬，又给大家鞠了个躬，说：“中国海军救了我，这是我第一次乘军舰，大家对我很亲切很友善，让我感到很安心，我非常感谢！”①

秦拓举杯站了起来，说：“现在我代表医疗队和阿美、布蓝，对微山湖舰全体官兵的鼎力相救表示衷心的感谢！毫不夸张地说，当看到微山湖舰的那一刹那间，我仿佛看到了伟大的祖国……”

一位女医生说：“在国内，我还没有这种感觉，今天，我有了一种强烈的感觉：祖国强大真幸福！军队强大真幸福！”。

夜里，大家纷纷写下了感言：

秦拓：也门的形势吸引了全球的目光，中国公民大部分都已经撤离。岛上医疗队员心情都感到焦虑，关键是家里人担心。今天祖国派军舰来接咱们了，特别高兴，因为咱们回到祖国怀抱了，回家了。

金维艳：刚上舰便感受到了官兵的热情，如家人般的温暖，使我终生难忘。在这里让我发自肺腑地说一声：感谢海军全体官兵，感谢祖国让我们平安回家。

① 2015 年 4 月 7 日，日本官房长官菅义伟在记者会上表示，对于中国军舰协助一名日本游客撤离也门一事，向中国政府表示感谢。新闻说，据日本外务省称，该名日本游客收到同团旅游的中国游客一起避难的建议之后，与中国游客一同乘坐了中国海军派遣的补给舰微山湖舰撤离。这名日本游客名叫上鹤久幸。2015 年 4 月 6 日，中国海军第十九批护航编队微山湖舰协助撤离了被困索科特拉岛的上鹤久幸和 9 名中国公民。回国后不久，上鹤久幸通过网络给同舰撤离人员发来邮件，说日本右翼分子对他登上中国军舰撤离一事进行漫骂攻击，请不要再联系他。

孙璞：登上军舰的那一刻，像回到家里一样，温暖，贴心。感谢祖国，感谢舰上的所有官兵。永远铭记这一经历。为祖国的日益强大而骄傲，为身为一名中国人而骄傲！

崔露凡：作为90后的我，生活了25年，今天是我最有意义最难忘的一天……五星红旗是我的骄傲！

官影：当我乘坐小艇去军舰的时候，当我看见军舰的时候，我深深地感受到作为一名中国人的骄傲和自豪！

和文波：在海上远远看到军舰的那一刻，心情十分激动，体会到异国他乡见亲人的感受。舰上的官兵十分亲切，让我感到十分温暖。在此对官兵们说一声谢谢！

阿美：作为一名游客，真的没有想到会在有生之年登上祖国的军舰。当终于看到迎接我们的大横幅时，心中的感觉难以形容，非常感谢全舰官兵对我们的亲切招待，真切感受到了回家的温暖。

这一夜，7位医疗队员和两位女游客，像是远行的游子，回到了母亲的怀抱，在微山湖舰度过一个安详而宁静的夜晚……

4月7日5时04分，微山湖舰进入阿曼领海。

7时40分，引水员上舰。

8时40分靠泊阿曼萨拉拉港油轮码头。

码头上，“热烈欢迎中国同胞回家”的大红横幅格外鲜亮。

中国驻阿曼大使于福龙率使馆工作人员和中资公司员工伫立

在码头迎候。

于福龙对秦拓说：“你们受惊了，辛苦了！我代表大使馆全体同志向你们表示亲切的慰问！”

于大使与阿美握手时，笑着说：“哦，你就是阿美姑娘，还有布蓝，你们两人牵扯着多少人的心啊！”

阿美不好意思地笑了，“是啊，我们出去旅游一趟，竟然惊动了三位大使和一位领事，祖国还派这么艘大军舰来接我们！”

17时15分，微山湖舰离萨拉拉港，向亚丁湾B点航渡。

4月9日，阿美、布蓝搭乘阿联酋航空公司航班从迪拜飞往北京。

当个体的记忆，以喃喃自语的方式出现，一般是被宏大叙事所忽略的那部分。

阿美记录下自己当时的心境：

经过7个小时的飞行，北京时间下午3点多，当我隔着舷窗看着窗外的北京，一种难以名状的情绪涌上心头。相隔19天，北京早已不是一处住所，它象征着美好的期待与亲人的挂念。

回首那些焦急等待的日子，虽然经历了各种坎坷与波折，但我们每一个中国人都始终相信祖国不会不管我们。我想，这种坚信，源自于我的祖国叫中国！

后记

报告文学作家永远在路上

接受“中国海军也门撤侨”的创作任务时，我已经解甲归田两年了。“甲”是解了，却无“田”可耕。

好在当写作已经成为自己生命一部分时，“解甲”与否已经不重要了。

也门撤侨行动过去3年了，但由于电影《战狼2》和《红海行动》的不断推波助澜，它的余波并未消失。

不满足于电影的虚构和夸张，人们渴望了解真实的也门撤侨，部队也希望记录下这段历史碎片，而且，我自己也有强烈的愿望，想弄清楚我国第一次动用军舰武装撤侨，“到底是怎么一回事？”

评论家李建军有言：“每个时代，总是存在一些让人们最感焦虑和痛苦的问题，这种包含着时代重大问题的题材，可以称之为‘时代的迫切性题材’。与这些题材相关的人物与事件，不仅严重而普遍地影响了人们的生活，改变了人们的道德意识和行为方式，甚至改变了历史的前行方向。”

我专注于报告文学创作近40年，其中不乏这种“时代的迫切性题材”，如《希望工程》《中国山村教师》《中国贫困警示录》《中国新生代农民工》《中国海军三部曲》《中国海军：1949—1955》《国家的儿子》等，这些题材或是“让人们最感焦虑和痛苦”，或是“包含着时代重大问题”

也门撤侨自然称得上是“时代的迫切性题材”。

我一直秉承报告文学是“走出来的文学”，报告文学写作，作家必须具备独到深邃的思想对时代精神的发现和洞察，具备良好的文学修养；同时，很大程度还取决于采访是否到位？奥地利作家茨威格说过：“我丝毫不想通过自己的虚构来增加或者冲淡所发生的一切内外真实，因为在那些非常时刻，历史本身已经表现出十分完全、无需任何帮手，历史是真正的诗人和戏剧家，任何一个作家都甭想去超越它。”因此，没有采访的写作，不能称之为报告文学。

参加也门撤侨的一共有3艘舰：导弹护卫舰临沂舰、导弹护卫舰潍坊舰和大型综合补给舰微山湖舰。去年年底，当获悉潍坊舰即将再赴亚丁湾护航时，我立即赶往某军港。

一位有着45年军龄的老海军，踏上潍坊舰这艘现代化军舰的甲板，再当一回水兵。

我享受的是最高待遇——入住编队指挥员的舱室：一张一米宽的小床，一张小办公桌，还有一个迷你型卫生间。

每天清晨6点，铃声响了，广播里便传来“起床、起床”的声音，我一个激灵，立即起床穿衣，随舰员们到码头出操。然后，开始一天的水兵生活。

那潮湿而又略带咸腥味儿的海风，那铿锵有力的脚步声，那一张张充满青春朝气的脸庞，忽然间，变得特别熟悉起来。

深入采访是对写作对象的全面认知，以期获得最饱满的现场感和精彩的故事，挖掘到最鲜活的细节。

当你将自己也变成一名普通舰员的时候，不需要刻意采访，官兵们不经意间的言行都可能成为日后创作的灵感和素材。

那天，在舰上召集了一个水兵座谈会，我请他们谈谈当兵的经历，谈亚丁湾护航，谈也门撤侨。

一位雷达兵说："前年，从也门执行完撤侨任务后，我们舰又访问了克罗地亚、土耳其和意大利，还参加了中俄联演、俄罗斯新罗西斯克市胜利日70周年阅兵式，特别开眼界，长见识，有收获。"

我问其他几位水兵，出访过多少个国家，有的说8个，有的说13个。

对海部门主炮指挥仪班长夏宇说："我是2002年入伍的，2005年上了哈尔滨舰，后来又去了沈阳舰、沧州舰，2012年调到潍坊舰。这些年我随舰出访了十八九个国家。"

我问："都去了哪些国家？"

夏宇想了想，说："澳大利亚、新西兰、韩国、俄罗斯……还有巴基斯坦、印度、泰国等。我不算最多的，我们有几位士官长，访问过二十几个国家，我们称他们是舰上的外交官。"

我问："大家谈谈出访的感受？"

话题一下子展开了：

"刚出国特别新鲜，像是刘姥姥进了大观园，见什么都稀奇，遇到什么景物都要拍照留念。那时候还没有手机，谁有相机就跟着谁跑。"

"前些年'海补'少，口袋里就那么点美元，上街渴了连瓶可乐都舍不得喝，就想给亲朋好友稍点什么值得纪念的东西回去。千挑万选，回国打开包装一看，许多商标都印着一行小字：Made in China。"

"慢慢的，出访次数多了，原先的新鲜感消失了，原先的购物欲没了，大家想得更多的是自己代表着军队、国家的形象。下舰时，军装熨得笔挺，皮鞋擦得净亮，走在路上，胸脯挺得高高的……”

“出访期间在国外码头时，军舰都有‘开放日’，欢迎当地民众上舰参观。当地的许多华侨都会上舰来。我记得有一次好像是在欧洲一个港口，一位老华侨是坐着轮椅上舰的，我推着他参观了前甲板的主炮和后甲板的导弹发射装置，老人看得很仔细，眼里噙着激动的泪水。快下舰时，老人一定要亲属把他扶下轮椅，他低下头将脸贴在甲板上，流着泪，说：‘我这辈子回不了国了，但今天我已经回国了……’”

军舰在国外是一方流动的国土，每一位海军官兵都代表着国家的形象。

潍坊舰范冠卿政委谈起海军近几年发生的变化，也是感慨万千。

1999年从大连海军政治学院毕业，他到支队报到，被分配到了号称“驻港部队”的110舰，此“驻港部队”非驻香港部队，而是该舰因机械故障，长期驻泊在军港码头。当时装备不给力，训练思路也不对头，支队这样的“驻港部队”还不少。

2012年，范冠卿有幸参与组建某新型导弹护卫舰潍坊舰，并担任首任政委。自此，他的深蓝梦真正开始启航。

第一次远航是2013年，潍坊舰作为伴航警戒舰，随辽宁舰跨海机动到南海海域开展演练。紧接着，潍坊舰访问南亚4国，参加19批亚丁湾护航。从2012年至2017年，短短的5年间，潍坊舰航行了XX万海里。范冠卿军旅生涯的前15年，航程还不到2万海里，后5年，却达到XX万海里，从2万到XX万，从原来很少出海，到现在一年在海上执行任务200多天，年均航行X万海里左右，挺进深蓝、远洋练兵已经逐渐成为海军舰艇部队的常态。特别是参加也门撤侨，任务之重、难度之大、影响之深，都是前所未有的。

范冠卿说：“从我的经历可以看到海军舰艇装备的更新换代，我国实现了从购买到完全自主研制生产，从小吨位到大吨位，从机械化到信息化、自动化、智能化的升级，更重要的是建功深蓝正在成为新时代官兵的铮铮誓言。”

后来，我又陆续采访了临沂舰、潍坊舰和微山湖舰的舰长、政委和许多舰员。

从亚丁湾撤侨回国不久，高克便调任一艘更先进的某新型号战舰任舰长。

高克让我开开眼界，带我参观停泊在码头旁他的新“坐骑”。

哇塞！“穿浪型”的舰体，全封闭舰身，浅灰色的涂装，我不由得在心里感慨了一声：好威武啊！

在宽敞的驾驶室里，站在舵轮旁，我煞有介事地下达口令：“航向180，两进三！”

高克像模像样大声地复诵着口令：“航向180，两进三！”

我们都禁不住笑了。

我问他：“驾驭这艘可以说已经跨入世界上最先进行列的战舰，是一种什么样的感觉？”

高克蹦出两个字：“压力！”

高克解释道：“一支舰艇部队战斗力是由三个因素组成的：人、武器装备、人与武器装备的结合。先进的武器装备需要高素质的人才操作，仅有先进的武器装备，没有高素质的人才以及高素质的人才与先进的武器装备的融合，是形不成战斗力的。现在祖国将一艘最现代化的战舰交给我们，怎么让它以最快的时间形成战斗力？有多少问题需要解决？有多少事情需要去做？这就是压力。还有，不断从海上传来的西方某些国家的战舰在南海和台湾海峡游弋的消息，对于军人来说，同样也是一种压力！”

压力，就是责任！就是使命！

一支军队，根本职责就是利剑在手、枕戈待旦，在国家需要的时候，召之即来、来之能战、战之必胜。

高克这一代舰长是幸运的，正当他们准备大展身手之时，军队一场浴火重生、开新图强的历史性变革，在全军上下蓬勃展开。

海军是一个战略性、综合性、国际性军种，世界多极化和经济全球化进程的加快、国家利益向海洋方向拓展，以及海军由近海防御型转向近海防御与远海防卫相结合，对于海军履行新使命的能力提出了新的更高的要求。

海军各级指挥官在增强打赢信息化海战的综合能力素质基础上，还必须强化国际化素质的培养，进一步提高战略思维、国际视野、远海作战和对外交流能力，才有能力去完成多元化军事任务。

中国海军也门撤侨从受命到结束，整场军事行动只用了不到5天时间，有军事专家点评："中国海军从2008年底开始在亚丁湾、索马里海域执行护航任务，对于此次快速撤离中方人员有很大帮助。如果从中国出发走海路大约6000海里，需要将近10天时间。而事实上，根据也门局势变化，中国海军提前做出相关预案，为在恶劣形势下最快转移中国公民打下基础。"

这些年，在保护海外公民利益以及履行国际责任方面，中国海军在亚丁湾海域常态化护航发挥了积极作用。2011年3月，赴利比亚执行首次撤侨行动的也是执行护航任务的舰艇；2014年3月马航事件后，海军第十七批护航编队提前出发在澳大利亚圣诞岛以南海域参与搜寻马航失联客机任务；2013年起，中国海军护航舰艇多次赴地中海为运输叙利亚化学武器船只护航；2014年12月，马尔代夫发生供水危机，海军一艘正在执行护航任务的远洋救生船载淡水赴马尔代夫救援。

中国海军也门撤侨行动，外交官们点赞："经历了大大小小十几次我国在海外公民撤离行动，这次也门撤侨是最惊心动魄的一次，也是最扬眉吐气的一次！"

这次行动是对国家理念的生动诠释，彰显着党和政府对公民的关爱。编队官兵闻令而动，无论是对时机、运力的考量，对规模、手段的准备，还是对方案、预案的应用，以及对现场临机处置的决断、把握，都力求果断、精准，体现了国家、军队针对境外突发情况的处置水平和紧急调配、调动资源的强大能力。

也门撤离中外公民考验了国家的综合实力，在我军向新国家使命迈进中有着重要意义。这一展现沉着理性和人间温情的历史事件，将被记入中国人民解放军的成长履历。现代化的、训练有素的中国海军有能力在危急时刻保护中国公民，并成为国际人道主义救援的一支坚定力量。

《大国行动》是一篇“命题作文”，我在深入部队采访时，有个突出的感觉：这支我原本比较熟悉的部队，我原本比较熟悉的官兵，短短几年间，变得陌生了。

作为新时代肩负重大使命的人民军队，在30多年不打仗的和平环境下，部队上下滋生了军队最为忌讳的和平积弊。“和平病”是一种麻痹病，它像温水煮青蛙一样，让军人丧失对战争的警惕、对练兵的热情，以不打仗的心态做打仗的准备。像我这样一名几十年来与这支军队同呼吸共命运、一直关注着这支军队发展的部队作家，对于军队的“和平病”、对于军事训练中的形式主义、花架子，也已是见怪不怪、习以为常。可以说，作家也患了“和平病”。

军不思战，国之大难！

改革强军的大船，校正了航向，扬起了前进的风帆——这是一次革故鼎新的起航。

我之所以感到陌生，是因为强军目标一经提出，全军上下聚焦备战打仗，在浴火重生到气贯长虹的征途上，大跨步地前行。短短几年，军队的面貌、官兵的素质，发生了质的飞跃——这种飞跃让我耳目一新，振奋无比！

在相当长的一个时期里，军队里一批农民子弟出身的作家，对这支以农民为主体的军队，发出了各种调门的浅吟低唱或高亢呐喊，评论界将这类军事文学称为“农家军歌”。面对当下波澜壮阔的新军事变革，连美国媒体都说“这是中国60年来最大的一次军事改革”。壮士断腕，换羽新生。这期间将会演绎出多少精彩的活剧，碰撞出多少鲜活的故事，“农民军歌”迎来了新的机遇和挑战。

报告文学永远与时代同频共振；

报告文学作家永远在路上……

2018年岁末完稿于海军大院